KB236846

한국 근대 일본어 소설선 1940-1944

이경훈 편역

도서출판 역락

한국 근대 일본어 소설선 1940-1944

한국 근대 일본어 소설선 1940-1944

이 책은 1940년부터 1944년에 걸쳐 발표된 식민지 조선의 일본어 소설들을 한국어로 번역해 묶은 것이다. 모두 열두 편을 수록했으며, 그 작가는 김남천, 김사량, 김용제, 변동림, 유진오, 이광수, 이북명, 이석훈, 정인택, 조용만, 최재서, 최정희이다. 이들 대부분은 한국 근대문학을 논의할 때 꽤 중요한 위치를 차지하는 사람들이다. 더 나아가 이들은 다양한 문학적, 사상적 경향을 보여주었던 작가들이기도 하다. 따라서 그 크고 작은 내용상 입장상의 편차에도 불구하고 이 저자들의 작품이 한데 묶인 데에는, 이들이 모두 일본어 소설을 썼다는 점과 함께 그렇게 일본어 작품을 쓰게 된 식민지 시대 말기의 역사적 사정이 관여한다.

그러나 이 책은 이른바 '친일', '대일협력', '저항' 등의 규정을 배분하고 그 정도를 나누면서, 그로써 발생하는 개별적이거나 집단적인 심성과 태도를 여러 측면에서 활용하는 일과는 거리를 두고 편집되었다. 오히려 이 책이 주목하고자 했으며, 또 독자들에게 환기시키고자 한 것은 식민지 시대 말기의 정치적, 사회적 상황과 그 속에 놓인 주체의 다양한 모습이 하나의 커다란 풍속을 이루고 있었으며, 이는 식민지 조선의 근대가 끌려들어간 하나의 역사적 지점인 동시에 식민지

근대인들이 연출해 낸 명백하고도 지울 수 없는 객관적 장면이라는 사실이다. 그리고 여기에는 국가와 민족 및 그것을 둘러싼 욕망, 주체와 타자 사이에 가로놓인 여러 논리가 개입했다. 이는 많은 일들을 합리화했고 동기 부여했던 강력한 요소였거니와, 그 작용의 메커니즘은 오늘날에도 발견되는 듯하다.

따라서 이 책에 수록된 작품들은 국문학이나 민족문학의 입장에 근거해 평가되고 판단되기보다는 국문학이나 민족문학 자체가 내포할 수 있는 근본적인 문제점을 반성하기 위한 착잡한 자료이자 복잡한 계기로 활용되어야 할 것 같다. 종종 우리는 운 좋게도 당대를 살지 않은 후대인의 입장, 즉 식민지에 발을 더럽히지 않은 타자의 위치에서 이러한 작품들을 대하곤 한다. 그러나 남을 비난하기에 편한 이러한 입장은 오히려 남을 꾸짖을 수 없는 입장일지도 모른다. 더 나아가 식민지의 풍속을 '나'와 상관없는 타자로 바라보는 이상, '민족'이나 '국민'의 이름으로 수행되는 '척결'이나 '청산'은 논리적으로 성립될 수도 없다. 왜냐하면 그것은 나의 것이 아니라는 의미에서 이미 민족이나 국민에서 배제되어 있기 때문이다.

그러나 이러한 활동을 보장할 순결한 민족과 국민의 위치는 주로 상상될 것일 뿐 실제로 존재하기 어렵다. 아니, 민족과 국민의 입장이야말로 이 책에 수록된 소설들 대부분이 추구했던 바와 닮아 있을지도 모른다. 사실 이 소설들은 식민지의 민족문학으로서 제국의 국문학을 지향했던 의식과 실천의 산물이기 때문이다. 다시 말해 식민지인들이 사용한 이상한(?) 일본어는 외국어가 아니었다. 그것은 제국의 사투리였다. 이로써 식민지 문학은 국문학의 중심부에 진입하고자 했던 것이다.

따라서 중요한 점은 수록된 작품들에 대해 정반대의 거리감을 지니는 일이다. 먼저 이 작품들은 철저히 '나'의 것으로 생각되어야 한다. 오직 그렇게 할 때에야 비로소 진정한 타자가 성립될 수 있으며, 나를 냉정한 남의 시선으로 비판하는 일이 수행될 수 있다. 요컨대 필요한 것은 남을 나의 입장에서 처벌하는 일이 아니라, 나를 남의 입장에서 반성하는 일이다. 무엇보다도 이는 이 소설들의 현재적 의미와 의의를 발견하게 할 것이다.

이 책을 출판하게 된 직접적인 계기가 된 것은 2006년도 2학기 연세대학교 대학원에 개설된 <한국 근대 일본어 소설 강독 및 번역>이라는 과목이다. 이 책에 실린 열두 편의 소설은 이 과목의 수업 준비를 위해 번역되었다. 작품은 당대의 잡지에서 선정했는데, 이때 여러 영인본은 물론, 오무라 마스오(大村益夫) 교수와 호테이 도시히로(布袋敏博) 교수가 펴낸 『근대 조선 문학 일본어 작품집』도 큰 도움이 되었다. 고른 작품 중 몇 작품은 이미 번역이 되어 있었지만 새로 번역해 실었다. 수업에는 한국 학생은 물론 재일한국인, 조선족 중국인, 일본인 학생들이 있었다. 한국, 일본, 중국의 국적을 지닌 이들과 함께 동아시아의 정치적 격변뿐 아니라 주체와 타자 사이의 다양한 시선과 관계가 얽혀 들어간 식민지 시대 말기의 소설을 읽은 것은 매우 독특한 체험이었다. 학생들 역시 그러했을 것이다. 한편 편역자는 수업 중 학생들과 토론하면서 오역을 수정할 수 있었고, 또 번역하기 어려웠던 부분을 해결했다. 이 자리를 빌려 거의 매주 번역 과제를 제출하며 성실히 수업에 참여했던 구인서, 사토 준코, 서승희, 이금선, 전설영, 조영일 등 연세대, 서강대, 이화여대의 대학원 학생들에게 고마움을 표한다. 아울러 흔쾌히 출판을 맡아주신 역락출판사에도 감사드린다.

2007년 1월 이 경 훈

차례

한국 근대 일본어 소설선 1940-1944

향수

鄕愁

김 사 량

1.

그 즈음 막 개통된 북경 행 직행열차는 잠에 골아 떨어져 만주나 북지(北支)로 가는 사람들을 가득 태우고 한밤중에 평양을 통과하고 있었다. 이현(李絃)은 혼자 평양에서부터 기차에 탔다. 손에 짐 하나 들지 않고 갑자기 결정한 여행이다. 모두 짐짝처럼 조용히 늘어져 있는 사람들 속에서 현은 자세를 흩트리지 않고 앉은 채 애써 눈을 감으려 했지만 여러 상념이 꼬리에 꼬리를 물어 머릿속은 점점 더 차갑게 굳어져 갔다. 무언가 검은 그림자가 뒤따라 탄 듯한 느낌마저 들어 까닭 없이 가슴이 뛰곤 한다. 어쨌든 그가 북지 쪽에 갔다 오고 싶다고 여행권의 교부를 출원했을 때, 처음부터 의아한 눈으로 보아 왔던 당국이었다. '지나(支那) 고미술의 시찰', 분명히 그것은 이런 지방 당국의 생각으로 보았을 때, 그렇게 절실한 목적으로는 들리지 않았으리라. 하지만 그보다도 당국으로서는 그를 의심할 만한 점이 있었다. 왜냐하면 그는 한때 북지의 중심에서 동분서주 활약했던 유명한 망명 정객 윤장산(尹長山)을 매부로 두었기 때문이다. 사실 다이쇼(大正) 8년의 사건[1] 이후, 망명 유랑의 길을 떠난 누나 부부가 지금 북경에 와 있다는 사실을 갑자기 듣고, 실로 이십 몇 년 전의 기억을 더듬어 가면서 그들을 만나기 위해 나선 것이 드러나지 않은 또 하나의 목적이기도 하다.

이십 몇 년 전이라고 하면 현은 예닐곱 살 때였다. 조금 추운 어느 날 오후, 거리와 길에서 기분 나쁜 일이 일어났던 광경을 그는 어렴풋하게나마 기억하고 있다. 기독교도인 어머니와 누나도 어느새 군중 속으로 달려 들어갔다. 현은 이층에서 지붕 위로 기어 올라가 그 장면을 바라보고 있었다. 그로부터 며칠 째 밤의 일이었을까, 그는 깜짝 놀라 눈을 떴다. 이상한 남자들이 대여섯 명 들이닥쳤다. 게다가 어머니와 누나만으로는 부족한 듯이 집안을 샅샅이 수색하기 시작했다. 그때 무엇보다도 그의 머릿속에 불꽃처럼 번뜩였던 것은 매부가 창고 안에 있다는 사실이었다. 그래서 그는 울지도 못했다. 바로 이삼 일 전에 그는 누나인 가야(伽倻)가 밥상 같은 것을 들고 슬쩍 창고 안으로 사라져 들어가는 것을 본 적이 있다. 현은 어린 마음이나마 모든 것을 파악한 듯한 기분이 들었다. 그래서 한번은 어머니와 누나의 눈을 피해 혼자 살그머니 들어가 보았다. 안에는 겨울을 넘긴 쌀가마가 산처럼 꽉 들이차 낮인데도 어둡다. 무엇 하나 그거다 하고 느끼게 할 그림자도 보이지 않으며 목소리도 들리지 않는다. 용감히 가마니의 산 위로 쭈뼛쭈뼛 올라가 보았다. 그때 그는 안

---

1 1919년의 3·1운동을 말함.

쪽 한 구석의 어두운 곳에서 누군가의 예리한 눈이 번쩍번쩍 빛나는 것을 보고 엉겁결에 가슴이 철렁해졌다. 그것이 곧 하얀 이빨을 보이며 웃었지만 현은 더욱더 겁이 나 구르듯이 뛰어내려 왔다. 이런 일이 있었으므로 남자들이 창고 문을 열라고 아버지에게 강요했을 때, 그는 이제 틀렸다고 체념했다. 그는 눈을 감고 합장해 신께 기도했다. 그런데 이상하게도 장산(長山)은 나타나지 않았다. 나중에 들은 바에 의하면, 매부는 바로 그 전 날 밤 고향[2]에서 도망쳤던 것이다. 한 달이 못 되어 어머니와 누나는 돌아왔지만 그 후 곧 누나도 북방행 기차에 올라 다시 돌아오지 않을 길에 오르고 말았다. 이슬비가 내리던 그 날, 달처럼 얼굴이 희고 동그란 누나는 멈추지 않는 눈물로 뺨을 적시고 있었다. 그 후 누나 부부가 시베리아, 연해주, 북만주, 동만주 등으로 흘러 다니면서 이주 동포들을 지도, 조직하고 있다는 소식이 풍편으로 들려 왔다. 만주사변의 발발을 전후해 아버지는 돌아가셨지만, 그 이후로도 어머니를 비롯해 집안 식구들은 누나 부부의 안부에 무엇보다 마음 아파했다. 필경 황군(皇軍)의 손에 잡혀서 학살[3]되었다고 생각할 수밖에 없었다. 그렇다면 그들 사이에서 태어났다고 들은 외아들 무수(蕪水) 군은 어떻게 되었을까. 모두가 난리를 피해 북지로 갔을 것이라는 소문이 없지도 않았다. 또 어떤 소식통으로부터는 매부가 지나군에 뽑혀서 중대한 임무를 부여받았다는 둥, 지금은 소비에트에 들어갔다는 둥, 또는 지방의 조그마한 대학에서 동양사를 강의하고 있다는 둥 하는 그럴듯한 소문이 전해졌다.

---

2 원문은 '구니(國)'임. 이하 동일.
3 원문은 '虐罪'임.

　　이리하여 오리무중으로 세월은 흘렀지만 바로 사흘 전 노환으로 오랫동안 자리에 누워 있는 어머니의 병상에 낯선 이상한 손님 한 명이 찾아 왔다. 중머리에 볼이 홀쭉하며 눈을 크게 되록되록 굴리는, 사십이 되기에는 아직 젊어 보이는 남자였다. 그는 그림자 같이 나타나 자신을 윤장산의 옛 제자인 박준(朴峻)이라고 소개했다. 그리고 지금까지 형무소에서 복역했지만, 그 안에서 저는 만주사변에 대해서도 들었고 소비에트와의 충돌도 들었으며 일지사변(日支事變)[4]이 일어난 것도 알았습니다, 사실 제 아내도 지금 선생님 부부께 폐를 끼치고 있습니다, 새로 들어갔다 온 친구에게서 조금 들은 바에 의하면 부인은 북경에 계시다는 것, 선생님만은 행방불명, ……붓을 빌려 주십시오, 부인의 주소는 이곳입니다, ……나중에 찢어서 없애 주세요, 저는 그 안에서 격렬하게 변이하는 시세를 응시하면서 육 년 동안 생각에 생각을 거듭했습니다, 그리고 이제는 생각을 완전히 바꾸고 마음을 새로 먹어 선생님을 구하러 북경으로 가려 합니다, 지금이 그 시기입니다, 윤장산 선생님 부부를 내버려두지 말아 주십시오, 라는 말을 남기고 그는 황망히 떠났다. 환상 같은 박준의 출현 이후, 어머니의 병세는 더욱 악화되어 거의 재기의 가능성이 사라졌다. 한밤중에도 종종 미친 듯이 일어나 신께 기도를 올렸다. 그리고 하루라도 좋으니 딸 부부를 만나고 싶다고 훌쩍거렸다. 그러나 그것이 덧없는 소망임을 알게 되자, 하다못해 두 사람 사이에 태어난 첫 손자 무수만이라도 슬하에 불러 달라고 졸라대는 것이다. 그녀 자신

도 진취적인 초기 신자(信者)의 가정에서 자라난 탓인지 봉건 고루한 가정으로 시집을 온 후에도 지금까지 오랜 세월 계몽 운동에 종사해 왔다. 그러나 나이가 들어 왕년의 기백도 약해지자 일종의 체관에 도달했다고나 할까, 지금은 단지 모든 것이 하느님 뜻대로 움직일 뿐이라고 생각하고 있다. 그래서 어떤 경우건, 모든 사람이 행복하게 살아 줄 것만을 오로지 기원했다. 그런데 안부를 걱정하고 있던 딸이 현재 어딘가에 살아 있다는 말을 갑자기 듣고 보니 지금까지 목표도 없이 막막했던 딸에 대한 애정의 불꽃이 일시에 불타올랐던 것이다. 현도 어머니의 이 절절하고 슬픈 기분을 견딜 수 없게 되었으며, 또 그 자신 누나의 가정이 아무쪼록 새로운 생활 방식을 취하도록 구해 내고 싶었으므로 한번 누나 부부를 만나고 오겠다는 말을 스스로 꺼냈던 것이다. 누나가 이미 황군의 손에 들어간 북경 성내에 아직도 살고 있다는 사실, 그것이 그에게 일종의 기이한 희망과 함께 기쁨도 주었다. 사상 전환을 한 것은 아닐까 하는-

　"현아, 진짜로 가야를 만나면 말이야, 이 에미에 대해선 아무 걱정 말라고 부디 전해 줘" 하고 어머니는 말했다. 어머니는 병상에서 몸을 일으켜 그의 손을 뜨겁게 어루만지면서, "이 손으로, 이 손으로 가야의 손을 꼭 쥐어 줘. 모든 것을 하느님의 은혜에 기대도록 말이야……. 그리고 장산이나 가야는 아무래도 안 되겠지만, 저 무수만은 데리고 올 수 있었으면……."

　기차는 미명 속을 북으로 북으로 돌진하여 어느 새인지 철교를 쾅쾅 울리면서 압록강을 건너고 있었다. 이미 이동 경찰이 매 차량에 두세 명씩 돌아다니며 승객을 한 사람 한 사람 흔들어 깨워 세밀히 조사한다. 자기 차례가 되어 명함 제시를 요구받자 현은 되도록 시간이 걸리지 않으려는 생각에 여행권까지 같이 냈다. 경관은 그것을 지긋이 노려보면서 수첩에 하나하나 베껴 쓰기 시작했다. 나이는 스물일곱, 도쿄 A대학 미학연구실 재적(在籍), 목적은 지나 고미술의 시찰. 그러나 지나 고미술 시찰 때문이라는 것도 또 한 면의 진실을 속이는 것은 결코 아니다. 사실 현은 지금까지 그러한 목적으로 북경에 한 번 가보고 싶다고 크게 동경하고 있었다. 그것은 조선[5]의 고려나 이조 시대의 도자기와 지나 송명(宋明) 시대의 도자기를 비교 연구할 목적 때문이었다. 그래서 이번에는 누나의 가정과 만나는 동시에, 간 김에 하다못해 이삼 일이라도 돌아다니면서 볼 수 있으면 좋겠다고 내심 기대하고 있었다. 특히 요즘 들어 조선의 옛 예술 유산에 대한 강한 애정과 연구 욕을 품게 된 그였다. 무엇보다도 원래부터 이 방면에 흥미를 가지고 있었다고 해도, 사상에 몰두하던 때의 그에게는 그것이 그렇게 절실한 일로 생각되지는 않았었다. 역시 그것보다 앞선 중요한 일이 너무나도 많은 듯했다. 하지만 지금 보면, 사상은 짧고 문화는 길다는 기분이 든다. 역사는 지금까지와 마찬가지로 주어진 궤도만을 걸어갈 것이다. 세계 또한 이와 똑같이 이후에도 역시 자기의 운명을 따라 전개될 것이다. 그 안에서 유구하고 화려한 광채를 끊임없이 나타내 온 조선의 독자적인 문화 예술, 이 고귀한 것을 학문적으로 연구하여 그 어떤 형태로 발전시켜 보존해야 한다. 그에게는 아무래도 이 일이 자기의 사명이자 의무인 듯이

---

5 여기서 '조선'은 일본제국 내의 조선 지방을 의미함.

생각되었다.

　세관의 검사도 무사히 끝나 안봉선(安奉線)으로 들어간 후, 현은 겨우 한잠 잘 수 있을 것 같은 마음의 여유를 얻었다. 자기에게 검은 그림자가 붙어 있는 듯한 마음의 흐림도 맑게 개었다. 그 대신 선잠을 자는 중에도 그는 여러 그림자가 끊임없이 뇌리에 스침을 의식했다. 어린 시절의 기억에서만 살아 있는 매부가 떠도는 사람들 무리에 섞여 누나의 손을 끌면서 무언가를 외치는 모습이 떠오르곤 한다. 이상하게도 매부는 옛날과 조금도 다름없이 건강한 모습에 양복을 입고 있으며 거무스름한 콧수염을 기른 채 오른손으로 커다란 봉을 휘두르고 있었다. 그 뒤에서 가야는 비틀거리거나 넘어지면서 비명을 지르고 있다. 웬일인지 그는 이제 누나가 지나 옷을 입고 머리 모양까지도 지나 풍으로 한 부인으로밖에 상상되지 않았다. 게다가 그의 이십 몇 년 전의 기억에 따르면 누나는 달처럼 아름다운 여자였지만 눈앞에 비쳐 오는 누나는 뼈가 앙상하고 얼굴이 검푸르게 쇠약해져 있다. 오랜 세월 시베리아의 바람을 맞으면서 산간이나 밀림 속을 계속 유랑했으며, 어쩌다 도회로 나가도 극히 사람들의 눈을 피해 다니고 있었기 때문일까. 하지만 어느 새인지 이 떠도는 사람들 무리의 주위를 눈빛이 시퍼런 사막의 병사들이 포위하고 말았다. 총구에 꽂은 칼이 번쩍번쩍 물처럼 빛난다. 무리는 물결처럼 소용돌이치며 흔들리고 술렁거리기 시작했다. 그 파도 사이에서 부침하는 것처럼 누나는 비명을 지르면서 넘어지거나 장산에게 매달리거나 한다. 현이 뛰어오르듯이 놀라 눈을 떴을 때는 이미 오후가 된 듯했다. 처음보다는 기차 안도 꽤 여유가 생긴 것 같았지만, 공기는 여전히 구리고 후텁지근하게 안개 낀 것처럼 가라앉아 있다. 그는 무겁게 하품을 했다. 그리고 오버 깃 속에 머리를 움츠리면서 어째서 오늘 나는 이런 일만 생각하는 것일까 하고 마음속으로 중얼거렸다. 차창 밖에는 변함없이 광야의 광경이 끝없이 계속되고 있다. 모든 것이 검푸른 색으로 완전히 물들었으며 하늘도 어두컴컴한 회색으로 드리워져 있다. 이곳저곳 아주 먼 곳에 작은 덩어리를 이룬 토촌(土村)을 배경으로 백양나무처럼 보이는 숲이 가지만을 드러낸 채 희미한 선을 그리며 이어지고 있다. 그는 또 조용히 눈을 감았다. 그러자 잠시 후 이번에는 매진(邁進)에 매진을 계속하는 기차의 무시무시한 소리가 그의 마음속에 가벼운 흥분을 들쑤셔 일으키기 시작했다. 갑옷으로 몸을 무장한 고구려 병사의 고함[6] 소리가, 모래 먼지를 일으키며 밀려오는 말 울음소리가 들려오는 것 같다. 지금 자기가 뚫고 나아가는 이 광야를 그 옛날 고구려 병사가 몇 십만이나 달리고 있었던 것이다. 그들은 강대한 힘으로 만주를 평정, 국경을 만리장성 선까지 연장하며 국위를 사해에 떨치고 있었다. 그 후 어떤 형편으로 조선의 역사는 진행되어 갔던 것일까. 명나라와 손을 잡는다든지, 청나라를 섬긴다든지, 특히 일한합병 직전에는 친청, 친러, 친미, 친일로 전전하며 고매한 정치의 이상을 지닌 적이 한 순간이라도 있었던가. 지금 이 광야에는 철도가 부설되었고, 만주국도 건실한 발전을 이루었다. 또 나는 한 사람의 완전한 일본 국민으로서 북경으로 생각을 치달리면서 이 만주국을 횡단하고 있는 것이다. 북지는 이미 황군의

---

6 원문은 '눌함(吶喊)'임.

위력으로 평정되었고 북경성(北京城)은 명도되고 있다. 그곳으로 멀리
까지 찾아가는 나의 용건은 무엇인가, 하고 생각하면 저도 모르게
눈시울에 눈물이 맺혀 옴을 느꼈다. 이것은 역사의 감상이라고나 할
수 있을까? 그렇지만 지금 그는 단지 이 만주국에 오고 있는 백 수
십만의 동포, 또는 헤아릴 수 없이 많은 지나 재주(在住) 동포가 오늘
날처럼 동아에 여명을 비추는 건설적인 시기에 차차 생활을 향상시
켜 주기를 바라는 마음으로 가득했다. 그에 이어 생각은 또다시 누
나 부부의 생활로 날아갔다. 매부가 행방불명이라면, 누나는 여자 혼
자의 연약한 몸으로 도대체 무엇을 하며 그날그날 입에 풀칠을 하고
있을까. 고향을 떠날 때까지는 정말로 생활의 고통과는 도무지 인연
이 먼, 지극히 행복한 삶을 살아 온 그녀였다. 시집간 후에도, 희망과
정열에 불타 남편 장산과 함께 아름다운 시골에서 사립학교를 경영
하며 아이들이나 마을 사람들에게 개명 사상을 보급하고 있었다. 그
중에서도 특히 누나는 마을 여자들의 계몽에 노력했다. 언제였던가,
그것은 분명 내가 여섯 살 때쯤의 일이었을 것이다. 그는 어머니에
게 이끌려 누나가 사는 곳에 간 적이 있다. 작은 초가집이기는 했지
만, 지붕에는 커다란 바가지가 달린 넝쿨이 빙 둘러 이어져 있고, 마
당에는 복숭아와 살구나무가 마당이 좁아 보이도록 심어져 있었으며,
수숫대로 짠 울타리에는 가지각색의 들장미가 병풍처럼 수를 놓고
있었다. 그 앞 쪽의 화단에는 봉선화나 맨드라미, 양귀비, 백일홍 등
이 풍성하게 피어 흐드러져 있었다. 누나는 이 마당 안을 나비처럼
날아다니고 있었다. 그때 그녀가 어머니에게 이런 말을 하면서 웃던
고운 얼굴이 어린아이 마음에도 인상 깊게 뇌리에 박혀 있다.

　　"조선의 모든 집에 이렇게 꽃이 가득 피어날 때, 하느님은 분명히 은혜를 내려 주실 거예요."

　　지금 생각해 보면, 가야 누나는 깨끗한 걸 아주 좋아하는 사람이고 명상적인 마음을 지닌 연약한 여자였다. 그와는 반대로 매부는 정진정명(正眞正銘)의 실천주의자 같은 느낌이 드는, 말수 적고 과단성 있으며, 게다가 상당히 머리가 치밀하고 웅변도 겸비한 드날리는 남자였다. 매부는 망명 생활에서도 자기 안에 아무런 모순을 느끼지 않고, 점점 더 타고난 성격을 굳게 하면서 그의 길로 나아갈 수 있었을 것이다. 그 반대로 누나 쪽은 정신 및 육체적으로 고통을 받으면서 때때로 얼마만큼이나 자기 자신을 잃어버렸던 것일까. 그런 것을 생각하면, 현은 한층 더 마음 아프고 슬퍼지는 것이었다. 그가 어머니에게 이끌려갔던 그 다음날의 일이라고 생각되지만, 매부의 학교에 창가를 부르러 어머니하고 누나와 함께 갔던 일도 슬며시 생각났다. 그때 매부는 예의 그 유명한 어조로, 평양에서 작은 친구가 멀리까지 왔다고 그를 모든 학생들 앞에 소개했다. 그래서 현은 누나가 울리는 풍금 소리에 맞춰 유치원에서 배웠던, '학도야, 학도야' 노래를 소리 높여 불렀던 것이다. 그는 문득 그것을 흥얼거려 보면서 또 다시 감상에 빠져 눈꺼풀을 적셨다.

2.

　　이윽고 북경 동차참(東車站)[7]에 닿은 것은 밤 열두 시였다. 오후

---

7 '참(站)'은 역(驛)을 말함.

세 시경, 산해관(山海關)에서 지나의 대지로 들어오게 되었을 때, 눈 딱 감고 누나에게 전보를 쳐 놓았다. 그러나 현이 기차에서 내렸을 때, 그는 혼자 쌀쌀한 플랫폼 한 구석에 초연히 남겨졌다. 그는 얼마간 허둥대는 듯한, 갑자기 왠지 모를 무서움이 몸에 닥쳐온 듯한 기분이 되었다. 역 앞에는 하늘을 찌를 듯한 정양문(正陽門)의 거무칙칙한 모습이 천고의 꿈을 품고 밤하늘에 커다랗게 가로놓여 있다. 역전의 광장에 나가자 얀쵸(洋車)[8]들이 크게 소리치면서 닭 떼처럼 몰려왔다. 그는 성큼성큼 그 중 하나에 다가가 몸을 싣자마자 외쳤다.

"××호동(胡同)."[9]

얀쵸는 큰길로 나옴과 동시에 왼편으로 홱 꺾여 갔다. 그는 중학 때, 장래에 북경의 대학에서 공부한 후 미국으로 건너가고자 했었다. 그래서 강습회 같은 데에도 나가 지나어를 공부했기 때문에, 조금은 말도 통하는 것이었다. 솜처럼 피곤해진 몸을 흔들리고 흔들리면서도, 현은 도대체 왜 누나가 마중을 나와 주지 않았을까 하는 불안한 생각으로 가득 찼다. 이 성 안에서도 사라져 또다시 어딘가로 몸을 숨긴 것일까, 아니면 두 사람 다 갇힌 몸이 되어 있는 것일까. 그때 인력거꾼은 큰 소리로 번지를 물었다. 그는 저도 모르게 몸서리를 치면서, 그 역시 번지수를 소리쳐 대답했다. 어느새 얀쵸는 고요하고 깜깜한 길 안을 종종걸음으로 달리고 있었다. 외성(外城)이라고 해도 상당히 외딴 곳으로 보여, 칙칙한 회색 집들은 유령처럼 침묵하고 있었으며 그 지붕들 사이로 반달이 뜬 교교한 하늘이 보인다. 인력

---

8 인력거. 중국어임.
9 골목을 말함.

거꾼은 이런 길을 반시간 남짓 몇 번이나 꺾어 돌며 헤매어 다닌 끝에, 갑자기 어떤 곳으로 나와 잘못된 듯이 얀쵸를 멈추고 주변을 둘러보았다. 그리고는 머리를 갸웃거리면서 커다란 창고 담이 성벽처럼 막힌 골목길 안으로 느릿느릿 들어갔다. 그는 그 길에 있는 집들의 처마 밑을 엿보며 돌아다녔다. 하지만 결국 그는 어느 쓰레기통 옆에 웅크리고 있는, 거지로 생각되는 노인에게 짓밟듯이 다가가, 고려인 집은 어디냐 하고 꽥 소리치며 물었다. 늙은 거지는 웅크린 채로 부들부들 떨리는 손을 들어 바로 비스듬히 마주보이는 낡아빠진 작은 집을 가리켜 보였다. 그는 그 무너질 듯한 문 앞에 내렸을 때, 격렬한 가슴의 고동소리가 자기 자신에게도 들리는 것처럼 생각되었다. 헌등(軒燈)도 없는 어스레함 속에서 문은 기분 나쁜 붉은 차색을 띠고 있다. 한 가운데 쯤에 누런 놋쇠로 된 둥근 바퀴 같은 것이 아래로 드리워져 있다. 그는 그것을 잡고 똑똑 몇 번쯤 조용히 대문짝을 두드려 보았다. 집안은 괴괴하게 고요하여 사람이 나오는 듯한 기색조차 없다. 그래서 이번에는 아까보다도 조금 세게 두드리면서 문을 살짝 넌지시 밀어 보았더니, 무언가 양철 깡통이라도 고여 놓았는지, 그것이 끽끽 섬뜩한 소리를 냈다. 그는 허를 찔린 듯이 깜짝 놀라 훌쩍 도망쳤다. 이윽고 누군가가 나오는 듯한 낌새가 보이더니 빗장을 풀고 문을 반쯤 열었다. 그러자 젊은 남자 하인 풍의 지나인 얼굴이 의아한 표정을 지으며 불쑥 나타났다. 그는 아무 말 없이 명함을 건넸다. 남자 하인이 다시 문을 걸고 돌아갔다고 생각하자, 안쪽에서 두세 마디 지나어로 소곤소곤 서로 이야기하는 듯한 목소리가 들리고, 급히 여자라도 오는 듯한 발소리가 다가왔다. 현은 조금 몸을 뒤로 젖히며 문에서 약간 떨어져 섰다. 과연 지나 옷을 입은 한 사람의 여자가 문 밖으로 숨죽인 채 조용히 나타났다. 그러나 그것은 그의 아름다운 어린 시절의 추억 속에 숨쉬고 있는 누나와는 너무나 동떨어진 모습이었다. 또한 상상 속에 그리고 있던 누나의 모습과도 너무 달랐다. 어쩌면 그렇게 번쩍번쩍 빛나는 눈일까. 어쩌면 그렇게 어두운 그림자를 머금은 음산한 얼굴일까. 정말 이 초라하고 바짝 말라버린 여자가 내 누나일까. 돌연 여자는 다가와서 그의 코 앞에까지 얼굴을 들이대고 한층 더 눈을 반짝이면서 점점 아래턱을 떨기 시작했다. 현은 더욱 굳어져 아무 말도 할 수 없었다. 여자는 와들와들 떠는 두 손으로 갑자기 그의 얼굴과 목덜미를 만지작거리면서 눈물을 뚝뚝 흘렸다. 그리고 목멘 소리로 겨우 한 마디, "현이니?" 했다. 이렇게 그들 남매는 만났던 것이다. 문 안 쪽에 남자 하인이 서 있다가 두 사람이 들어가자 눈을 흘낏 돌려 인사를 한 뒤, 또다시 빗장을 걸었다. 그는 본채의 왼쪽 끝에 있는 작은 방으로 안내되었다. 희미한 전등불 밑에 썰렁한 공기가 가득하고 가운데쯤에는 다리가 뒤틀린 원탁과 두세 개의 의자가 놓여 있다. 검푸른 색의 벽지에는 이곳저곳 빈대를 때려잡은 흔적이 있고 안쪽 구석구석은 낡아빠진 싸구려 침대가 납작하게 누워 있다. 그 위쪽 벽에 가시관을 쓰고 뺨에서 핏방울을 흘리고 있는 예수의 액자가 걸려 있고 그 바로 아래에는 마리아의 작은 주상(鑄像)이 끈에 매달려 드리워져 있다. 가야는 그것을 앞에 두고 침대 위에 엎드려 목소리를 억제하려 몸부림치면서 오열하고 있다. 현은 만감이 교차하는 마음을 품고 우뚝 선 채로 누나의 마른 가지 같은 어깨가 격렬하게 흔들리는 것을 내려다보았다. 어린 시절의 아름다운 추억을 회상하면, 얼마나 변해 버린 누나의 모습이란 말인가. 이 누나야말로 흡사 시온의 딸 같이 예전에는 눈보다도 교결(皎潔)했고 우유보다도 희었으며 산호보다도 선홍색이었던 것이다. 그랬던 것이 지금은 그 얼굴이 너무나도 검어져 거리에 있으면 사람들이 몰라보게 되었고, 그 피부는 뼈에 딱 달라붙어 마른 고목처럼 되어 있다. 그는 누나를 만난 순간, 이미 누나를 잃어버린 듯한 기분이 들었다. 무엇부터 이야기해야 할까. 무어라고 그녀를 위로할까. 자기에게 그럴 힘이 과연 있을까. 그는 ‘누나’ 하고 부르려 생각했다. 하지만 목이 메어 소리가 나오지 않았다. 밤은 점점 깊어가고, 그 시간의 자취를 더듬는 것처럼 길에서는 가끔 얀쵸가 지나가는 듯한 소리가 들린다. 그렇게 생각해서일까, 더 나아가 이 정적은 현에게 무언가 여러 사람이 목소리를 낮추고 숨을 참고 있는 듯한 기분 나쁜 것으로 생각되었다. 그러고 보니 멀리 떨어진 남자 하인의 방에서 주변을 꺼리는 듯한 기침소리와 성냥을 자주 켜는 듯한 소리도 들려오는 것 같았다. 갑자기 그 방의 문이라도 슬그머니 열리는 것 같은 소리가 들리더니, 두세 사람의 남자가 우르르 나가는 눈치다. 도대체 저 사람들은 어떤 사람들일까 하고 현은 주의를 기울여 문 쪽을 돌아보았다. 바로 그때 누나도 아무 이유도 없이 겁먹은 것처럼 홱 몸을 일으켰다. 한 순간 얼굴이 굳어지는가 싶더니 경련이라도 일어난 듯이 웃었다. 그 웃음소리 속에서도 현은 옛날의 가야를 발견할 수 없었다. 그는 한층 더 슬퍼져서 살피듯이 뚫어지게 그녀의 얼굴을 바라보았다.

　“현아, 누나[10]를 그런 눈으로 보지 말아 줘!” 그녀는 진심으로 무서운 듯이 새파랗게 질려 몸을 뒤로 젖히면서 외쳤다. "그래, 너는 나를 보고 분명히 실망했을 거야……."

"누나, 왜 그런 말을 하세요." 그는 겨우 슬프게 중얼거렸다.

"왠지, 누나는 현이 두 눈이 무서워 죽겠어. 누나가 그렇게 나쁜 여자처럼 보여요? 아— 누나를 그렇게 사나운 눈으로 바라보지 말아 줘. 살펴보지 말아요."

"누나, 흥분하고 계시는 군요."

"그래, 정말 그래, 나 흥분하고 있단다. 그런데 어머니, 어머니는, ……."

"어머니도 이렇게 나이 들지 않았으면 같이 가 볼 텐데, 하셨습니다." 역시 어머니가 지금 중병으로 누워 계시다고는 말할 수 없었다. "요즘은 점점 더 신앙 쪽으로 깊이 들어가시는 것 같습니다. 한 시도 하느님의 은혜 아래 매달려 있음을 잊지 말라는 말씀을 전해 달라고, ……."

"아— 지금 내가 하느님의 은혜 없이 어떻게 하루라도 살 수 있겠습니까." 라고 말하듯이, 누나는 털썩 원탁 위에 얼굴을 묻고 흐느껴 울었다.[11] "나는 아버지께서 돌아가신 것도, 이번에 박준 씨에게서 들었어……. 그리고 나는 네가 꼭 찾아올 것 같은 예감이 들었어……."

"게다가 어머니는, ……." 하고 현은 목 안이 뜨겁게 메이는 것 같은 기분으로 계속 말했다. "북경에 가면 되도록 누나 곁에 있어 주라고, ……."

"아— 그만, 그만, 그 이야기."

---

10 원문은 '妾(わらわ)'임, 이는 여자가 자기를 낮춰 부르는 '소첩'의 의미임.
11 원문은 '허희(歔欷)'임.

“그리고 돌아올 때는 무수 군이라도 데려 오라고, ……” 그는 한 층 더 심하게 목소리를 떨었다.

“무수 군은 벌써 스물 쯤 되었습니까, 지금 어디 있습니까?”

그러자 그녀는 그 후부터 갑자기 심하게 기침을 뱉었다. 결국 그녀는 의자에서 미끄러져 떨어져 바닥에 무너지면서 다시 격렬하게 어깨를 들먹이고 숨을 헐떡이며 괴로워했다. 그는 누나 쪽으로 다가가 끌어안듯이 등을 어루만지기 시작했다. 가야는 기침에 더욱 목메어 울면서 이번에는 드문드문 무언가를 지나어로 외치기 시작했다. 그는 어찌하면 좋을까 망설이기 시작했다. 그러자 그때 문간에서 소리가 들리며 지나인 남자 하인이 물병을 들고 들어왔다. 그 남자는 무슨 의미인지 알아들을 수 없는 지나어로 무언가를 중얼거리면서 한 손에 쥐고 있던 하얀 종이의 약봉지를 아주 조심스레 열어 내밀었다. 순간 현은 왠지 모르게 무서운 듯한 인상을 받아 그것을 잡아채려고 했다. 남자는 깜짝 놀라 비명을 지르면서 훌쩍 물러나더니, 한쪽 손을 내밀어 계속 그것을 받으라고 졸라 결국 가야에게 넘겨주고 말았다. 그녀는 입을 크게 벌리고 그것에 덤벼들었다. 현은 망연자실하여 잠시 몸조차 움직일 수 없었다. 남자 하인이 그녀의 몸을 침대 위에 끌어올리려 하는 것을 보고서야 비로소 그는 겨우 제 정신으로 돌아와 남자 하인을 도왔다. 그러자 놀랍게도 누나는 괴로운 듯한 기침을 두세 번 약하게 했을 뿐, 그대로 혼곤히 마취 상태에 빠져들고 말았다.

현은 말할 엄두도 내지 못하고 그저 깊은 혼명 속에서 언제까지나 언제까지나 그녀 곁에 움직이지 못하고 서 있었다. 왜일까, 갑자기 눈물이 주르르 흘러내렸다. 두려울 정도로 큰 실망에 나가떨어진 비통함이 가슴 가득 밀려왔다. 그것은 현세의[12] 누나가 아니다, 찌그러진 누나의 형해인 것이다, 아— 누나는 완전히 이상해져 있다. 중독자가 되어 있다. 피어린 망명의 비참한 생활이 그렇게 통통했던 볼을 이 정도까지 비참하게 빨아먹었고, 그렇게 윤기 있던 광채를 닳게 했으며, 결국에는 그녀의 육체와 정신까지 이렇게 불구의 것으로 만들고 있는 것이 아닐까. 때때로 신음소리를 내면서도 가야는 이윽고 평화로운 잠의 세계로 정신없이 빠져들고 있다. 그에 따라 잠자는 숨소리도 차츰 온화해져 갔으며, 불가사의하게도 안색 역시 점차 하얗게 맑아지는 듯했다. 현은 갑자기 놀란 듯이 눈을 동그랗게 떴다. 모든 오뇌를 씻어낸 그녀의 고요하게 잠든 얼굴 속에서 그는 희미하게나마 옛날 가야의 그림자를 발견했던 것이다. 차마 볼 수 없이 말라 쭈그러진 두 볼 사이에서 꽃 같은 옛날의 피부색과 풍만함이 어렴풋이 피어올랐으며, 거무칙칙한 핏기가 가신 작은 입가에서는 어디서인지 모르게 은은한 미소가 몇 번 흘러나온다. 깊이 꺼진 눈구멍 아래에서는 무지개 같이 반짝이는 빛이 눈꺼풀을 비집고 나와 비치는 듯했다. 현은 거기 무너져 내리며 하염없이 눈물을 흘리며 조용히 그녀의 손을 끌어당겼다. 그리고 이건 엄마 손이에요, 엄마 손이에요, 하고 마음속으로 외치면서 손을 힘껏 잡은 채로 몸을 떨었다.

---

12 원문은 'ほんとの國'의 임. 따라서 '고향에 있던 진짜 누이'로 번역될 수도 있을지 모르겠다.

3.

다음날 아침 눈을 떠 보니, 어찌된 일인지 그는 누나가 자고 있던 침대 위에 누워 있었다. 아침도 꽤 늦은 듯하여, 하나밖에 없는 창문에서 조금 스며들어오는 햇빛이 눈부실 정도로 강했다. 공허한 기분으로 멍하게 천정을 바라보고 있자니, 무언가 악몽에서 깬 듯한 느낌이 들었다. 실로 그것은 악몽임에 틀림없었다. 게다가 그는 정말로 그것이 악몽이기를 바랐다. 모르는 사이에 그는 열조차 나고 있던 듯했다. 몸이 나른할 정도로 화끈거리는 얼굴에는 뜨거운 피가 마구 요동치는 듯한 기분이 들었다. 그때 누나가 살짝 문을 열고 그가 잠에서 깨었음을 보았다. 그녀는 흠칫, 약간 움츠리면서 가만히 들어왔다. 그리고 현의 눈을 피하는 듯이 그의 뒤쪽으로 돌아 가, 침대의 금봉(金棒)에 두 손을 얹었다. 현은 또다시 눈을 감은 채 그녀가 깊이 숨 들이마시는 소리에 지긋이 귀를 기울였다. 잠시 답답한 침묵이 그를 짓눌러 부수듯이 계속되었다.

"현아, 모두 운명의 장난이라고 생각해, 나를 괴롭히지 않겠다고 약속할 수 있지? 너는 누나를 불쌍히 여겨 아무 것도 묻지 않고 용서해 줄 수 있지? 그 대신 나 역시 아무 것도 묻지 않겠어요, 이제 와서 들어 보아야 어쩌겠어." 이렇게 말하며 그녀는 목구멍에 걸린 울음소리를 삼켰다. 그와 동시에 그의 뺨 부근에 뚝 하고 뜨거운 눈물이 한 방울 떨어졌다. 그것이 곧 차가워져 귀 옆으로 선을 그으며 굴러 떨어졌다. 또 한 방울 뚝 떨어졌다. "현이는 열이 있으니까, 열만 내리면 오늘 중으로 어딘가 내성(內城)에라도 묵을 곳을 정해서 그곳으로 갔으면 좋겠어. 그렇게 하는 게 서로를 위해서 좋아요. 여기는 네가 있을 곳이 아니야……. 현이가 산해관에서 보내준 전보도 오늘 아침에야 배달되었어요. 여기 전보는 느려요. 내가 전보를 어젯밤에라도 받았더라면, 어딘가로 몸을 숨기고 너를 만나지도 않았을 텐데……. 알았니?”

“누나, 나는 아무것도 몰라!” 하고 외치자마자 현은 갑자기 몸을 뒤집어 엎드린 자세를 취하면서 누나의 얼굴을 무섭게 올려다보았다.

“알려주세요. 도대체 어떻게 된 일입니까?”

“…….” 가야는 약간 몸을 뒤로 젖혔다. 그리고 눈을 꽉 감고 격렬한 헐떡임을 죽이려는 것처럼 창백한 얼굴을 천정으로 향하며 경직되어 있었다.

“매부는 어떻게 되었습니까. 행방불명이니 뭐니 듣고 있는데…….”

“꼭 들어야겠니?”

“무수 군은 어디 있습니까?”

“전쟁에 나갔어요, 그 애는……”

“전쟁에?” 하고 현은 앵무새처럼 되물으며 탄성을 질렀다.

“그래.” 그녀는 여전히 눈을 감고 우뚝 선 채였다.

“그 애는, ……그 아이는 일본군에 통역을 지원해 나갔어. 지금 산서성(山西省)에 가 있어요…….”

너무나 의외의 말에 현은 눈을 반짝반짝 빛내면서 가야를 뚫어지게 보았다. 고집쟁이 망명 민족주의자인 누나 부부 외아들의 일인 만큼, 그것은 그가 전혀 상상조차 하지 못했던 일이다. 이것 때문에 누나는 더욱 더 자기모순[13]과 회의와 고민 속으로 떨어져 들어가고 있는 것일까. 그때, 누나 뒤쪽의 창에 누군가 커다란 남자의 그림자가 나타나 힐끗 들여다보는 것을 발견한 순간, 쓱 또다시 사라져버렸다. 현은 어린 시절의 기억에 비추어 보았을 때, 그것이 매부가 아니라는 사실만은 알았지만, 불안하게 가슴이 뛰어 왔다. 누나는 그 남자가 있다는 것은 눈치 채지 못했다.

"그 아이는 그렇게 해서 아버지와 어머니를 구원하려는 거야." 그녀는 이제 두 번 다시는 어젯밤 같은 흐트러짐을 반복하지 않으려 노력하며 마음을 다스리고 있었다. "처음에 나는 무수에게 물어보았어. 너는 오직 우리를 위해서 가는 것이냐, 그렇지 않으면 벌써 네 안에 우리들의 사고방식과는 다른 사상이 싹트고 있는 것이냐 하고. 그 애는 눈물을 흘리면서 둘 다라고 말하는 거야. 이미 어쩔 수 없는 일이었어. 시절이 서로 다르다고 해야 하나? 아— 우리는 무엇을 위해 고향을 떠났으며, 무엇을 위해 그 애를 안고 유랑의 여행을 계속했단 말이냐. 하지만 사람들의 행복을 위하는 생각에는 여러 가지 사고방식이 있겠지. 그 애가 전쟁에 나간 후, 나는 결국 이런 신세가 된 거야……" 라고 히스테릭하게 말끝을 끌면서 새된 목소리로 울기 시작했다. 현은 외쳤다.

"누나, 이제부터라도 늦지 않았어! 결코 늦지는 않았어요." 하고, 애원하듯이 현은 외쳤다. "누나! 이제부터의 생활 방식을 생각합시다."

"아—, 아무 말 하지 말아줘. 이미 늦었어, 이미 늦었어요. 네가 여기서 나가면 돼, 그러면 돼. 나는 지금부터 네 숙소를 정하러 간다. 저 장산까지 나를 버리고 다른 여자와 함께 이 북경 성내를 피해 돌

---

13 원문은 '자기상극(自己相剋)'임.

아다니고 있어……. 이걸로 모든 게 끝이야…….”

말도 다 끝나기 전에 갑자기 눈물이 흘러넘칠 만큼 나왔으므로, 그녀는 양손으로 얼굴을 가리며 오열을 삼키면서 뛰어 나갔다. 너무나 격한 충동으로 인해 현은 망연해졌다. 그것은 오히려 방심이라고 하는 편이 적절할지도 모른다. 모든 것이 깊은 안개 속에 싸여 있는 것처럼 의식조차 몽롱해져 있었다. 거기에 도어를 강하게 노크하는 소리가 흡사 먼 곳에서 나는 것처럼 들리더니, 아까 본 키가 크고 체격이 커다란, 오십이 지났음직한 남자가 불쑥 나타났다. 그는 두꺼운 모피 오버를 입은 채 커다랗고 음울해 보이는 얼굴로 현의 흐리멍덩한 망막 앞에 가로막고 섰다. 그는 어깨를 넓게 펴고 있었으며 움푹 들어간 찢어진 작은 눈이 핏발 선 빛을 뿜고 있었다. 희끗희끗한 수염은 바르르 떨고 있었다.

“나는 당신이 누군지 알고 있습니다. 아까 보이한테서 들었습니다.” 남자는 뒷짐을 지고 쿵쿵 방 안을 걸으면서 볼을 부풀리며 천천히 중얼거리기 시작했다. “그리고 당신의 눈을 보고 당신이 지금 무엇을 두려워하고 괴로워하는지 알고 있습니다. 당신의 눈은 시의(猜疑)와 공포와 혼란 속에 빛을 발하고 있습니다……. 아차, 내 소개가 늦었습니다. 윤장산 선생의 옛 부하인 옥상렬(玉相烈)이라는 사람입니다.” 이렇게 말하고 한 번 허리를 굽혀 보이고는 또다시 이야기를 계속했다. “하지만 당신은 나를 무서워할 게 아무 것도 없습니다. 오히려 내가 당신 같은 청년들을 무서워하고 있단 말입니다. 처음에는 나도 당신들을, 이 새파란 놈들이 무얼 지껄이는가 하고 미워했었습니다. 에, 괜찮습니까. 미워했었습니다. 그렇게 말하면 당신은 아무 것도 비난받을 게 없다고 말하겠지요. 예, 완전히 그렇습니다. 그렇고말고요. 하지만 자, 조금 더 내 말을 들어 보세요. 요즘은 나 스스로도 무얼 말하고 있는지 모르겠어요. 그렇지만 되는 대로 막 소리치고 싶습니다. 나는 결코 당신을 놓아주지 않겠습니다. 괜찮습니까? 내가 계속 말해서 녹초가 될 때까지는 놓아주지 않겠습니다. 그렇소, 어쩌면 당신은 이 나를 알고 있을지도 몰라요. 만주와 지나를 오가며 한때는 반도인 사이에서 용감한 이름을 떨쳤던 직접 행동대장, 이 옥상렬을. ―하지만 그것은 실로 예전의 옥상렬이었소. 그 옥상렬은 이미 죽어버린 것입니다. 이것 봐요, 당신의 눈매가 조금씩 달라졌습니다!” 라고 말하자마자 갑자기 딱딱한 표정이 되어 현의 코앞에 딱 멈춰 서 버렸다. “에, 그것으로 좋습니다. 바로 그거면 족합니다. 자, 내가 지금 뭘 하고 있다고 생각합니까? 이 나를, 이 나를 정면으로 보세요. 옥상렬은 지금 무엇을 하고 있냐는 겁니다……” 하고 헐떡헐떡 곁을 떠나면서, “이 옥상렬은 말이죠, 놀라시지 마세요, 특무기관에서 활동하고 있단 말입니다! ……아― 이걸로 됐어, 이제 이걸로 됐어요, 나는 무턱대고 그 사실을 이야기하고 싶었어요. 특히 당신에게 그것을 말해 버렸으니 그것으로 이제 됐습니다.” 그리고 그는 정말 녹초가 된 듯이 의자 위에 털썩 주저앉았다. 그리고 흥분된 열기를 하아, 하아, 토하면서 손등으로 이마와 얼굴의 땀을 닦기 시작했다. 밖에서는 왱왱 하고 거센 바람이 불어 창을 마구 때리고 있었다. 이제 남자는 독백처럼 엄숙한 목소리로 또다시 이야기를 계속했다.

　“당신들은 새로운 시대에 태어나, 새로운 사고방식 밑에서 자랐소. 그리고 당신들의 고뇌의 방법은 무언가 우리들의 그것과는 온통 반대인 것 같소. 그것이 도대체 무슨 내용일까, 나는 알고 싶었던 것입니다." 하고 말하면서 그는 또 일어났다. 그리고 차츰 또 열을 내기 시작했다. "나는 당신들에게 사상적으로나 시대적으로나 뒤떨어지는 것이 무엇보다도 두려웠습니다. 처음에 나는 단지 우리들의 방법이 반도인을 위해 가장 좋다고 생각했던 것입니다. 따라서 나는 목숨을 바쳐 당신 매부인 윤 선생의 지도에 충실이 따르면 된다고 생각했습니다. 그러나, 그러나 우리의 꿈은 너무나도 무참하게 계속 배반당할 뿐이었습니다. 만주사변이 일어나 우리들이 쫓겨 나갔던 때부터 나의 생각은 차츰 변했습니다. 곳곳에서 일본 군대의 위세 좋은 행진 나팔 소리가 울려 퍼져 옵니다. 나는 눈을 감고 생각했습니다. 사랑하는 이 반도인을 위해 과연 어떤 길이 옳을까 하고. 다시 비참을 반복하는 것이 결국 나에게는 참을 수 없게 되었습니다. 이렇게 나는 겨우 당신들의 사고방식에 도달했습니다. 이 옥상렬, 나이가 들었기 때문입니까, 아니, 아니, 나는 훨씬 젊어진 것입니다!" 하고 외치며 그는 손을 번쩍 들었다. 그의 눈에는 눈물이 가득 어려 있었다. 그리고 천천히 가슴에서 시커멓게 더러워진 손수건을 꺼내 눈물을 닦으며 몸을 떤다 했더니 손수건을 눈에 댄 채로 갑자기 흐느끼기 시작했다.

"당신은 나의 이 기분을 헤아려 주시겠습니까? 이 나의 기분을. 옛 동지도 몇 사람 나와 뜻을 같이 하여 재출발을 시작했습니다." 현도 창연한 얼굴로 얼굴 가득 눈물을 흘리며 조용히 고개를 끄덕여 보였다. 믿는 바를 향해 신명을 던졌던 사람들에게 전향의 고통이 얼마나 피를 삼키듯 절절할까를 어렴풋하게나마 느꼈다. 게다가 불행하게도 잘못된 사상운동에 몸을 던지고 있었다고 이렇게 크게 회오한다 해도 결국은 고향 사람들을 가장 사랑하고 그들을 위하고자 생각했기 때문이라는 사실에 존경과 신뢰의 마음조차 깊이 느꼈다. 이 남자는 지금도 끊임없이 자기 문답, 자기 회의, 자기 제시(提示) 속에서 자신의 새로운 결의가 옳음을 확신하고자 안달하고 있음에 틀림없었다. "나는 어떻게든 이 기분을 선생께서도 알아주셨으면 해서 매일 찾아다니고 있습니다. 무엇보다 윤 선생의 사상에도 꽤 금이 가기 시작했다는 것도 사실입니다. 첫째로 당신도 알고 있는 그 박준이 감옥에 들어가 있는 동안, 선생이 그 부하의 마누라에게 애정의 과오를 범한 것 자체가 그것을 웅변으로 이야기하고 있는 것입니다. 물론 여자가 더 나쁘긴 나빴지요. 하지만 무엇보다도 세계의 정세는 시시각각으로 변해 가며 동아의 사태 역시 점점 더 복잡해져 가는데도, 저 지조 높은 선생이 그런 잘못까지 일으키게 되었습니다. 박준은 감옥에서 돌아오자 선생께 몇 번이나 강력히 간언했던 것입니다. 하지만 선생은 뚝뚝 눈물을 흘리면서, 차라리 네 손으로 나를 죽여 달라고만 졸라대고 계셨습니다. 이윽고 북경에 일본군이 입성해 오게 되었을 때, 오른쪽으로 가야 할지 왼쪽으로 가야 할지 가장 결정하지 못한 것은 선생님이었습니다. 이것이 선생의 사상적 파탄을 의미하는 것이 아니면 무엇이겠습니까. 나는 이 시절 선생이 겪은 고통의 정도를 눈물 없이는 헤아릴 수 없습니다. 그걸 생각하면 안절부절 못하게 됩니다. 선생은, ……잡수실 것도 잡수시지 않고, 누더기를 입은 채 이 북경 성내를 방황하고 계십니다. 한 번은 내가 선생을 변두리의 빈민 집합소에서 발견했습니다. 나는 그때 복받쳐 울며 선생에게 매달려, 선생님, 제발 저와 함께 가 주십시오. 그러시겠습니까? 나는 그렇게 말했습니다. 결국 나쁜 일이 생기기 전에 자수해 주십시오, 하고, ……”

이렇게 그의 입에서 자초지종을 듣는 동안, 현은 완전히 경직되어 버려 몸이 뚝뚝 꺾여지는 것처럼 괴로웠다. 이제 그는 옥상렬을 조금도 의심하지는 않았다. 매부는 어떻게 될까. 남편에게 버림받고 아들에게 버림받은 누나는 또 어찌 하면 좋을까. 멀리까지 찾아온 이 동생이 그들에게 도대체 무엇을 해줄 수 있단 말인가. 그는 차라리 절망 속에서 애원하듯이 외쳤다.

“옥 선생님, 제 매부를…… 누나를 도와주십시오! 도와주십시오!”

목이 말라서 목소리는 쉬어 있었다. 옥상렬은 휙 방향을 바꾸고 한 순간 팽팽히 긴장한 수염을 바르르 떨었다. 그리고 얼굴이 무너지는 듯할 정도의 감격적인 표정을 지으며,

“아— 당신은 분명히 나에게 그렇게 말해 주시는 겁니까. 고마워요, 고마워요. 역시 당신은 내 적이 아니었소. 잘 말해 주었소.” 하고 입에 거품을 물며 외쳤다. “하지만 슬프게도 나에게는 그럴 힘이 없소. 그럴 힘이 없단 말입니다. 보세요. 무엇보다도 먼저 나는 더 이상 당신 누나의 고뇌와 죄악에 찬 이 비참한 생활을 참을 수가 없게 되었습니다. 잘 아시듯이, 선생님은 집에 돌아오지 않고, 가야 씨는 정신의 고통과 생활의 고통에 시달린 나머지 이런 곳에서 사람들의 눈을 피해 아편 밀매를 하고 계십니다…….” 이 마지막 말은 현의 가슴을 경악과 절망의 칼날로 갈가리 베었다. 그것은 너무나도 견딜 수

없는 칼날이었다. 일시에 높은 열이 불기처럼 몸을 삶듯이 솟구쳐 와, 전신이 불타고 의식조차 잃을 지경이었다. 그러나 옥상렬은 점점 더 흥분해 어세를 높이면서 방 안을 아무렇게나 빙빙 걸어 다녔다.

"예? 왜 그러십니까? 당신은 또다시 안색을 바꿨군요. 그게 어쨌단 말입니까? 아직 모른다고 말하시는 겁니까? 이거야말로 실로 부끄러워하고 증오할 만한 직업이 아니고 뭐란 말입니까! 우리 망명객에게는 철의 규칙이 있었습니다. 아무리 괴로워도 아편을 하면 안 된다. 또 아편을 팔아 지나인의 피를 빨아먹어서는 안 된다……. 아시겠습니까? 즉 반도인만의 행복을 위하는 일이어서는 안 된다는 것입니다. 그것은 일본인의 경우에도 그러하듯이, 또한 지나인의 경우에도 그래야 하는 것입니다. 바로 그렇기 때문에 나도 이번에 전향한 것입니다. 아니, 사고방식을 전진시킨 것입니다. 결국은 우리도 이 비극적인 사변이 하루라도 빨리 우리 동아의 대지에서 사라지도록 협력할 때, 비로소 일본인을 위해서도 지나인을 위해서도 좋으리라고 생각했기 때문입니다. 당신은 나의 이 기분을 헤아려 주시겠습니까? 나의 이 기분을!" 그리고 성큼성큼 다가왔다. "부탁합니다. 부탁합니다. 당신이야말로 나의 힘이 되어 주세요! ……"

그러나 이상하다고 생각하며 손을 내밀어 현의 몸을 건드려 본 그는, 그 엄청난 고열에 깜짝 놀라 어이쿠, 하고 이상한 소리를 지르며 급히 바깥을 향해 "보이, 보이!" 하고 소리쳤다.

4.

누나 가야가 정해 둔 여관은 내성(內城)의 북쪽 귀퉁이인 동사북

대가(東四北大街) 뒤에 있는, 지나인의 숙소라 불리는 곳이었다. 다음날 낮에 그는 어지간히 열도 가라앉고 마음의 침착함도 조금 되찾았으므로 누나에게 이끌려 얀쵸를 타고 그곳으로 향했다. 그러나 역시 정신적인 혼란은 엄청났고, 게다가 내심으로는 무언가를 찾고 있는 듯한, 눈앞의 안개를 털어버리려 노력하는 듯한 괴로운 기분이었다. 얀쵸는 길 가운데를 뚫고 어느새 대책란(大柵欄)이라는 번화한 지나식 상점가를 달려, 그곳에서부터 또 어수선한 옆 골목으로 벗어나 정양문(正陽門) 방향으로 나가려 하고 있었다. 그 지나가는 길에서 그는 문득 조선 여관이라고 쓰인 작은 간판을 무심코 발견하고는 깜짝 놀란 듯이, 멈춰, 하고 큰 소리로 외쳤다. 누나는 의아한 얼굴로 왜 그러냐고 물었다. 그는 가야에게는 대꾸도 하지 않은 채 얀쵸에서 내려 성큼성큼 여관 안으로 들어갔다. 밟으면 바닥에서 끽끽 소리가 울리는 이층의 누추한 한 방을 배당받았을 때, 그는 누나를 향해 나는 차라리 여기 있고 싶다고 중얼거렸다. 역시 무의식적이나마 그는 이 대륙에 와 있는 다른 반도인들이 생활하는 모습의 한 *끄트머리*라도 보고 싶었던 것일까. 그 역시 그만큼 다른 사람 이상으로 자기의 동족을 사랑했으며, 그들이 행복하기를 바라고 있는 것이었다.

거기서 잠시 쉰 후에 그는 가야가 권유하는 대로 북경 관광을 위해 다시 얀쵸에 탄 몸이 되었다. 두 대의 얀쵸는 흔들흔들하면서 천안문(天安門)에서 북쪽으로, 중산공원(中山公園)을 지나 남해(南海), 중해(中海)의 호숫가를 옛 자금성(紫禁城)의 주자색(朱紫色) 담을 따라 지나갔다. 여기까지 오는 동안에 두 사람은 한 마디도 말을 주고받지 않았다. 주고받을 말조차 없었기 때문이다. 새싹을 틔운 버드나무는 흐릿하게 보이고, 늘 푸른 홰나무 숲도 울창하게 무성하며, 구름 한 점 없이 맑게 갠 하늘에는 비둘기[14]가 무리지어 날아다니고 있었다. 호수에는 아름다운 다리가 걸려 있고 수면에는 연잎이 별 같이 떠 있다. 이것들 사이를 채색하듯이, 자금성의 굉대한 궁전은 황금색과 푸른색의 기와가 이어져 현란한 두루마리 그림을 이루고 있다. 끝없이 이어지는 푸른 하늘 저 편에는 북해공원(北海公園)의 하얀 원탑(圓塔)이 있었다.

"이 옛 황성(皇城)의 주위만 해도 약 이십 리 반이나 된대. 저 자금성 궁전이나 금원(禁苑)의 장려함이라는 건 도대체 비교할 수 없을 정도야. 엄청난 돈과 사람의 힘으로 만들어진 거예요." 하고 가야는 감격한 목소리로 혼자 소곤소곤 중얼거렸다. "……하지만 역사의 힘이란 어쩔 수 없는 건가봐. 옛날 화려한 청조 시대에 이 성내는 황족이나 신하들의 고급 주택가였다고 하는데, 지금은 눈 색깔마저 다른 여러 외국인의 조계로 여기저기 찢어졌지. 게다가 우리들까지 이 금원 안을 들여다볼 수 있게 되었어요. 그러니까 나는 이 근처를 지날 때는 항상 생각합니다……"

"뭘 생각합니까?" 하고 현도 그녀와 똑같은 감개에 젖으면서 마음에서 우러나오는 듯이 물었다.

"우리 선조 중에 어떤 훌륭한 사람이 계셨는데 그 분이 일본에 사자로 파견되거나 이 청나라 황제를 알현하기 위해 북경에 왔다고 아버지가 항상 자랑하셨지? 그 선조는 도대체 어느 문으로 어떻게

---

14 원문은 '尾笛鳩'임.

들어와 어디쯤에 엎드리셨을까 하고 생각하는 거지. 조금 내려가 볼까? 이 고궁 안에 들어가 보지 않을래? 뭔가 아주 슬픈 기분이 들어요. 우리 같은 외국인이 이런 지체 높은 금원 안에 발을 들여놓으려하는 게……”

그렇지만 슬프게도 현에게는 이 모든 명미(明媚)한 풍경이나 다채로운 궁전도 비몽사몽간에 지나가는 것 같이 느껴질 뿐 현실적인 감흥이 들지 않아, 얀쵸에서 내려 그것들을 볼 기분이 들지는 않았다. 하지만 누나가 웬일인지 옛날의 다정다한했던 마음을 서서히 회복하고 있는 것처럼 생각되어 그는 더욱 깊이 가련함을 느꼈다. 그래서 그는 누나의 모처럼의 부드러운 기분을 해치지 않으려고, 이러쿵저러쿵 중얼거리는 그녀의 목소리에 이것저것 맞장구를 치면서 구경은 나중에 천천히 하자, 박물관도 나중에 혼자 오자고 스스로에게 말했다. 사실 그는 이 궁전들의 호화스러움이나 지난날의 영화를 말하는 멋진 경취도 오히려 와 닿지 않아 그 안에 녹아들 마음의 여유가 없었다. 어느새 누나는 소리를 질러 얀쵸를 세우고 있었다. 그곳은 벌써 북해공원의 동쪽, 사람의 그림자도 많지는 않은 조용한 숲 그늘이었다. 이윽고 그들은 벤치 하나를 발견하고 거기 나란히 앉았다. 신기할 만큼 따뜻한 겨울 날씨였다. 그곳에서부터는 북해 호수 안의 숲 위로 하얀 원탑이 더 두드러져 보였다. 때때로 그들 앞을 훌륭하게 차려입은 지나인 남녀가 유유히 걸어간다.

“이제 잠깐 쉬었으니까 저 하얀 탑 위에 올라가 보자. 저 위에서 보면, 이 곳의 삼해(북해, 중해, 남해)가 꼭 조선 지도하고 똑같이 보여. 나는 가끔 저기 올라가 고향에 돌아간 듯한 꿈같은 기분에 빠져.” 그녀는 약간 상기된 얼굴로 쓸쓸한 미소를 띠었다. 역시 누나는 때때로 참을 수 없을 만큼 고국으로 돌아가고 싶은 향수를 느끼는 것일까. “그렇게 보면 바로 저기는 조선에서도 평양쯤에 해당돼. 그래서 나는 옛날에 산보하러 잘 갔던 모란대 위에 있는 것 같은 착각이 일어나. 그때는 저 삼해의 파란 물이 대동강처럼 보여, 오월이 되면 거기에는 빨간 연꽃이 가득, ……”

거기서 그녀는 갑자기 공포라고도 당혹이라고도 규정하기 어려운 표정을 짓고 말을 끊었다. 저쪽에서 카메라 같은 것을 어깨에 걸친 서너 명의 일본 군인이 우르르 오는 것을 눈여겨보았던 것이다. 그러자마자 곧 아주 기묘한 일이 일어나고 말았다. 가야는 눈에 띄게 서먹서먹해지기 시작했다. 현의 뇌리에는 무수 군의 일이나 윤장산의 일이 스쳐 지나갔다. 그뿐 아니라 군 관헌의 눈을 피하지 않으면 안 되는 아편 밀매자인 누나의 일이 번개처럼 번뜩였다. 더욱 운 나쁘게도, 군인이 어떻게 나무그늘 길로 가겠느냐는 듯이, 그들은 남매가 앉아 있는 쪽을 향해 오기 시작했다. 그와 동시에 현은 어, 하고 외치면서 무심결에 벌떡 일어났다. 그리고 대여섯 걸음 앞으로 갔다고 생각하는 순간 그 자리에 못 박힌 듯 멈춰 섰다. 그때 키가 크고 눈썹이 짙은 상대편 병사 한 사람도 깜짝 놀라 눈을 동그랗게 뜨고 무언가 기성을 질렀다. 실로 그것은 해후였다. 이토(伊藤) 소위와 현은 잠시 그곳에 우뚝 선 채 주고받을 말도 찾지 못하는 모습이었다. 같은 고등학교에서 같은 대학으로 함께 진학한 두 사람이라고는 해도, 둘의 사이는 단순한 학우로 끝나지 않을 만큼 친했던 것이다. 한때는 그 두 사람도 사조의 파도에 휩쓸려, 고등학교 시절부터 서로를 마음속의 동지로 부르며 손을 맞잡은 사이였다. 설령 씻어내지 않으면 안 될 과오를 범한 것이었다고 할지라도, 그것은 거친 열정과 더불어 지역을 초월하고 민족을 뛰어넘어 이 세계가 아름답고 살기 좋게 될 것을 기약했기 때문이 아니었던가. 그러나 이번 사변이 동양의 평화, 나아가 세계의 평화를 위해 부득이한 운명을 지니고 발생하자, 이토 역시 전장으로 소집된 몸이 되어 만세 소리의 전송을 받으며 도쿄 역을 떠났다. 그 배웅하는 사람들 속에 현도 섞여 있었다. 지금 현은 이 그리운 옛 벗으로부터, 예전의 우울과 고민, 그리고 회의를 멋지게 불식하고 청징하게 된, 그야말로 선탈(蟬脫)[15]이라 해도 좋을 정도의 훌륭한 군인으로 완성된 새로운 이토를 보고 눈부심을 느끼는 동시에 가슴 깊이 안도하기도 했다. 이토 소위는 싱긋 웃으면서 이제 예전처럼 오른손을 내밀고는 악수를 할 수 없게 되었다고 말했다. 현은 깜짝 놀라 눈을 동그랗게 떴다. 아니나 다를까 오른손에는 하얀 장갑이 끼워져 있다. 그러나 현의 마음 어느 한 구석에 나는 지금 누나와 같이 있다는 자각이 생겼다. 그래서 이번에는 까닭 없이 깜짝 놀란 것처럼 뒤를 돌아보았다. 그때 그의 눈에는 벤치를 떠나 회나무 숲 쪽으로 아주 빠르게 도망치는 푸른 지나 옷차림의 누나가 언뜻 보였다. 현은 더욱 놀라 튕기듯이 뛰어나갔다.

“기다려요! 기다려요!” 그러나 지금까지 이토와 내지어로 이야기를 주고받던 참이라, 뜻하지 않게 그것은 내지어였다. 게다가 그는 지금 자기가 내지어로 외치고 있다는 사실을 깨닫지 못했다. 말은

---

15 매미가 껍질을 벗음. 즉 완전히 변한 모습.

모르지만 동생의 큰 목소리에 누나는 화살 박힌 듯이 되어 한 번 뒤돌아보았다. 바로 그때 이토가 대체 무슨 일이야, 하고 외치면서 현쪽으로 달려온다. 그것을 보자 가야는 드디어 망상의 공포에 사로잡혀 숲 속으로 사라져버리고 말았다. 현은 또 현대로 아무 것도 생각할 여유 없이 누나의 뒤를 좇아 달리면서, "또 만나자, 또 만나." 하고 뒤돌아보며 외쳤다. 이토는 어안이 벙벙해져 어리둥절하게 서 있는 채였다. 그러나 현이 숲의 어둠 속으로 달려 들어갔을 때 이미 가야는 큰 길로 나와 얀쵸라도 불러 탔을 것이다. 열심히 찾아보았지만 보이지 않았다. 현도 서둘러 큰 길로 나오자, 어떻게 하겠다는 생각도 없이 어느새 얀쵸를 불러 탔다.

5.

가슴의 울렁거림이 어떻게 해도 멈추지 않았다. 그녀가 가장 두려워하는 군인과 함께 그녀를 뒤쫓아 달려오는 것처럼 보였을 그 자신을 생각하면, 말로 표현할 수 없는 기분이었다. 지금부터 그녀의 뒤를 따라 그녀의 집을 찾아갈 수도 없다. 지금 그것은 틀림없이 그녀를 점점 더 곤혹과 공포 속에 빠뜨릴 것이기 때문이다. 그렇다고 해도 어쨌든 기회를 봐서 천천히 흉금을 터놓고 이야기하지 않으면 안 된다. 갱생의 길로 나와 밝고 건강한 생활을 시작해 주도록 충심을 다해 호소하지 않으면 안 된다. 그 일이 아무리 지난할지라도, 한시라도 머뭇거릴 때가 아니다, 그녀를 납득시켜 그녀가 재생할 길을 함께 연구해야 한다. 시온에서 추방된 딸이 시온으로 다시 돌아오기 위해서는 헛된 꿈을 따르지 말고 하느님의 자식으로 돌아오는 길밖에 없는 것이다. 매부도 마찬가지다. 이 두 사람의 영혼을 절망과 자포자기에서 구출하기 위해, 미력이나마 내가 용감하게 노력해야 한다. 그와 더불어 일단 한 번 저 이토 소위와도 무릎을 맞대고 그들의 일에 대해 이야기해보고 싶었다. 하지만 도대체 어디에 있는 어느 부대로 간 것일까. 지금부터 되돌아가도 벌써 늦었을 것이라고 생각하자, 어떻게 자기의 가슴을 가라앉히면 좋을까 알 수 없을 지경이었다. 어쨌든 그는 어딘지도 모르는 길을 곧장, 곧장 달려가라고 고함쳤다. 얀쵸는 어하교(御河橋)를 건너 커다란 근대 건축인 도서관의 우측을 보면서 계속 서쪽으로 달려갔다. 서안문 쪽까지 오자, 인력거꾼은 지금부터 남, 북 어느 쪽으로 가느냐고 뒤돌아보며 물었다. 현은 갑자기 생각난 듯이 융복사(隆福寺)로, 하고 외쳤다. 인력거꾼은 돌아서서 눈을 희번덕거리면서 도대체 뭐야, 하고 말하려는 듯한 표정을 지었다. 단지 현은 한 달에 이틀, 융복사나 호국사(護國寺) 경내에서 노점 골동시가 열린다는 이야기가 떠올랐을 따름이다. 인력거꾼은 융복사라면 완전히 반대 방향으로 왔다, 골동품을 볼[16] 생각이라면 오늘은 시장도 서지 않으니까 유리창(琉璃廠)[17]에 가면 되지만 하여튼 그건 외성에 있어 머니까요, 하고 떨떠름해했다. 현은, 얼마라도 좋아, 그래, 유리창 쪽으로 가자, 하고 소리쳤다.

시커먼 회색으로 그을린 골동품점이 좁고 어수선한 길 양쪽에 묵묵히 늘어서 있다. 이 유리창 근처에 도착했을 때는 오후의 햇빛도 점차 엷어져 기분 나쁜 색조로 한층 깊은 그림자가 드리워져 있었다.

---

16 원문은 '古玩看看'임. 중국어 식 표현.
17 북경의 골동품 거리.

그는 무엇에 홀린 것처럼 눈앞의 무슨 환영을 좇는 듯한 발걸음으로 차례차례 어둑어둑한 가게 안을 둘러보며 걸었다. 진열창을 비롯해 몇 줄의 선반과 전시대에는 현란한 칠보 도자기나 칠한 곳이 거무칙칙하게 벗겨진 황금색 불상, 여러 모습을 한 말 조각상, 이곳저곳 썩은 목상, 목판, 돌기와 조각들, 도자기, 옛 항아리, 옛날 돈 같은 것들이 묵묵하게 가득 늘어서 있다. 그는 그것들이 발하는 귀기(鬼氣), 환기(幻氣), 요기(妖氣) 속에 잠시 멈춰 서서 지나 민족의 감정과 의지와 영혼의 숨결을 몸으로 통절히 느꼈다. 떠들썩하게 빛나는 호화로움, 아주 강렬한 형상, 존대한 의지, 소박함을 용납하지 않는 완벽. 그 때문에 그는 조선이나 내지의 골동품 가게에 있는 것과는 완전히 다른 감정에 잠겨들었다. 이것들은 흙에서 파헤쳐져 나와도 별로 놀라는 기색이 없다. 또 먼지와 어둠 속에 묻혀 있어도 따분하거나 쓸쓸한 기색이 없으며, 그렇다고 답답해하지도 않는다. 대여섯 집을 도는 동안에 이윽고 어두워져 희미하게 전등이 켜졌다. 이제 현은 진열창에 말 조각상을 서너 개 늘어놓은 가게 안으로 들어갔다. 전기라도 고장을 일으킨 것인지, 불은 아직 켜져 있지 않았다. 단지 진열창을 통해 저물어가는 잔광이 비쳐 들어와 방안 가득 기울어져가는 푸른 그림자를 감돌게 하고 있다. 어두움 속에서 물건을 사지는 않고 대충 구경만 한 후 출구 쪽으로 가려 했다. 바로 거기에 잔광의 눈부신 마지막 번쩍임이 쏟아지듯이 비쳐 들었다. 출구 옆의 전시대 위에 흘낏 눈에 띄는 물건이 있다. 그는 깜짝 놀라 멈춘 눈을 동그랗게 떴다. 그리고 잔광을 받아 움츠러드는 듯이, 눈부셔 몸서리치듯이 보이는 작은 청자를 갑자기 두 손으로 움켜쥐어 올렸다. 그는 숨소리를

46

죽이며 경직된 채 지긋이 응시했다. 그것은 틀림없이 고려의 물건이었다. 맑게 스며드는 듯한 물색 하늘 속에 상감된 흰 구름이 조각조각 떠 있고, 그 사이를 네 마리의 학이 날개를 펼치고 저 먼 곳을 향해 날아가는 운학(雲鶴) 모양인 것이다. 주의를 집중해서 듣고 있자니 흥분에 숨이 막힌 그를 향해 그 청자로부터 무수한 영혼이 속삭이는 소리가 들려오는 것 같았다. 이제 근처는 완전히 어두워져 버렸다. 어둠 속에서, 기다리고 있었습니다, 나는 얼마나 기다리고 있었는지 모릅니다, 하고 그 청자가 말하는 것이다. 나는 아주 오랫동안 무섭기도 했고 답답하기도 했으며 슬프기도 했었습니다, 하고 청자는 또 속삭였다. 현은 감격에 겨운 목소리로 주인을 불렀다. 그리고 그 근처를 전지로 비쳐 달라고 말했다. 이 청자 이외에도 똑같이 고통스러워하고 있는 다른 물건이 있을 것처럼 생각되었던 것이다. 전지가 온기 없는 강렬한 빛을 묘하게 그의 앞에 비췄다. 과연 송대와 명대의 도자기 사이에서 딱 두 점이 비명 같은 목소리로 속삭여 왔다. 나를 구해 주세요, 나도, 나도 구해 주세요……. 아— 그리고 말고, 그러고 말고, 그는 마음속에서 외치면서 그것들을 집어 들었다. 너희들은 역시 조선의 것이다, 사람의 포옹을, 애정을 구하는 조선의 것이다. 그것이 너희들의 속성이기도 한 것이다. 하나는 틀림없는 이조의 백자였다. 그 두드러지지 않게 빛을 감춘 근심 띤 색이 확실히 이조 사람들의 얼굴이었다. 또 하나는 깨어진 질그릇이었다. 흑갈색의 소박한 형태인데 머리 쪽에 흠이 나 있어 실로 고통 속에서 목소리를 꾹 참고 있다. 그것은 쇠처럼 딱딱해 한 번 손가락으로 두들기면 일종의 비통한 음향이 깃든 소리를 냈다. 그 소리 속에서 그는 죽음과도 같은 누나의 신음소리를 들은 듯이 생각되었다. 아아, 이건 누나가 도움을 청하는 목소리다, 도움을 청하는 목소리다, 하고 그는 소리쳤다. 그리고 부들부들 떨리는 손을 가슴 속에 넣어 부르는 값만큼 돈을 끄집어내 주인에게 건네자마자 비틀거리며 그곳을 빠져 나왔다. 정말로 오랫동안 이 땅에 납작 엎드려 신음하고 있던 누나 가족을 구출한 듯한 극도의 흥분과 환희를 느꼈다. 그리고 얀쵸를 불러 타자, 자기 모자와 머플러로 그 물건들을 싸서 겨드랑이에 끼고 꽉 부둥켜안았다. 그러자 그것들의 고동이 사무치게 자기 가슴 속으로 전해져 올 뿐만 아니라, 그 훈훈함이 자기 호흡에 섞여 들어와 그 목소리 목소리가 귓전에서 신음하는 것 같은 착각을 느꼈다. 역시 그때는 이미 그의 몸에 어제처럼 격심하게 열이 나서 의식도 신경도 이상하게 약해져 있었다.

거의 몽환 상태에서 숙소에 돌아온 현은 그것들을 머리 위쪽 빛이 비치는 곳에 늘어놓고 심하게 떨리는 불쾌감을 참을 수 없어 옷 입은 채 그대로 이불 속으로 기어들어갔다. 돈복약(頓服藥)이 잘 들었던 것일까, 기분도 조금은 가라앉고 땀도 나지 않았다. 그러나 그는 어디까지나 병적이라고 말할 정도로 흥분된 기분 속에서 깊이 생각했다. 역시 가능하다면, 이국에 건너온 이 옛 그릇들처럼 먼 지나의 하늘 아래, 누추한 지역에 파묻혀 고통에 번민하고 있는 누나와 매형을 구해내고 싶었던 것이리라. 그런 의미에서 하다못해 그 물건들부터라도 그런 곳에서 건져내고자 하는 기묘하게도 열렬한 요구를 느꼈던 것이리라. 그래서 출발할 때 누나에게 주기 위해 어머니에게서 떠맡은 삼백 원을 아까워하지도 않고 탕진했던 것이다.

꿈과 환상이 수없이 겹쳐 그의 머릿속을 혼명 속에 오가게 하고 있었다. 아주 괴롭게 무언가 잠꼬대를 하고 있다고 스스로 비몽사몽 중에도 느꼈다. 침대 위에서 몇 번이나 돌아누웠다. 그러나 아까부터 머리에 달라붙어 꼬리를 길게 끌며 떨어지지 않는 환상의 편영(片影)이 있다. 그것은 다 떨어진 신과 모자에 구깃구깃한 지나 옷을 걸친 매부가 결국 황군의 영창 안에 갇혀 묶여 있는 상(像)인 것이다. 어찌 된 일인지 병든 몸을 끌고 있는 노모도 이 북경 땅에서 보였다. 그는 누나와 함께 어머니의 두 어깨를 부축하며 특무기관의 뒤쪽 현관에 서 있었다. 장산을 한 번만이라도 만나게 해 달라고 하며 어머니는 무너져 내리는 몸을 죽기 살기로 버티면서 조르고 있다. 그 목소리 가 단말마 같은 음향으로 비몽사몽 중에서나마 불길한 예감으로 그 의 몸을 떨게 했다. 이 면회를 주선하기 위해 힘써준 것은 옥상렬이 었다. 그러나 그것은 잘 되지 않아 이윽고 자기들을 돌려보내고자 칼을 짤그랑거리면서 한 명의 상관이 나왔다. 뜻밖에도 그는 아까 북해공원 근처에서 만났던 이토 소위였다. 두 사람 모두 흠칫하며 그 자리에 못 박혔다. 그때 어머니가 정신을 잃고 쓰러져 그는 급히 어머니의 몸에 매달리며, "어머니, 어머니!" 하고 소리쳤다. 그리고 그 목소리에 놀라 돌연 잠이 깨었다. 웬일인지 온 몸이 땀에 흠뻑 젖 어 있었다. 시계를 보니 일곱 시가 막 지났을 뿐, 침대에서 뒹군 지 두 시간도 되지 않았다. 이상한 꿈 때문에 갑자기 어머니와 매부에 대한 무섭고 불길한 감정이 마음속에서 소용돌이쳐 와 결국 제 정신 을 잃어버린 사람처럼 되고 말았다.

언제나 그렇듯이 바로 방 바깥의 계단 입구에서는 손님들이 모여 왁자지껄 서로 무언가를 이야기하고 있었다. 그 목소리 큰 조선어가 그의 방 안에도 똑똑히 들려 왔다. 제일선에서 병사들을 상대로 시계를 수선하거나 매매했었다고 자기를 소개한 남자가 지나에 새로 건너온 패들에게 약간 과장을 섞어 활기차게 설명하고 있었다.

"어쨌든 황군이 공격해 들어간 다음부터 하루의 여유도 두지 않고 들이닥치는 건 우리들입니다. 맨 앞으로 물품이나 식료품을 공급하러 가는 상인이 그렇고, 또 술집 영업 같은 데로 뛰어드는 것도 우리가 선두입니다. 그래서 군대와 우리가 겨우 어떻게 살 수 있게 해놓으면, 그 후에 돈 가진 놈들이 잔뜩 들어와 커다란 상점을 차리는 겁니다……."

현은 아직 꿈과 환상의 세계에서 완전히 깨어나지 못한 모습으로 나가, 대화하고 있는 남자들 옆쪽으로 다가가 기운 없이 섰다. 이야기하고 있는 시계상은 생각했던 것보다 젊은 남자였다. 그는 민첩해 보이는 순진한 얼굴을 하고 있었다. 그 주위에 서너 명의 초라한 남자들이 의자에 쭈그려 앉아 우울한 얼굴로 그의 설명을 듣고 있었다. 젊은 남자는 의아한 듯이 흘끗 현의 얼굴을 올려다보고 나서 또 무언가의 질문에 대해 설명하기 시작했다.

"하여튼 이 전쟁에 고향 사람들이 상상 이상으로 노력하고 있는 점만은 사실입니다. 그도 그럴 것이 아침쯤에 점령한다고 하면, 그날 저녁 때에는 벌써 밀려들어 가게를 여는 것도 우리 동료들이지만, 통역이나 운전수로 일한다든지 도망친 주민들을 잡아 모아 온다든지, 그 외에 갖가지 일을 하니까요. 군인처럼 생명을 중요하게 생각하지 않는 용감함이 없다면 전선으로 다가갈 수 없습니다. 당신들도 그런 각오가 없으면 잘 해 나갈 수 없을 겁니다. 장사를 하려 해도 전혀 할 수 없단 말입니다. 장사하려 해도 돈이 필요하겠지요. 자동차 운전이라도 할 수 있다면 특별히 지원해서 채용되는 일도 없지는 않고, 또 지나어나 할 수 있다면, 통역으로라도 나갈 수 있지만 말이오. 그러고 보니 통역은 반도 출신이 아주 많습니다. 전선에서 통역하는 남자한테 들은 말인데, 포로를 조사하다 보니 그 중에 지나에서 같은 중학교에 다녔던 친구가 몇 사람이나 있었다고 합디다. 이상한 기분이었을 거라고 생각합니다.” 현은 이 남자의 이야기를 멍하게 들으면서 조카인 무수 군의 일을 머리에 떠올렸다. 혹시 이 남자는 그를 만난 적이라도 있지 않을까. 누군가가 시계 쪽은 돈벌이가 됩니까, 하고 물었다.

“야, 돈 벌겠다는 나쁜 생각을 가지면 얼마든지 벌 수 있습니다. 어쨌든 병사들은 전쟁 중에 즐거운 일이 적지 않습니까. 그래서 무엇보다도 필수품인 시계 취미가 유행하고 있습니다. 서로 교환해 본다든지, 싼 것을 두 개씩 세 개씩이나 사 본다든지, 손목시계는 있으니까 이번에는 늘어뜨리는 것을 산다든지 하는 형편입니다. 게다가 한 번 전투를 하면, 어느 시계든지 거의 나빠져 있습니다. 유리가 깨지거나 바늘이 빠지거나 회전축이 부러지거나 물이 들어가거나 합니다. 그래서 우르르 수선을 하러 오는 겁니다. 그런데 수선도 끝나지 않았는데 또 출동하게 되는 일도 있겠지요. 그러면 거기 조립되어 있는 다른 시계로 바꿔 차고 갑니다. 하지만 대단한 격전이 예상되는 때에는 반드시 몇 사람쯤 출동 명령 후에 찾아와서, 당신, 이 시계 좀 맡아 줘, 어쩌면 찾으러 올 수 없을지도 모르지만 말이야, 라고 말하며 웃는 겁니다. 그런 때는 내가 참을 수 없이 슬픈 기분이 되기는 하지만, 넌지시 고향이 어딘지 묻습니다. 그리고 살짝 적어 둡니다. 역시 전투는 끝났지만 받으러 오지 않는 사람이 있어요. 전 사한 겁니다. 이번에 이 북경에 온 것도 열여섯 개 쯤 되는 특무기관 에 가기 위해섭니다. 나는 돈을 번다는 것보다도 군대의 시계라는 헌신적인 기분으로 어디까지든지 따라갈 것입니다……."

"당신은 통역하는 윤무수(尹蕪水)라는 사람을 모르십니까?" 하고 갑자기 현은 스스로도 깜짝 놀랄 목소리로 질문해 보았다. 놀란 눈 을 동그랗게 뜨고 남자들은 그가 선 곳을 돌아보았다. 시계상 남자 는 마치 겁먹은 듯한 얼굴이 되더니 황급히 고개를 가로저어 보였다. 그래서 현은 여전히 환상을 좇는 듯한 기분으로 어슬렁어슬렁 계단 을 내려가 숙소에서 나왔다. 밤의 대책란 거리는 역시 혼잡을 극했 다. 지나 옷 입은 남자들이 우르르 흘러가고, 젊은 여자들이 잠시 멈 춰 서고, 인력거꾼이 소리치며 오가고, 네거리에는 순경이 서서 뭐라 고 큰 소리로 외치고 있다. 그는 예의 들뜬 발걸음으로 연관(煙館)[18] 이나 토약점(土藥店)[19] 등 금색 문자의 간판을 내건 호화로운 가게가 늘어서 있는 한 지역에 왔다. 이 부근은 특히 밝았을 뿐 아니라 가게 앞에는 자가용이 몇 대나 서 있었으며 사람이 들끓는 것도 보통이 아니었다. 게다가 골목 입구 같은 데에는 수많은 노점상이 나와 있 다. 그리고 너울너울 흔들리는 노점상의 아세틸린 램프 빛 아래서 쿠리(苦力)와 인력거꾼과 빈민들이 쭈그리거나 서서 돼지고기 국을

---

18 정부에서 허가한 아편 흡연소.
19 '토약'은 정제되지 않은 아편임.

52

후루룩거리고 있다. 거기에서 누나의 집까지는 별로 멀지 않을 것 같은 기분이 들었다. 아무래도 가야와 다시 만나고 싶었던 것일까, 자연스럽게 발이 그 쪽으로 향했다. 그러나 그는 이따금 앗, 하고 놀란 듯이 돼지고기 국을 후루룩거리는 부랑인 풍의 남자들을 조심조심 훔쳐보거나 했다. 혹시 이게 내 매부가 전락한 모습은 아닐까 하고, 먼 옛날 어린 시절의 기억을 되살리고자 했다. 그러나 금세 실망하여, 다시 그는 슬프게 그곳에서 벗어났다. 이렇게 한 시간 남짓이나 그 근처를 돌아다녔지만, 결국 어떻게 찾아가야 할지 알 수 없었으므로 하는 수 없이 또 얀쵸를 불러 타게 되었다.

6.

　주인 가야의 동생이다, 아무 것도 무서워할 것 없다고 날카로운 목소리로 소리쳐 남자 하인에게 문을 열게 해 들어갔다. 그러나 누나는 거기 있지 않았다. 그녀의 방도 깜깜했으며, 첫날 그가 묵었던 방에도 불은 들어와 있지 않았다. 달도 없어 마당조차 어두웠다. 어디 갔느냐고 물어도 남자 하인은 우물쭈물 대답하지 않았다. 그때 본채 처마의 차양 밑에서 커다란 검은 그림자가 쑥 튀어나오면서 소리쳤다. "이거 참, 이건 또 엄청나게 길이 엇갈린 것 같군요. 저는 지난번에 뵈었던 옥상렬입니다. 어쨌든 당신과 만나서 이 늙은 방랑자도 조금은 기뻤었습니다. 그런데 가야 누님은 분명히 당신 숙소로 달려가셨다고 생각합니다만." 하고 말하며 그는 현 앞에 일부러 크게 가로막고 섰다. "이현 씨! 놀라지 마십시오. 아무래도 어머니께서 위독하다는 전보가 와 있습니다……."

“전보가 와 있어요? ……” 현은 쑥 나락으로 떨어져 드는 듯한 기분으로, 입가를 미세하게 떨었다. “그렇습니까. 그래서 누나는 제가 묵는 곳으로 갔군요. 아, 정말 고맙습니다, 고맙습니다.”

“한 시간 쯤 전일 겁니다, 그런데 당신은 오늘 밤 당장이라도 출발해야 하겠지요?” 남자는 왠지 험상궂은 형상으로 그의 얼굴을 힐끗 내려다보았다.

“역시 출발하지 않으면 안 되겠지요. 출발해야지요…….”

“당연하지요. 하지만 당신은 모처럼 이 북경 땅까지 와서 장산 선생도 못 만나고 돌아가셔서 되겠습니까? 그렇군, 한 번 쯤은 어딘가에서 뵈었을지도 모르지.” 남자는 부자연스럽고 심술궂은 듯한 표정을 지으며 히죽 웃었다.

“천만에요. 만나고 싶다고 해도 어떻게 만날 수 있겠습니까. 첫째, 어디 있는지도 모르고.”

“역시 그렇군요, 누님과 어디 가셨었습니까?”

“북해공원에 갔었습니다. 그냥 구경하러 간 겁니다.” 하고 현은 조금 갈팡질팡하는 마음을 꾹 다잡으며 어깨를 추켰다.

“가야 누님은 상당히 흥분하고 계셨던 듯합니다만, ……”

“그건 나와 상관없는 일입니다. 설마 당신은 나를 심문하실 생각은 아니겠지요?”

“핫하하, 내가 당신을요? ……” 하고 옥상렬은 입속에서 우물거리는 이상한 소리를 내며 웃었다. “당신도 예외 없이 이곳 사람들처럼 공포증에 걸리기 시작하고 있어요. 하지만 나까지 잘못 보시면 안 됩니다. 나는 윤장산 선생의 제자이며, 또 가야 누님께는 일생일대의 은의를 느끼고 있습니다. 그리고 한 가지 이 옥상렬이 어떤 남자인지를 보여드릴까요? …… 자, 이리로 따라 오십시오!” 옥상렬은 명령하듯이 그렇게 외치고는, 돌아보지도 않고 성큼성큼 누나 방을 향해 가기 시작했다. 현은 무어라 말할 수 없는 불안과 공포에 관통당해 마치 무엇에 홀린 듯이 그의 뒤를 따라갔다. 남자는 신을 신은 채 방 안으로 들어가 손을 위로 휘둘러 전등을 붙잡고 스위치를 돌렸다. 촉수가 낮은 전등 빛이 비춰 방은 묘하게 생기 없이 어두침침했다. 누나의 방은 작은 온돌방이었는데, 거기에는 가재도구라 할 만한 것도 없었다. 한쪽 구석에는 작은 책상이 있고, 그 위에 전에 보았던 하얀 약 봉지가 오륙십 개나 나란히 놓여 있다. 그 곁에는 값싼 양절(兩切)담배[20]를 한가운데에서 둘로 부러뜨린 것이 희끗희끗 무수히 뒹굴고 있다. 현은 철렁했다. 남자는 대수롭지 않게 그 하얀 약 봉지와 함께 담배를 두 개 집어 올려 그것을 현의 코앞에 쑥 내밀고는 아주 불쾌한 듯이 현의 얼굴을 노려보았다.

“예, 아셨습니까, 이게 뭐라고 생각합니까. 인간의 피를 빨아먹는 모르히네[21]입니다. 이 담배에 그걸 묻혀 피우는 겁니다. 합계가 겨우 ××전, 아셨습니까, 겨우 ××전인 겁니다. 하지만 이게 수십 원 수백 원 분의 피를 빨아먹는 겁니다. 나는 이 사실을 잘 알고 있습니다. 이래도 내가 밀고잡니까? 이렇게 어느 곳에도 밀고하지 않고 있습니다만, 예, 만일 그래도 믿을 수 없으시다면.” 이렇게 말하며 남자는 전등을 끄고 몸을 돌렸다.

---

20 필터 없는 담배를 말함.
21 ‘모르핀’을 말함.

“이리로 오시오. 이리로!” 이제 남자는 현을 잡아끌며 그 방의 비스듬히 건너편에 있는 남자 하인이 있는 동(棟)으로 걸어갔다고 생각하자, 갑자기 그 부엌의 숨은 문을 열어젖혔다.

“자, 안으로⋯⋯.” 후텁지근한 비린내가 어둠 속에서 흘러 나왔다. 남자는 현을 어두운 토방으로 잡아끌어 들이는 동시에 거실 입구에 드리워져 있는 마대 비슷한 것을 잡아채면서 휙 돌아보며 다그쳤다. “어떻습니까. 한 번 들어가 보겠습니까! 이래도 나를 믿지 못하겠습니까, 예? 이 안에는 지금 지나인들이 피 연기를 토해 내고 있단 말입니다!” 현은 엿볼 용기도 없이 우뚝 멈춰선 채 숨조차 막힌 것처럼 되었다.

“우리는, 아니, 가야 누님은 이렇게 무섭게 살고 있어요. 예, 이건 도대체 어찌 된 일입니까?”

그때 문을 두드리는 소리가 작게 똑똑 들렸으므로 남자는 뚝 말을 끊고 귀를 기울였다. 가야가 돌아온 것이 아닐까 하고 불안해진 것이다. 그래서 그는 문을 열고 나가는 남자 하인의 뒤에서 현의 소매를 잡아끌면서 다시금 마당으로 나갔다. 밤눈에 보아도 더러운 누더기를 걸친 한 사람의 노인이 기듯이 들어와 지팡이를 짚으면서 부엌 쪽으로 다가갔다. 앗, 하며 현은 눈을 크게 떴다. 그것이 누구인지 기억났기 때문이다. 그저께 늦은 밤에 이 집에 찾아왔을 때 문 앞 근처의 쓰레기통 옆에 웅크린 채로 고려인 집이라면 저기라고 인력거꾼에게 손을 들어 가리켜 주었던 늙은 거지임에 틀림없었던 것이다.

“역시 또 한 사람의 희생물이 기어들어 오고 있지 않습니까. 예, 이것을 우리는 빈정거리는 웃음으로 해결할 수 있을까요.” 하고 옥상렬은 또다시 매우 격한 어조로 이어 말했다. "이현 씨, 우리 역시 생활적으로도 정신적으로도 전환해야 할 시기가 왔다고 생각합니다. 틀림없이 이번 전쟁도 결국 끝날 것입니다. 우리도 적극적으로 지나 대륙의 명랑화를 위해서 진력해야 하지 않습니까. 지나와 만주에 걸쳐 있는 수백만의 동포, 이 사람들을 위해서라도 빨리 좋은 천지가 와서 그들이 행복하고 명랑하게 살게 되지 않으면 안 됩니다. 그것이 또한 동향인(同鄕人) 전체를 위하는 일도 되는 것입니다. 나는 어떻게 해서든 선생님을 만나 이 말씀을 드리고 싶습니다. 결국 지도자 본인의 부인까지 이런 일을 해야 하는 것이라면, 나는 그 따위 혁명 운동에 피침[22]을 뱉고 싶어진 것입니다. 피침을……."

현은 눈물이 가득 고인 눈으로 옥상렬의 얼굴을 올려다보았다. 이 남자의 열렬한 변설에 압도되었다기보다도, 그의 말을 들으면서 매부나 누나의 구출을 위해 지금 이 북경 땅에서 부지런히 일할 수 없는 것이 점점 더 마음 아파졌기 때문이다. 위독한 병상에 계신 어머니께 돌아가, 나는 이 누나 부부의 일을 어떻게 설명하면 좋을까. 그렇다, 과연 아직 어머니가 숨을 거두지 않고 신음하고 있을지 어떨지도 모른다. 어쨌든 한 번 더 다시 나아가 차분히 마음을 가다듬어 누나 부부 앞에 손을 내밀지 않으면 안 된다는 결심을 힘차게 마음속에 굳혔다. 남자의 얼굴도 이상하게 경련을 일으키며 무시무시한 빛을 띤 눈에 눈물이 번쩍이고 있다.

"그런데 당신은 역시 오늘밤에 출발하시는 겁니까?" 그리고 현이

---

22 원문은 '血唾'임.

녹초가 되어 슬프게 고개를 끄덕이는 것을 보자, 그는 갑자기 격한 기세로 다가왔다. "나에게는 한 가지 부탁이 있습니다. 들어 주시겠습니까?"

"뭡니까?" 하고 현은 조금 압도된 기분에 뒷걸음질치면서 신음했다. "제가 할 수 있는 일이라면, ……"

"내 고향, 평남 강서에는 가족이 있습니다. 고향을 떠날 때 아직 말도 하지 못했던 내 아들이 이번에 결혼한다는 것을 풍편에 들었습니다. 당신께 전보가 왔다는 것을 듣고 나는 있는 돈을 몽땅 털어 싸구려 구두를 두 켤레 샀습니다. 하나는 아들에게, 하나는 그 아내에게. 그리고 제 집사람한테는 노안경을 하나 샀습니다. 수정 알로 만든……. 가져가 달라고 부탁할 수 있겠습니까."

현은 비애를 자아낼 정도로 슬픈 이 늙은 혁명가의 기분에 감동하여 손을 내밀었다. 그러자 남자는 흠칫하며 내민 손을 꽉 쥐었다.

"고마워요, 고마워. 사실 나도 맹렬한 향수를 가지고 있습니다. 어떻게 변했을까, 한 번 고향에 돌아가 보고 싶습니다. 하지만 그건 평생 나에게는 불가능한 일입니다……. 저 물건들은 당신이 그저께 쉬신 침대 위에 놓아두었습니다." 바로 그때 돌아온 가야가 남자 하인을 부르면서 문을 두드리기 시작했으므로 옥상렬은 약간 당황하는 듯이 딱 두 번 굳세게 현의 손을 흔들었다. "그리고 한 가지 알려 드리겠습니다. 무수 군 일은 안심하세요. 가야 누님께 부탁받아 조사해 보았더니 지금 ××전선에서 대단한 전공을 세우고 있다고 합니다." 라고 하자마자 그는 문이 열려 숨 가쁘게 뛰어 들어온 가야와 마주 스치며 그림자처럼 사라졌다. 현은 여전히 그곳에 꼼짝 않고 서 있었다. 누나도 현의 모습을 보고 움찔 멈춰 섰으나, 남자 하인 방의 숨은 문이 열려 있는 것을 보자, 모든 것이 동생에게 알려진 것을 눈치 채고 말았다. 마음속에 밀려들어오는 울적한 감정이 갑자기 폭발해서, 눈물과 슬픔이 확 솟구쳐 올라왔다. 그녀는 손으로 얼굴을 가리고 엉엉 큰 소리로 오열하면서 침대가 있는 방으로 뛰어 들어가 버리고 말았다. 현은 쓰러질 듯이 그 뒤를 따라 들어갔다. 그녀는 침대 위에 엎드려 여전히 격하게 오열하는 목소리를 멈추지 않았다. 옅은 월광이 하나밖에 없는 창으로 흘러들어온다. 달빛이 그녀의 어깨 근처에 희고 어렴풋하게 비쳐 희미하게 떨렸다. 그는 그 뒤에 딱 달라붙어 꼼짝 않고 눈을 감았지만 숨결은 점점 거칠어졌다. 그는 그 어깨 위에 가만히 손을 올렸다.

“누나, 전보가 왔다는 것도 알고 있습니다. 그리고 다 알고 있습니다.” 그 목소리는 눈물에 젖어 떨리고 있었다. “하지만 현은 이렇게 침착하지 않습니까. 누나, 진정하세요.”

“아무 말 하지 마, 아무 말도 하지 말아요. 그저 집에 돌아가면 어머니께 가야 부부와 그 아들 무수는 북경에 없었다고 말해 줘……. 그리고 어딘가에서 무사히 살고 있는 것 같다고 말해 줘.”

“누나는 앞으로도 이런 생활을……” 그는 격렬한 가슴의 고동을 억누를 수가 없어 부르짖고 말았다. “누나, 그만 두세요 이런 생활은!”

“나보고 굶어죽으라는 거니?” 그녀는 더욱 경련을 일으키며 소리쳤다.

“굶어죽는 것보다 더 나쁜 일일지도 몰라요, 이건……. 우선 누나의 하느님이 용서하시지 않을 겁니다.”

“무슨 말을 하는 거야.” 하고 귀청을 찢는 듯한 목소리를 쥐어짜면서 가야가 벌떡 몸을 일으켜 돌아보았다. 엉망으로 흐트러진 머리카락 사이로 핏빛 두 눈이 현을 꼼짝 못하게 했다. “우리 백성의 여자들이 멸망할 때에는 인정 많은 부녀자들조차 손수 자기 아이들을 삶아 먹을지도 몰라요. 이 쓰레기 같은 사람들을 어찌할 수가, ……” 그러나 그녀는 이제 아주 기력을 잃은 듯이 보였다. 그녀는 또다시 쓰러져 계속 오열했다. “아―, 하지만 현아, 부탁한다. 우리를 위해 기도해 줘. 기도해줘, 어머니께도 그렇게 부탁해 줘, ……”

“누나, 마음을 진정하세요, 마음을 진정하세요!” 하고 현은 가야를 뒤에서 부둥켜안고 저버릴 수 없는 슬픔에 떨었다. 또다시 그저께 밤 같은 무서운 발작이 그녀를 엄습하지 않기를, 하고 그는 마음으로부터 기원했다.

“절대로 절망 따위에 빠져서는 안 돼요. 지금부터라도 늦지 않았어요. 누나와 매부가 재출발할 길을 생각하자는 게 아닙니까. 나는 너와 함께 하며 너를 구하리라……. 하지만 나의 도로써 너를 징벌하리라, 너를 전혀 벌하지 않지는 못하리라[23]는 말도 있잖아요. 누나, 우선 마음을 바꾸고 몸을 바꿔서 밝고 새로운 생활로 들어가지 않겠습니까? 이제부터라도 결코 늦지 않았어요……. 아무래도 저는 오늘 밤 안으로는 출발해야 하겠지요. 하지만 반드시 다시 오겠습니다. 저도 좀더 확실히 방책을 세워서 올 테니까, ……”라고 말하고는 천천

---

23 원문은 “我汝と偕にありて汝を救はん。…されど我道をもて汝を懲さん、汝を全く罰せずにはおかざるべし”임.

히 몸을 일으켜 눈물을 닦고 또 닦았다. 그리고 옆에 놓여 있는, 옥상렬이 부탁한 물건으로 생각되는 꾸러미를 안고 비틀비틀 출구 쪽으로 나아갔다. "누나, 내가 다시 올 날을 기다려 주세요. 안녕, 누나, 안녕." 그리고 갑자기 생각나는 것이 있어 우뚝 서 휙 돌아보았다. 가야는 가슴이 찢어지는 듯한 생각에 점점 더 오열하고 있었다. "그런데 누나, 저는 누나한테 한 가지 용서를 구해야 할 게 있습니다. 평양을 떠날 때 어머니로부터 누나에게 건네주라고 삼백 원을 맡았었습니다. 하지만 저는 누나에게 필요한 것은 돈이 아니라 정신적인 위안이라는 것을 알았습니다. 그래서 아까 유리창의 어떤 가게에서 먼지에 파묻혀 슬프게 뒹굴고 있는 옛 조선의 도자기를 발견해 그것을 사고 말았습니다. 지금 저는 겨우 그 일밖에 할 수 없었던 겁니다. 하지만 기다리세요, 꼭 다시 오겠습니다. 안녕, 안녕."

현은 그렇게 말하고 마당으로 나갔으나, 한없이 눈물이 흐르고 흘러 어찌 할 수 없었다. 문을 나서자 어두운 골목길을 쏜살같이 달려 큰 길로 나왔다. 얀쿄를 달리게 해 숙소에 돌아오자 곧장 기차 시간을 조사했지만, 부산 행은 한 시간 정도의 여유도 없었으므로, 서둘러 옛 그릇을 신문지에 싸 끈으로 묶기 시작했다. 그것들이 또 무언인지 서로 호소하는 듯한, 외치는 듯한 환청을 들었다.

"우리는 쓸쓸하고 약한 물건입니다. 이제까지 얼마나 억눌리고 숨이 막혔었습니까. 우리는 역시 우아 순정하고 슬픔 많은 반도인들의 것입니다. 그런 마음과 눈으로 따뜻하게 지켜보아 주는 사람들이 있는 고향으로 어떻게든 돌아가고 싶습니다. 살려주십시오. 데려가 주세요."

"아― 좋고말고, 좋고말고. 데리고 돌아가고말고. 너희들은 우리 것이다. 틀림없이 우리의 애정이 필요해. 반드시 그럴 거야, 반드시 그럴 거야." 하고 현은 왠지 또다시 넘쳐 나오는 눈물을 삼키면서 소리쳤다. "슬프게도 나에게는 지금 누나와 매부를 모시고 돌아갈 힘은 없어. 오― 하지만 나는 너희들을 내버려둘 수는 없어. 자, 우선 지금 부터 너희들과 함께 돌아가는 거다, 돌아가는 거야!"

시간이 별로 없었기 때문에 그는 인력거꾼을 재촉해 허둥지둥 동 차참으로 달려갔다. 열한 시 기차가 이제 십 분 후쯤에 출발한다는 아슬아슬한 시간이었다. 그래서 매표구 쪽으로 달려 들어가려고 뛰 었지만, 그는 그 앞쪽에서 갑자기 깜짝 놀라 우뚝 섰다. 바로 그 매 표구에서 지나 옷을 입은 가야가 허리를 굽힌 채 혼자서 차표를 사 고 있었던 것이다. 보니 앞쪽에 십전이나 오전 정도에 해당하는 몽 강권(蒙彊券)이나 법폐(法幣),[24] 만주권(滿洲券), 연은권(聯銀券) 등의 지폐 를 높이 쌓아올려 내 놓았다. 그는 잠시 그 뒤에서 움직이지 않았다. 이 돈은 아편 소매를 통해 쿠리나 인력거꾼, 순경, 부랑인, 거지 등으 로부터 피와 함께 쥐어짜낸 것임에 틀림없다. 그러나 현은 그녀가 주는 차표를 거절하지는 못했다. 차표를 받자 누나와 함께 매처럼 플랫폼 쪽으로 달려 들어갔다. 그리하여 겨우 마지막 차량에 뛰어오 를 수가 있었으나, 그와 동시에 기차는 움직이기 시작했다. 누나는 그늘진 한 곳에 우두커니 선 채 움직임도 없이 전송하고 있었다. 그 역시 차미(車尾)의 계단에 우뚝 선 채 손조차 흔들지 않았다. 그리고

---

24 '법정화폐'를 말함.

이윽고 멀어져 보이지 않게 될 때까지 불꽃같은 눈으로 서로를 지켜보는 것이었다. 불꽃은 서로 부르며 함께 불타올라 한 줄기의 광명을 이루려 하고 있었다. 현은 오 분 동안이나 그렇게 서 있었지만 무언가 따스한 것을 느끼면서 마음속에서 중얼거렸다.

"나는 이 차표로 돌아간다. 내 몸속에도 이 차표 값만큼 지나인의 피가 녹아들어와 주는 것이다. 이리하여 나는 훌륭한 동아의 한 사람이 될 것이다. 그렇다, 한 번 더 누나와 매부를 위해 다시 오자. 이제는 누나와 매부 차례다."

1938년 봄, 5월도 저물어 갈 무렵의 일이었다.

___『문예춘추』, 1940. 7. 원제는 「鄕愁」

기차 안

汽車の中

유 진 오

아, 아, 조선 옷이 서 있네,

희고 아련히 아침 항구에

도키 젠마로(土岐善麿)[1]

처음 건너는 현해탄인 까닭에 뱃멀미라도 하면 어쩌나 하고, 보이에게 부탁해 겨우 새치기해 얻은 이등 침실. 거기서 미츠코(美津子)는 오히려 푹 잤다. 먼 바다로 나가자 배는 이제 완만하고 크게 흔들리기 시작했다. 그러나 침대 안에 묻혀 있으니 도리어 커다란 요람에라도 타고 있는 듯이 느껴졌고, 전날 밤 비좁은 기차 안에서 자지 못한 피곤함도 밀려와 어느 새 꾸벅꾸벅 잠에 빠져든 것이었다.

뿡― 하고 비몽사몽간에 들리는 기적 소리에 문득 눈을 뜨자,

벌써 날이 훤히 밝아 있다. 바다에는 짙은 안개가 끼어 있어서

---

1 1885~1980. 일본의 가인(歌人)이자 국문학자.

시계는 조금도 트이지 않은 듯했다. 그래도 미츠코는 처음으로 대륙에 발을 들여 놓는 흥분에 왠지 모르게 가슴의 울렁거림을 느껴 몸치장도 하는 둥 마는 둥 갑판으로 나갔다.

그러나 역시 아무 것도 보이지 않았다. 촉촉이 안개에 젖은, 흰 페인트칠 한 난간에 기대어 있자니, 배는 어딘가 곶(岬)이라도 돌고 있는지 자꾸 기적을 울리면서 비스듬히 크게 커브를 그렸다. 뱃머리에 부딪쳐 부서지는 흰 파도가 선명하게 규칙적인 파문을 그리면서 꿈처럼 안개 속으로 사라져 간다…….

사람 그림자도 드문드문한, 빈 창고처럼 휑한 커다란 부두가 떠오르듯이 안개 속에서 모습을 드러냈다. 흰 조선 옷을 입은 사람들이 잠에서 아직 다 깨지 못한 듯한 발걸음으로 느릿느릿 여기저기서 움직이고 있다. 부두 인부들의 장단 맞춰 일하는 소리까지 무언가 축 늘어진 것 같아, 태어나 지금까지 도쿄 한복판에서 자라 온 미츠코에게는 모든 것이 꼭 고속도 촬영기로 찍은 영화라도 보고 있는 듯한 기분이 들었다.

아아, 조선이구나 하고 생각하면서 미츠코는 트랩을 내려왔다.

하지만 잔교(棧橋)를 건너 특급 열차에 타자 미츠코는 다시 한 번 후유, 하고 편안해짐을 느꼈다. 승객의 구십 퍼센트까지는 연락선에서 옮겨 탄 사람인 듯, 어디에도 흰 조선옷은 보이지 않았다. 게다가 차내가 넓고 호사스러운 것—삼등이라고 하는데도 푹신푹신한 황갈색 쿠션이든, 반짝반짝 빛나는 금빛 도구든, 마치 호텔 같은 기분이었다.

"역시 이(李)씨[2]가 말한 대로 해서 다행이야."

하고 미츠코는 조금 생각해 보았다. 이씨이라는 사람은 미츠코 집에

자주 출입하는 이웃의 월급쟁이로 미츠코의 이번 여행 이야기를 듣자 즉각,

"배만은 이등을 타야 해요―배의 삼등실은 참을 수 없어요. 퀴퀴하고 복잡하고, 더러운 조선인이 가득하니까요. 하지만 기차는 삼등도 괜찮아요, 조선의 특급 삼등은 내지의 이등보다 오히려 깨끗합니다."
하고 알려 준 것이었다.

×

발차 시간이 되자, 쭈글쭈글해진 등산모를 아무렇게나 쓰고 그림 도구 상자를 손에 든 청년이 한 사람 허둥지둥 뛰어 들어왔다. 그러나 이미 좌석은 거의 만원이었으므로 잠시 선 채로 이곳저곳 빈 자리를 찾고 있는 모습이었다. 그는 미츠코의 바로 맞은편 자리 하나가 비어 있는 것이 눈에 띄자 성큼성큼 다가가,

"빈 자리입니까?"
하고 미츠코에게도 옆에 앉은 상인 풍의 남자에게도 아니게 정중히 묻고는,

"그럼"
하며, 가볍게 인사하고 앉았다.

어깨가 넓고 빈틈없는 체구. 콧날이 선 반듯한 얼굴. 게다가 그림 도구 상자까지 손에 들고 있었으므로 미츠코는 화가인 도쿄의 사촌이 조금 생각났다. 그러나 문득, 자기 쪽을 향한 청년의 시선과 부딪

---

2 원문은 '李さん(이상)'임.

치자 당황하며 눈을 창밖으로 돌렸다.

창밖에는 미미하나마 아직 안개가 흐르고 있다…….

부산, 초량, 하며 기차는 크게 속력도 내지 않고 변두리 같은 곳을 지나고 있었지만, 부산진을 지나자 점점 본격적인 속도를 내어 북으로 북으로 달리기 시작했다. 시속 팔십 킬로, 질풍 같이 반도를 종단하는 특급 열차이지만, 차체가 크기 때문일까, 쿠션에 느껴지는 진동은 오히려 잠을 부를 만큼 기분이 좋았다. 그러나 미츠코는 처음 보는 반도의 신기한 풍물을 언제까지나 질리지 않고 골똘히 바라보았다.

창밖에 흐르는 풍경은 어느새 이전의 풍경과는 완전히 달라져 있었다. 안개도 다 걷혀 미츠코의 눈에는 너무나 특이한 조선적인 풍경이 무엇 하나 가리는 것 없이 차례차례 전개되어 가는 것이었다. 곳곳에 산사태가 나 있는 붉은 흙의 민둥산. 바로 추수를 끝낸 후의 황량하게 공허한 들. 언덕 비탈에 무리를 지어 기듯이 웅크리고 늘어선 낮은 초가집. 곳곳에 나란히 서 있는 포플러 나무도 잎이 거지반 떨어져 있어 아주 썰렁하다. 모든 것이 왠지 거칠고 삭막하게 버려진 듯한 느낌이었다.

"과연 이런 땅에 살고 있으면 성질도 거칠어져 갈지 몰라."

어느새 미츠코는 또 동경의 이씨가 한 이야기를 떠올리고 있었다. 종종 이씨는 미츠코의 아버지와 밤늦게까지 잡담에 빠지곤 했는데, 가끔 조선에 대한 이야기가 나오거나 하면 항상 극구 비난하는 것이었다. 이기적이고[3] 은혜를 모르며 더럽고 게으른데다가 그런 주제에 의뢰심만 남보다 훨씬 많다는 둥, 이씨는 언제나 고향 사람들

을 욕했다. 장지를 사이에 두고 그의 이야기를 들으면서 미츠코는
자기 고향 사람들인데, 그렇게까지 말하지 않아도 괜찮을 텐데, 하고
오히려 반감을 느꼈던 일조차 있었다. 그러나 그로써 언제부턴지 모
르게 조선에 대해 좋지 않은 인상을 품게 되었던 것이다. 이씨만은
선택된 특수한 사람으로서…….

×

그러나 잠시 후 미츠코는 단조로운 창밖의 풍경을 보는 것도 질
렸으므로 가방 안에서 읽다 만 부인 잡지를 꺼냈다. 지난달부터 읽
기 시작한 K씨의 「신성서강의(新聖書講義)」라는 연재물을 읽으려 생각
한 것이다. 기독교에 별로 깊은 흥미를 가지고 있지는 않았지만 미
츠코는 예전부터 K씨의 열성 팬이었던 것이다.

지난달은 유다가 변절하는 대목이었지만, 이 달은 그 후일담에
관한 논의였다. 언제나 그렇듯이 K씨의 논리는 날카롭고 독특한 풍
격이 있어 재미있었다. 스승을 판 대가로 받은 은 삼십 매(枚)로 밭을
사고 거기에서 일생을 안락하게 살았다고 되어 있는 설을 K씨는,
"그렇게도 격렬한 밀도로 구성된 예수의 전도 시간 바로 뒤에, 이렇
게 맥 빠진 시간이 계속된다는 것은" 오히려 꾸며낸 일이라고 하면
서 거부한다. 그리고 미친 것처럼 그 은을 사원에 내던지고 어딘가
로 사라져 목매어 죽어버렸다고 되어 있는 자살설도 "너무 안이한
징악"이라면서 K씨는 받아들이지 않는 것이다. 그런데 어떤 결론이

---

3 원문은 '我利我利で'임.

될까 하는 흥미를 일으키며 읽어 가보니, 판 것은 판 것이므로 일단 스승을 판 유다는, 설령 예기하지 못했다고 하더라도 스승의 책형(磔刑)까지 태연히 바라보았을 터이라고 K씨는 결론내리는 것이었다. 너무나 냉철하기는 하지만, 과연, 하고 미츠코는 거기에서 근대인의 날카로운 지성을 느꼈다. 그리고 항상 품고 있던 K씨에 대한 존경의 마음이 한층 깊어지는 것이었다.

문득 얼굴을 드니 곁에 앉아 있는 오십 쯤 된 영감은 언제부터인지 건너편의 상인 풍 남자와 허물없이 이야기를 나누면서 도시락을 먹고 있었다. 청년의 모습은 보이지 않았다. 미츠코는 잠시 멍하게 창밖에 눈을 주면서 지금 막 읽은 K씨의 논의를 머릿속에 반추했지만, 이윽고 조용히 자리에서 일어났다.

×

식당차에는 사람이 가득해서 미츠코는 잠깐 입구 쪽에서 기다려야 했다. 겨우 손님 한 명이 일어나서 다가가니 뜻밖에도 이쪽으로 등을 보이고 요리가 오기를 기다리고 있는 것은 앞서의 청년이었다.

"실례합니다."

가볍게 인사하며 앉자, 청년도 묵묵히 미소 지으며,

"또 만났군요."

싱글싱글 웃으면서 말을 걸었다.

"예."

미츠코가 미소로 답하자,

"어디까지 가십니까?"

“경성까지 갑니다.”

“경성에는 누군가 친척 분이라도?”

“예, 숙모가 한 분 계셔요.”

그리고 미츠코는 조금 입을 다물었지만,

“이번에 사촌이 소집되었어요. 그곳의 사단이라는데, 그대로 출정하게 될지도 모른다고 해서, 그 전에 잠깐 만나 두고 싶어서…….”

“아, 그것 참.”

거기서 청년은 응소되어 입영하는 미츠코의 사촌을 위해 무운을 비는 듯이 잠시 침묵하고 있었으나,

“그럼 조선은 처음이시군요.”

“예, 저는 오사카에서 여기는 이번이 처음입니다.”

“그러면, 참 피곤하시겠습니다.”

바로 그때 요리 두 개가 같이 와 식당차에서의 회화는 그것으로 끝나고 말았다.

그러나 다시 원래의 좌석으로 돌아왔을 때에는 미츠코와 청년은 벌써 꽤 허물없이 이야기를 나누게 되었다. 미츠코로 보면 미지의 청년이었지만, 도쿄의 사촌이 화가였으므로 화가에게는 왠지 친밀함을 느꼈다. 게다가 청년의 품위 있는 인격이 믿음직하게도 생각되었던 것이다.

두 사람은 잠시 원래대로 말없이 앉아 있었지만,

“어머, 저건 뭐예요?”

불쑥 미츠코가 입을 열었다. 마른 꽃처럼 새빨간 것이 철로 변 초가지붕의 이곳저곳에 놓여 있는 모습이 이상하게 보였던 것이다.

"고춥니다."

"아."

"여기 사람들은 고추를 잘 먹으니까요."

청년은 싱글거리면서 설명한다.

"아…… 하지만, 그런 것을 왜 많이 먹나요. 이곳 사람들한테는 맵지 않은지."

"그렇지는 않아요. 습관입니다. 기후라든지 풍토라든지, 그런 것하고도 관계가 있겠지요."

그 후 또 두 사람은 잠시 침묵했지만,

"하지만 모두 아주 더러운 집에 살고 있군요. 저래도 아무렇지 않은지. 좀 깨끗이 할 수도 있을 텐데."

마즈코는 문득 아까부터 마음속에 느끼고 있던 것을 떠올렸던 것이었다.

"청년은 조금 당황한 듯했지만 곧 다시 싱글싱글 웃으면서,

"그건 뭐 문화의 정도가 낮기 때문이라고 할 수 있겠지요. 첫째로 경제적으로 쪼들리고 있어서 그런 것을 생각할 여지가 없습니다. 게다가 조선의 농가는 지금 우리가 지나온 부산 부근이 가장 지독합니다. 조선 땅 어디를 가도 그 부근처럼 더럽고 황량한 곳은 없을 겁니다, 그렇기 때문에 내지에서 건너온 사람들의 첫인상이 아주 나쁘게 됩니다. 자, 보세요. 이 근처만 해도 이제 그렇게 지독하지는 않지요?"

가리킨 대로 눈을 창밖으로 향하니 열차는 막 오르막길에 접어들고 있었으므로 속력도 상당히 떨어져 있었지만, 바로 눈앞에 울창하게 자란 송림을 배경으로 아담한 작은 부락이 따뜻한 가을볕을 가득

받고 있었다. 앞마당의 감나무에는 타는 듯이 새빨간 열매가 가지가 휠 정도로 열려 있고 그 아래의 작은 닭장에는 새하얀 레그혼이 일곱 여덟 마리 한가롭게 모이를 주어먹고 있다.

"아, 정말, 이 부근은 내지하고 별로 다르지 않아요."
하고 미츠코가 눈을 동그랗게 뜨고 있는데,
"단지 옷 색깔이 다를 뿐입니다."
하고 청년은 또다시 미소 짓는다.
"—이 조선인의 흰 옷은 사실 곤란한 문제입니다. 입으면 곧 더러워지니까요. 당국에서도 색의(色衣) 장려니 뭐니 상당히 애쓰고 있는 듯하지만, 오래 된 습관이라 일조일석에는 잘 고쳐지지 않습니다. 게다가 이곳 풍토가 또 하얀 옷이 적당하게 되어 있습니다. 물이 깨끗하고 하늘은 맑으며 공기는 건조하니까요."
"하지만 누추한 조선옷, 저는 왠지 기분이 나빠요. 뭔가 심술궂은 것 같은, 가까이 하기 어려운 것 같은."
미츠코는 무심코 도쿄에서 이씨가 한 이야기를 기억했던 것이다.
"그렇군요."
하고 청년은 또 웃으며,
"하지만 그건 꼭 옷 색깔 때문은 아니겠지요. 말도 통하지 않고 풍속과 인정이 다른 곳에 가면 누구라도 처음에는 그렇게 생각합니다. 말을 알고 풍속과 인정을 알고 보면, 조선인은 의외로 친하기 쉬운 사람들입니다. 무엇보다도 이 땅에는 옛 시대로부터 훌륭한 문화가 있었던 것입니다. 이번에 저는 경주라는 신라 시대 도읍지의 유적을 둘러보고 조금 스케치를 해 왔는데, 정말 경주는 훌륭했습니다.

그림은 형편없지만, 조금 보시겠습니까?”

그리고 청년은 스케치북을 꺼내 미츠코 앞에 펼쳤다. 설명이 들어가 있는 그림엽서도 꺼내 보여 주었다. 그러나 미츠코는 신라의 고적보다도 청년의 솜씨가 좋은 것에 놀랐다. 간단히 움직인 연필의 선 하나하나가 마치 살아 있는 듯이 약동한다. 도쿄의 사촌 때문에 그림에 대해서는 일가견을 갖고 있는 미츠코였다. 어쩌면 이 사람은 사촌보다 훌륭한 화가일지도 모른다고 생각했다.

“와.”

하고 청년의 얼굴을 올려보며,

“전람회는 어느 쪽에 내실 겁니까?”

“이과(二科)[4] 쪽입니다. 제가 학교는 도쿄에서 다녔기 때문에……그리고 이곳의 선전(鮮展)[5]하고.”

“어머, 역시 그러셨군요. 저는……”

그리고 미츠코는 자기의 도쿄 사촌도 이과의 단골이라는 것 등을 이야기했다. 이름을 말하자 청년은,

“아, 그렇습니까?”

하고 기뻐했다. 같은 이과에 속해 있을 뿐만 아니라, 학교도 자기의 두세 해 선배라는 것이었다.

×

완전히 마음을 터놓은 사이가 되어 미츠코는 잠시 그림엽서나 스

---

4 일본 미술단체 ‘이과회(二科會)’를 말함. 문전(文展), 즉 문부성 미술 전람회 서양화부의 신인들이 문전을 탈퇴하여 조직한 것임.
5 ‘조선미술전람회’의 약칭임.

케치북을 들여다보았지만,

　"하지만 조선의 건축은 지나 식이예요. 이 처마가 휘어진 모습하며."

　가리킨 것은 불국사의 스케치였다.

　"예, 그렇습니다."

하고 청년은 또 웃었다.

　"내지 건축 처마는 완전히 일직선을 이루고 있는데 조선과 지나 것은 곡선을 이룹니다. 그 점에서 조선의 건축은 확실히 지나 식입니다. 그러나 휘어진 모양을 잘 보세요. 역시 지나와는 다릅니다. 지나 건축은 처마 끝이 급커브를 그리며 쭉 휘어 올라가고, 귀퉁이 같은 것은 마치 소용돌이 모양을 이루고 있지만, 조선 것은 그렇지 않습니다. 부드러운 곡선을 그리며 실로 수수합니다.[6] 지나의 건축은 너무나도 존대를 뽐내지만, 조선 것은 아주 겸손하고 순수합니다. 즉 조선의 건축은 이 점에서 딱 내지와 지나의 중간에 있습니다. 저는 이 점이 중요하다고 생각하고 있습니다. 왜냐하면 건축뿐 아니라 모든 점에서 조선은 지나와 내지의 중간입니다. 풍습도 문화도 사람의 기질도—중간이라 하면 어중간하여 나쁜 듯합니다. 하지만 보기에 따라 조선은 지나와 내지의 중용을 이루고 있다고도 할 수 있을 터입니다. 그러므로 오히려 장점이라고도 할 수 있다고 생각합니다. 저는 화가일 뿐이므로 그림 이외의 것은 잘 모르지만, 지금 우리나라는 동아 신질서 건설을 위해 있는 힘을 모두 내어 싸우고 있습니다.

---

6 원문은 'おとなしい'임.

그리고 새로운 문화를 세우려 하고 있습니다만, 이러한 때에 조선의 특질은 반드시 무언가의 역할을 하리라고 생각합니다.”

이야기하는 중에 청년의 어조는 점점 열을 띠기 시작해 한결같은 예술가의 정열이 듣는 사람을 압도하는 것이었다. 이웃의 승객들도 언제부터인지 이야기를 멈추고 의아한 눈으로 청년의 얼굴을 바라보면서 지긋이 귀를 기울이고 있었다.

×

그러는 동안 기차가 대전 역에 미끄러져 들어가자 우르르 칠팔 인의 승객이 들어왔다. 그 중에는 품격 있는 백발을 기른 흰 옷의 노인도 한 사람 섞여 있었다. 그 노인을 보자 청년은 벌떡 일어나 가까이 다가갔다. 그리고 무언가 조선어로 인사를 했다.

“어머, 저 사람이 조선 사람이었나 봐.”

미츠코는 놀란 눈을 동그랗게 떴다. 청년의 말투건, 얼굴 생김이건 간에 미츠코는 지금까지 청년을 꿈에도 조선 사람이라고는 생각하지 않았기 때문이다.

청년은 노인에게 좌석을 마련해주기 위해 노인을 이끌고 다음 칸으로 사라졌지만 잠시 후 돌아와서,

“아버지 친구 분을 만나서…… 제가 태어난 고향이 여기서 칠십 리 쯤 안쪽이어서요.”

그리고 그리운 듯이 창밖에 눈을 주는 것이었다.

“어머, 저는 이제까지 당신이 도쿄 사람이라고만 생각했었는데. 호호호.”

그리고 미츠코는 명랑하게 웃었다. 그러자,

"아, 그랬습니까."

하고 청년도 명랑하게 웃는다.

열차는 벌써 대전을 떠나 텅 빈 평야를 오로지 북으로 북으로만 달리고 있었다. 별로 이야기에 지쳤을 리도 없었지만, 청년도 미츠코도 각자의 생각에 빠져 입을 다물고 있었다. 청년은 어떻게든 아까부터의 이야기에 결론을 맺고 싶었다. 미츠코는 지금까지 지니고 있던 조선이라는 것에 대한 생각을 완전히 버리지 않으면 안 될 것을 생각하고 있었다. 그러자 도쿄의 이씨가 왜 항상 그런 말을 하는지, 미츠코는 갑자기 그 의문을 해결할 수 없었지만, 어쨌든 조선에 온 김에 이제 조금 조선에 대해 올바른 인식을 얻고 돌아가지 않으면 안 되겠다고도 생각했다.

"여가가 생기면 그 경주라는 곳에도 가 보자."

하고 생각하는데, 그때 청년이 띄엄띄엄 이야기를 꺼냈다.

"여러 가지 보잘것없는 말씀을 드렸습니다만, 요컨대 저는 지금 내지 분들이 조선의 좋은 점을 알아주셨으면 좋겠다고 생각합니다. 초면인 당신께 갑자기 이런 말씀을 드리는 것이 어떨까 하는 생각도 듭니다만, 하여튼 지금까지 내지와 조선은 서로 부정만 해 왔습니다. 내지인이 조선인을 대하는 경우뿐만 아니라 조선인이 내지인을 대할 때에도 역시 그랬습니다. 서로의 결점만 찾아내서는 서로 경멸합니다. 거기에서부터 여러 가지 불행도 생긴다고 저는 생각합니다. 이 국가 대사의 시기에 그런 태도를 더 이상 지속해서는 안 된다는 것은 이미 명백합니다. 조선인은 현재 분명히 여러 결점을 가지고 있습니다. 그러나 그 결점만을 지적해 조선인[7]을 위축시키기보다는 무언가 거기에서 장점을 발견하여 그것을 장려하고 성장시키는 일이 가장 중요하다고 저는 생각합니다."

×

청년의 어조는 무거웠다. 그것은 생각하고 생각했으며 깊이 고뇌한 후의 결론이라는 것을 미츠코도 즉각 긍정할 수 있었다.

미츠코는 묵묵히 머리를 숙이는 듯한 자세로 청년의 이야기를 듣고 있었다. 자신이 대륙의 땅에 발을 들여 놓은 것은 부산의 잔교에 내려섰을 때가 아니라 지금이 처음인 듯한 기분도 들었다. 지도상으로 조선은 전선(前線)이 아닐지도 모른다. 그러나 어떤 의미에서 조선은 이미 현지(現地)인 듯한 기분도 들었다.

열차가 경성에 도착했을 때 미츠코의 마음가짐은 부산에 내려섰을 때와 완전히 달라져 있었다. 흰옷의 사람들도, 의미를 모르는 조선어도 이젠 결코 이상하게는 느껴지지 않았다.

"이 사람들의 마음과 서로 만나지 않으면……"

미츠코는 오랫동안 경성에 살고 있는 사촌은 무엇을 생각하고 있을까 궁금했다. 그녀는 빨리 사촌을 만나 여러 이야기를 듣고 싶은 생각에 차창 밖으로 반신을 내밀고 마중하러 온 수많은 사람들 무리 위에서 바삐 시선을 움직이는 것이었다.

___『국민총력』, 1941. 1. 원제는 「汽車の中」

---

7 원문은 'これ'임.

환(幻)의 병사

幻の兵士

최 정 희

환(幻)의 병사

　　지독하게 서리가 내린 아침이었다. 영순(英順)은 갑자기 산에 가 보고 싶어졌다. 실은 언제나 몸이 약해서, 그녀는 의사로부터 몇 번이나 등산을 권유받았지만, 봄에는 나른하고 여름에는 덥고 겨울에는 손발이 곱고 가을에는 마음이 쓸쓸해서 실행할 수 없었던 것이다. 그랬는데 그날 아침 갑자기 산에 갈 생각이 든 것은 서리 내린 아침의 엄청난 차가움이 가슴에 스며들 만큼 아프게 느껴졌기 때문이었다.

　　산의 나무들은 색깔도 향기도 사라졌고, 슬픈 자태의 들국화는 차가운 침묵을 이어가고 있었다. 영순은 소생할 방도 없는 쇠멸한 운명에 빠져, 들국화처럼 차가운 침묵을 지키면서 산 너머를 오랫동안 응시했다. 멀리 보이는 북악산은 거무스름해진 채 아침 안개에 잠겨 있고, 하늘은 그 짙푸름 속에 두세 조각의 구름을 떠돌게 하고 있었다.

　　"무얼 하고 계십니까?"

하고 그때 누군가가 뒤에서 말을 걸었다. 손에는 수건을 축 늘어뜨렸으며, 모자도 쓰지 않고 상의도 입지 않은 한 명의 병사였다. 영순은 그 사람이 산기슭 막사에서 철도 경비를 하고 있는 부대원 중 한 사람임을 즉각 알아차렸다. 어깨가 넓고 야무진 체격, 콧날이 선 잘 조화된 얼굴, 무장은 하지 않았지만 영순은 그 위엄에 눌려 황급히 시선을 떨어뜨렸다.

"아무 것도 아닙니다, 얼굴을 씻고 있자니 당신의 하얀 모습이 보여서……."

그는 주저하고 있는 영순에게 이렇게 말하고 싱긋 웃어 보였다. 웃고 있는 가지런한 이와 그 눈 속으로 영순은 저도 모르게 빨려 들어가 버릴 듯했다.

"산 너머를 보고 계셨지요?"

"예? 아니요."

그녀는 수줍게 고개를 숙이고 발끝으로 서리에 신음하는 마른 풀을 힘껏 짓밟았다. 잠시 동안 침묵이 이어졌다. 그래도 구름은 흐르고 있었다.

"산 너머에는, 무언가 있을 것 같군요!"

"예? 당신도 그런 생각을 하십니까? 군인 아저씨도 그런 생각을 하세요?"

놀란 그녀의 눈은 이상하게 빛났다. 그 병사는 이렇게 말하는 영순의 태도에 어이가 없다는 듯 그녀의 얼굴을 넋 잃고 보면서,

"병사는 그런 생각하면 안 됩니까?"

하고 물었다.

"저는, 군인 아저씨는 전쟁만 생각하는 사람인 줄 알았었어요."

병사와 만난 일도 이야기한 일도 없으므로 병사의 생활을 전혀
모르는 그녀에게는 무리도 아닌 이야기였다.

"물론 병사는 전쟁하는 일에 열중합니다. 어떻게 조국을 훌륭히
지켜갈까, 오직 그것만 생각하는 것이 병사입니다. 하지만 그렇다고
해서 자연의 신비를 사랑하지 않는 건 아닙니다. 신비를 모르는 사
람에게 동경이 있을 리 없습니다. 동경이 없는 사람에게 어떻게 낭
만을 바랄 수 있겠습니까. 낭만을 중세기 퇴폐적 정신의 산물이라고
비난하는 시대는 지나가버렸습니다. 현대의 낭만은 힘이고 열정이고
진실이고 생명이라고 저는 생각합니다."

여기까지 이야기했을 바로 그때 산 기슭으로부터,

"야마모토(山本) 군!"

하고 부르는 목소리가 메아리 되어 들려 왔으므로, 병사는 영순에게
'사요나라'를 몇 번이나 반복해 말하면서 바삐 산을 내려갔다. 그러
고 나서 얼마 되지 않아 산기슭에서 라디오체조의 구령소리가 들려
왔다. 영순은 산 너머의 라디오체조 구령소리에 보조를 맞춰 집으로
돌아가면서, 낭만은 힘이고 열정이고 진실이고 생명이라 말하는 병
사의 엄숙한 얼굴, 늠름한 목소리를 생각하고 있었다.

×

그 후부터 영순은 매일 거르지 않고 산에 가게 되었다. 차가운
가을 아침이 쓸쓸한 것도 잊고서―.

그 병사와는 매일 아침 만나 여러 이야기를 했다. 병사는 자기
이름이 '야마모토 이사무(山本勇)'며, 귀여운 누이와 어머니가 고향인

히로시마에 산다는 것, 올 봄 히로시마 고등상업학교를 나와 모 은행에서 근무했던 것, 자기의 취미는 문학이므로 그런 사무적인 일에는 적성이 맞지 않았지만 생활을 위해 별 수 없이 일했다는 것 등을 이야기했다. 영순은 어머니의 외동딸로 도쿄의 모 여자대학을 이 학년까지 다녔지만, 일 년 전부터 몸 상태가 나빠 집에 돌아와 요양하고 있다고 말했다. 그렇게 이야기한 아침, 두 사람은 완전히 마음을 터 영순은 야마모토 이등병에 이끌려 산기슭의 병사 막사에까지 갈 정도가 되었다.

×

막사에는 야마모토 이등병 외에 네 명의 병사가 있었다. 키가 가장 작은 가와이(川井) 상등병만 경상북도의 작은 마을에서 농림기수를 하고 있었으며, 다른 세 사람은 야마모토 이등병과 똑같이 모두 조선이 처음이라고 했다.

모든 병사가 영순과 친하게 되었다. 미술학교에 가지 못한 것이 분하다고 입버릇처럼 말하는 제일 키 큰 시미즈(淸水) 병사는 영순에게 아리랑을 가르쳐 달라고 졸랐고, 원시안경을 쓴 이등병은 언제나 읽고 있는 야담[1] 이야기를 들려주었으며, 자기 혼자 러시아 군이라면 다섯 명, 지나 군이라면 열 명을 당할 수 있다고 말하는, 얼굴이 검고 팔이 억센 병사는 자기가 공적 세운 이야기나 재향군인 이야기, 아버지가 일로전쟁에 출정해 전사했다는 이야기 등을 해 주었다. 그리고

---

1 원문은 '講談'임.

야마모토 병사는 『독일 전몰 학생의 편지』[2]를 읽으며 여기저기 감격할 만한 문장이 나오면, 영순을 자기 곁에 앉히고 읽어주거나 했다. 영순은 그 병사들의 말에 따랐다. 때로는 야마모토 병사 곁에서 그가 읽어주는 문장에 공연히 감격하거나 흥분했으며, 때로는 농림기수였던 가와이 상등병의 농림 이야기를 들었다. 또는 키가 큰 시미즈 병사에게 조그만 목소리로 아리랑을 가르쳐 주거나 원시안경 쓴 병사의 야담을 들었으며, 검은 얼굴 병사의 공적 자랑을 들어줄 이야기 상대가 되기도 했다. 그들은 교대로 한 시간씩 보초를 설 때는 약속이나 한 듯이 영순에게 자기가 돌아올 때까지 있어 달라고 부탁했다. 그들은 정말로 영순의 방문을 즐거워하고 기뻐하는 듯했다.

영순도 처음 그들의 막사를 방문했을 때는 마음도 내키지 않았으며, 또 다른 사람들의 평판에도 생각이 미쳐, 해가 지지 않으면 가지 않았다. 그랬는데, 어느새 그런 기분이 저절로 옅어져, 단지 전쟁터로 언제 나갈지 모르는 그들을 위해 다만 한 시간이라도 그들을 즐겁게 해주고 위로해주는 일에 무슨 망설일 게 있으랴 하고 생각하게 된 것이었다. 상관이 순시하러 왔을 때 들킨다고 해도, 영순은 그 앞에서 얼마든지 변명할 수 있을 듯한 기분이 들었다.

×

서리의 계절도 지나, 보초 한 시간씩 서는 것조차 견딜 수 없을 정도로 지독하게 추운 겨울밤의 일이었다. 당번을 마치고 들어온 야

야마모토 이등병은 갑자기 무엇을 생각해낸 듯이,

"영순 씨, 당신의 이름은 조선 언문(諺文)으로 어떻게 씁니까?"
하고 물으면서 수첩을 펴 그녀 앞에 내밀었다. 영순은 수첩을 받아 묵묵히 '김영순'이라고 썼다.

"예쁜 글자군요, 실례지만 당신께 잘 어울리는 듯한 기분이 듭니다. 이 글자는 살아 있습니다. 색깔도 향기도 있는 것 같습니다."

야마모토 병사는 아주 감격한 듯이 커다란 목소리로 모두를 불러 영순의 자필서명을 자랑스럽게 내보였다. 모두는 야마모토 병사의 수첩을 둘러싸고 한데 모여들었다.

"영순 씨, 나한테도 써 주세요."
하고 키가 큰 시미즈 병사가 말했다.

"노래는 이제 필요 없는 거야?"
농림기수 상등병이 이렇게 말하며 후후, 웃었다.

"조선의 언문은 어려울 것 같군."
언제나 『강담구락부(講談俱樂部)』[3]를 탐독하는 원시안경의 병사가 혼잣말처럼 중얼거렸다. 야마모토 병사는 램프의 심지를 올렸다. 모든 사람의 얼굴이 밝게 떠올랐다. 야마모토 병사와 키 큰 병사 얼굴의 긴장이 영순의 마음을 때렸다. 두 사람은 램프 가까운 곳에 앉았다.

"영순 씨, 조선 언문을 여기 전부 써 주십쇼."
야마모토 병사는 앉자마자 바로 이렇게 말했다. 영순은 그의 수첩에, 'ㄱ'부터 가장 나중의 '하' 행까지를 주뼛주뼛 썼다.

---

3 1911년부터 고단샤(講談社)에서 나온 대중잡지. 강담, 즉 야담을 주축으로 출판되었음.

"재미있습니다. 이 글자들의 모양은 조선 가옥의 구조와 많이 닮지 않았습니까."

야마모토 병사는 놀란 눈을 둥그렇게 뜨고 영순의 얼굴을 훔쳐보았다. 영순은 야마모토 병사의 시선을 그 정도로 뜨겁게 느낀 적은 없었다. 그의 말대로, 자기가 쓴 언문의 모양은 정말로 자기가 살고 있는 조선 가옥과 닮아 있는 것 같은 느낌도 들었다.

"대단한 발견이에요, 저는 이제껏 전혀 깨닫지 못했어요……."

"영순 씨의 글씨가 예쁘니까 그렇겠죠."

가와이 상등병이 영순을 향한 것도 야마모토를 향한 것도 아닌 웃음을 지으면서 혼잣말했다.

"그것만이 아닙니다. 당신은 아무렇지도 않습니까?"

야마모토 병사가 얼굴을 들고 시미즈 병사를 들여다보았다.

"그렇습니다. 나도 확실하지는 않지만, 이걸 전부 외우면, 영순 씨 하고 더 사이좋게 될 것 같은 기분이 듭니다."

영순은 코끝이 짜릿해짐을 느꼈다. 등불은 바람에 불안하게 흔들렸다.

"나는 출정할 때까지 이것을 전부 외울 작정입니다. 영순 씨 부탁합니다."

"저한테도 가르쳐 주십쇼."

영순은 두 사람의 병사보다 훨씬 심각한 눈으로, 알겠습니다, 하고 대답했다.

×

그러나 두 사람이 언문의 '가' 행조차 외우지 못했을 때, 네 사람은 낙동강 연안 철도 경비에 파견되었으며 남아 있던 야마모토 이등병은 북지(北支)로 가게 되었으므로, 산기슭의 막사도 그 다음 날 헐리고 말았다.

영순은 외로웠다. 낙동강 연안으로 간 병사들도 똑같이 외로운 듯 때때로 엽서에 요세가키[4]를 해서 영순에게 보내 왔다. 키가 큰 시미즈 병사는 긴 편지를 보냈다. 그는 영순에게서 배운 아리랑을 혼자서 흥얼거리고 있지만, 낙동강 물까지 얼어 버려 자기 노래 소리는 하늘로만 올라가므로 더 쓸쓸하다고 써 보냈다.

전쟁터의 야마모토 병사로부터는 한 번도 소식이 없었다. 영순이 가장 걱정하는 것이 그임에도 불구하고…… 영순이 매일 아침 막사가 서 있던 기슭으로 산을 넘어 가는 것도 오로지 야마모토 병사를 생각하고 생각하기 때문이었다. 항상 그녀는 멍하게 앉아 막사가 서 있던 네 기둥 터나 석탄불을 피우던 화덕 터 등을 언제까지나 바라보고 있었다. 그것이 그녀의 일과처럼 되어 있었다.

그러는 동안에 한겨울이 지나고 봄이 왔다. 병사들의 발에 밟혀 다져진 막사 터에도 흙냄새가 뭉게뭉게 피어났다. 그러던 어느 비 오는 날이었다. 영순은 기다리고 기다리던 야마모토 병사의 편지를 받았던 것이다. 영순은 저도 모르게 가슴이 고동치는 것을 억누르며 봉투를 뜯었다.

×

새해 복 많이 받으십시오.

전쟁터에도 새해는 찾아왔습니다. 오늘은 설날입니다. 오랜만에 먹어 보는 떡국이 혀 위에서 녹는 맛은 어린 시절을 떠오르게 했습니다. 금화산(金華山) 기슭 막사의 추억이 지금도 사라지지 않고, 분주한 가운데도 꿈같이 즐거운 세계가 눈앞에 펼쳐집니다. 즐거웠습니다.

남쪽의 무슨 강인가의 연안에 가 있는 사람들 소식은 아시는지요? 아직 아무에게도 엽서 한 장 보내지 않았습니다. 오늘 당신께 쓰고 나서 어머니께 쓸 생각입니다. 여기 온 지 두 달 동안, 거의 매일 끊임없이 총 쏘는 소리를 듣습니다. 그때마다 적이 죽는 것일까 하고 생각하면, 그때는 조금 쓸쓸한 느낌도 듭니다. 하지만 평화로운 이웃을 공격할 경우에는 만행(蠻行)이라고도 하겠지만, 조국을 지키기 위한 것이라면 그것은 성스러운 의무입니다. 따라서 어쩔 수 없습니다. 아니, 적어도 동양 평화—신동아 건설을 목표하는 하나의 이념—순수하고 충실하며 공정한, 부정과 거짓이 없는 '일본정신'이므로 어쩔 수 없습니다. 제가 무심결에 흥분한 것 같습니다. 당신 앞에서는 언제나 흥분하는 버릇이 있어서 큰일입니다. 사실은 여기 온 뒤에 깨달은 것입니다만, 당신이 써 주신 당신 이름과 언문을 때때로 열어 보며 당신을 느끼고, 당신 어머니로부터 당신의 친척, 그 분들과 같은 동포인 조선인 전체를 느낍니다. 그와 동시에 언문 모양을 하고 있는 조선 가옥의 구조와 지나 가옥의 구조가 많이 닮았음을 생각하면, 지나와 조선과 일본은 신대(神代)로부터 어떤 연결이 있었음을 믿지 않을 수 없습니다. 즉 신대로부터 숙명적인 연관이 있었다는 점만은 어찌 할 수 없는 사실이라고 생각합니다.

아무쪼록 당신도 저와 같은 이념을 가져 주십시오. 그리고 신의 뜻인 동양 평화를 위해 강한 여성이 되어 주세요. 전쟁을 위한 전쟁은 죄가 되기도 하겠지만, 평화를 위한 전쟁이라면 신도 기뻐하시겠지요. 소식 주십시오. 당신을 닮은 호리호리하고 예쁜 글자를 하루라도 빨리 배견하고 싶습니다. 기다리겠습니다. 사요나라

야마모토 이사무 올림

김영순 씨께

×

편지를 다 읽은 영순은 곧바로 책상에 앉아, 다음과 같은 답장을 그리운 야마모토 이등병에게 써 보냈다.

편지 감사합니다. 아주 먼 곳인 것 같습니다. 편지 부치신 날로부터 삼 개월하고도 이틀이나 걸렸군요. 여기는 어젯밤부터 비가 내리고 있습니다. 당신의 모자도 옷도 다 젖어 있지는 않습니까? 막사의 화덕 터에도, 네 기둥이 서 있던 구멍 속에도, 빗물이 가득 고였습니다. 까치의 울음소리도, 기적소리도, 오늘 아침만큼 쓸쓸히 생각된 적은 없습니다.

하지만 당신의 편지를 받고나서 완전히 강해졌어요. 현대의 낭만은 힘이고 열정이고 진실이고 생명이라고 말씀하셨잖아요. 저는 당신과 만난 후 여러 가지 것을 알게 된 것 같습니다. 제가 써 드린 언문으로부터 당신이 조선 전체와 지나까지, 즉 동양 전체를 느끼게 된 것과 똑같이, 당신과 만난 덕분에 저도 전쟁이 자기 일처럼 생각되고 어딘가에서 병사를 만나면 당신을 만난 듯이 기뻐집니다. 그뿐 아닙니다. 이제부터는 정말로 당신이 가지고 계신 이념 밑에서 살아가고 싶습니다. 당신의 마음은 신의 뜻이라고 생

각되기 때문이에요. 그리운 당신께 신이 함께 하시기를 기원하고 있습니다.

소식 주십시오. 이만 줄입니다.

김영순

그리운 야마모토 이사무 씨께

×

영순이 답장을 보낸 후 십오 일쯤 지난 어느 날, 슬프게도 야마모토 병사는 북지의 오지에서 전사했다는 소식이 낙동강 연안 부대의 시미즈 병사로부터 왔다. 영순은 자기 편지를 받지 못하고 전사했음을 생각하면 참을 수 없었다. 이웃 아이들이 부르는 군가 소리에도 그녀는 귀를 막고 흐느껴 울었다. 그녀로서는 처음으로 흘리는 눈물이었다.

그러나 영순은 마음 약하게 울어서는 안 된다는 것을 깨달았다. 야마모토 병사가 했던 모든 힘 있는 말이 그녀의 귀에 언제까지나 남아 있었기 때문이었다. 그의 엄숙한 얼굴이 눈앞에 떠올랐기 때문이기도 했다. 영순은 다음날 아침 일찍 산을 넘어 막사 터로 갔다. 그리고 화덕 터에 돌을 쌓으면서 고요하게, 침착하고 올바른 자세로 묵도를 올렸다. 야마모토 병사의 신성한 영령이여 편히 쉬소서, 하고 기도하는 영순의 눈앞에 야마모토 이등병의 환영(幻影)이 살아 있는 모습으로 쑥 나타났다.

─당신이 써 주신 언문에서 당신을 느낍니다. 당신이 살고 계시는 집을 느낍니다. 지나 가옥도 조선 가옥도 같은 구조로 되어 있음을 보면, 일본과 조선과 지나는 신대로부터 연결이 있는 것이다, 하

고 저는 믿게 됩니다. 당신도 그렇게 믿어 주십시오—.

부드러운, 그러나 확실한 어조로 야마모토 병사의 환영은 살아 있는 것처럼 영순에게 타이르는 것이었다.

—1941년 1월 14일

____『국민총력』, 1941. 2. 원제는 「幻の兵士」

여명

黎明

이 석 훈

1.

권총 케이스를 등에 축 늘어뜨리고 칼을 허리에 찬 헌병이 커다란 밤색 말을 타고 천천히 천천히 거리 가운데를 지나갔다. 그는 아주 좁은 시골 거리 양편에 낮게 늘어선 집들보다도 훨씬 키가 크게 생각되었다.

"헌병이 왔다―."

누군가 이렇게 외치자 길가에서 장난치고 있던 아이들은 거미 새끼가 흩어지듯이 허둥지둥 집안으로 도망쳐 숨는 것이었다. 그리고 숨 죽어 두려워하며 호기심 많은 두 눈을 반짝이면서 문틈으로 헌병의 모습을 훔쳐보았다.

헌병의 얼굴은 부드럽게 풀리며 희미하게 웃었다. 그것은

(너희들, 이 나를 무서워할 일은 아무 것도 없지 않느냐?)

라는 의미였다. 그러나 오히려 어린아이들에게는 헌병의 웃는 얼굴이 어쩐지 기분이 나쁘게 생각되었다.

　이윽고 헌병은 옆길로 돌아 보이지 않게 되었다. 아이들은 휴우 하며 왁자지껄 길가로 뛰어나와 아까 하던 장난으로 돌아갔다.

　"에헴! 나는 헌병이다! 누구 말 될 놈 없냐!"

　골목대장인 김대성(金大成)은 맘먹고 몸을 뒤로 젖히며 시건방진 말투로 개구쟁이들을 둘러보았다. 그 누구도 말 따위가 되고 싶은 아이는 없었으므로, 잠시 서로 상대방의 눈치를 살피는 듯이 얼굴을 마주볼 뿐이었다.

　"왜 가만히 있는 거야. 자, 너하고, 너하고, 또 한 명 규철(圭哲)이 놈 어디 갔어? 야, 규철아, 너는 말 머리야. 자아!"

　김대성은 세 명의 부하에게 명하여 금방 한 마리의 말을 만들었다. 그것은 한 사람을 앞에 세우고 두 사람은 뒤로부터 한쪽 손으로 앞 사람의 어깨를 붙잡은 채, 또 한쪽 손을 앞 사람의 양 손에 각각 거는 것이었다. 김대성은 말에 올라타자,

　"에헴! 어떠냐?"

하고 턱을 치켜 올려 보이고 앞 사람의 머리를 툭 치며,

　"앞으로 가!"

하고 말했다. 말은 어설픈 보조로 비틀비틀 걷기 시작했다. 그러자 꼬마들은 양쪽으로 와 하고 흩어지면서,

　"헌병이 왔다―."

하고 외치며 도망치는 흉내를 내었다. 김대성은 말 위에서 득의양양 하게 싱글싱글 웃었다.

　"뭐야! 저런 헌병 따윈 조금도 무섭지 않아!"

　아이들은 와글와글 소란을 피우면서 말 꼬리를 잡아당기거나 옆

구리를 쿡쿡 찔렀다. 그러자 말은 멍멍 하고 개처럼 짖으면서 네 발을 춤추게 하며 날뛰기 시작했다. 김대성은 고삐 대신 앞 사람의 어깨를 꽉 쥐고 몸을 비비 꼬면서,

"야, 야, 얌전히 못해! 이 비틀거리는 망아지 새끼!"

하고 진짜로 고함쳤다. 하지만 아이들은 그런 놀이가 더할 나위 없이 재미있게 보여 까까 웃으면서 여럿이 합세해 말에게 장난을 쳤다.

"좋다! 너희들은 헌병을 놀린 나쁜 놈들이다! 붙잡아서 혼낼 거야!"

김대성은 이렇게 외치고 나서,

"야, 너희들 도망쳐. 내가 말 타고 따라가서 붙잡을 테니까. 너무 빨리 도망치면 안 돼."

하고 말했다. 꼬마들은 와 하고 여기저기로 도망쳤다.

"자, 길(吉)이 놈 쫓아라."

하고 김대성은 말에게 명령하여 그들 중에서 가장 신분이 천하고 우스꽝스러운 흉내를 잘 내는 길이라는 아이 뒤를 쫓게 했다. 말은 보조가 잘 맞지 않았으며, 따라서 빨리 뛸 수 없었다. 그런데도 길은 헉헉 하고 헐떡이며 힘들어서 이 이상 도망갈 수 없다는 듯한 흉내를 내면서 옆길 쪽에서 김대성의 말에게 붙잡히고 말았다.

"야, 길! 네가 아무리 빨리 도망쳐도 소용없어. 자, 얌전히 헌병대까지 가는 거다."

김대성은 너무나도 진짜처럼 외쳤다. 그러자 길은 그 역시 진짜처럼,

"예! 결코 도망치지 않겠습니다."

하고 꾸벅 머리를 숙이고 말 뒤를 따라 갔다.

바로 그때였다.

　　김대성의 아버지가 포승에 묶여 두 사람의 헌병에 양쪽에서 호위 당하며 저쪽에서 오는 것과 마주쳤던 것이다. 김대성은 말 위에서 앗, 하고 놀라 황급히 말에서 내려왔다. 그리고 창백한 얼굴로 아버지를 바라보면서 꼼짝 못하고 서 있었다. 이윽고 이쪽으로 다가온 아버지의 커다란 눈과 시선이 마주쳤다. 아버지는 히쭉 웃어 보였다. 김대성은 자기도 웃어야 될지 말아야 될지 알 수 없었다. 헌병이 무서웠던 것이다. 김대성은 굳은 표정인 채로 계속 아버지를 응시했다. 아버지는 한 번 더,

　　"걱정마라."

하고 말하는 듯이 일부러 웃어 보였다.

　　김대성은 정신없이 자기 집으로 달려 들어갔다. 어머니는 방 안에서 바느질을 하고 있었다. 헐떡헐떡 막 달려 들어오는 대성을 보자 어머니는 불길한 예감에 휩싸였다. 어머니는 손을 쉬면서,

　　"왜 그러냐?"

하고 대성의 얼굴을 바라보았다. 대성은,

　　"아버지가……."

하고 말을 맺지 못한 채 어머니의 무릎에 얼굴을 파묻으면서 엉엉 울기 시작했다.

　　"왜 그러냐. 대성아."

　　"아버지가—"

　　"아버지가 돌아오셨어!"

　　"응, 헌병에게 잡혀 왔어……."

　　"뭐? 헌병에게?……"

2.

　때는 메이지(明治) 말엽에서 다이쇼(大正) 초기에 걸친 반도의 대변동기였다. 김대성이 아직 일곱이나 여덟 살 때이다. 그는 어머니 뱃속에서 일로전쟁을 만났고 태어나자 곧 일한병합이 되어 반도의 산하에는 새로운 세기가 찾아오려 하고 있었다. 거친 시대의 풍조를 아직 칠팔 세밖에 안 된 김대성이 느낄 수 있을 리 없었다. 그러나 철도 연선이기는 하지만 이 평안북도 깊은 시골에까지 언제부터인가 헌병대가 설치되고 공립보통학교가 문을 열자 조선식 군대 나팔에 보조를 맞춰 거리거리 열 지어 가던 학생들의 행렬도 그 나팔 소리와 함께 자취를 감추고 내지인의 수가 눈에 띄게 많아졌다. 이 여러 현상만은, 뭐랄까, 세계의 그 어떤 변화만은 어린아이에게도 인상 깊은 것이었다.

　대성의 아버지인 김준(金駿)은 일한병합 후 얼마 되지 않아 갑자기 자취를 감춘 이래 최근 몇 년 동안 집에도 별로 오지 않고 이곳저곳을 돌아다니고 있었지만, 올 겨울 어느 밤에 불쑥 돌아왔다. 옷을 갈아입으려고 들른 것이었다. 바로 그때 경성의 공업전습소에 다니고 있던 대성의 숙부도 겨울방학을 맞아 돌아와 있던 터였다. 그는 김봉(金鳳)이며, 아직 이십사오 세의 청년이었다. 이 거리에 아직 전등 같은 것은 없을 때였으므로 침침한 석유램프 밑에서 김준은 계속 바깥에 신경을 쓰면서 동생인 봉과 활발히 격론을 벌였다. 장난꾸러기 김대성은 아버지 옆에 책상다리를 하고 앉아 열심히 아버지와 숙부의 얼굴을 번갈아 바라보고 있었다. “형님, 이제 와서 새삼스럽게 일부 사람들이 허둥지둥 소동을 피워 보았자 아무 것도 되지 않습니다. 게다가 우리 평안도 사람은 지금까지 무시당해서 아무리 인물이 뛰어나도 등용되지 않고 부자는 벼슬아치들에게 빼앗기고 제대로 햇빛도 못 보지 않았습니까? 저는 오히려 이 시대의 변동을 환영할 정도입니다.”

“그러면 너는 일본 정부가 우리를 등용해 줄 거라고 생각하니?”

김준은 진지한 동생의 표정을 비꼬듯이 입술을 일그러뜨리며 말했다.

“예, 실력만 있다면 우리는 얼마든지 출세할 겁니다. 아니, 오히려 우리 평안도 사람은 이제까지 불우했기 때문에 더욱 분발해서 다른 도 사람보다 출세할지도 모릅니다. 이제 두고 보세요. 저도 꼭 출세해 보이겠습니다. 저는 아버지가 살아 계셔 주었더라면 하고 섭섭하게 생각되어 견딜 수가 없습니다. 누가 보든지 적어도 한 나라의 대신(大臣)이 될 수 있는 인물이셨던 아버지가 선달 정도로 참으면서 세상을 미워하며 술과 여자로 생명을 단축시키시지 않았습니까? 그런 일을 생각하면 옛 시대에 대한 미련 따위는 조금도 없습니다.”

“그것도 그렇군. 아버지는 술을 잡수시면 종종 우리에게 이렇게 고함쳤지.─ 이 새끼들! 죽어버려라! 너희들 살아봤자 고작 선달이거나 기껏해야 첨사(僉使)일 거다. 선달이나 첨사! 이조(李朝)의 벼슬아치들은 그것조차 우리에게는 과분하다고 지껄이는 것이다. 과분하다고! 하하하…… 시궁쥐 같은 새끼들! 모두 뒈져라! 퉷! 퉷! 이렇게 말이야. 그리고 자기 가슴팍을 주먹으로 쾅쾅 때리면서 울부짖었었지. 너도 기억하고 있니?”

“예, 기억하고 있고말고요. 그리고 우리에게는 학문 따위는 불필요하다고 하시며 문자 같은 것은 별로 가르쳐 주시지 않지 않았습니까?"

"응, 사실 나는 무학이라서 고생하고 있다. 시대가 이렇게 될 줄 알았더라면 아버지께 숨기고서라도 학문을 했어야 하는데. 얘, 봉아, 도대체 우리는 어찌 하면 좋으냐?"

"어찌하다니요. 길은 하납니다. 빨리, 이제라도 헌병대에 출두해서 사죄하세요. 그리고 지금도 늦지 않았으니까 학문을 하는 겁니다. 특히 일본어 공부를 해야죠!"

"하지만 내가 헌병대에 출두해 사죄해 버렸다는 것이 동료들에게 알려지면—"

"생명이 위험하기라도 하다는 말씀입니까?"

"응, 뭐 그럴지도—"

"걱정할 필요 없습니다. 형님. 용기가 필요합니다. 옛 시대와 함께 멸망할 사람들 무리에 들어가는 일이야말로 스스로 무덤에 가기를 서두르는 것이 아닙니까! 자, 형님! 뭐하시면 저와 함께 헌병대에 갑시다. 제가 일본어로 잘 이야기할 테니까."

"안 된다. 나는 나의 길이 멸망의 길임을 알면서도 동료를 배반할 수 없다. 나는 나가겠다."

김준은 결심한 듯이 벌떡 일어났다.

"형님, 부탁입니다. 기다려 주세요."

김봉은 울음이 터져 나오려는 듯한 진지한 표정으로 형의 두루마기 자락을 붙잡았다. 김대성에게는 이 장면의 의미가 확실히 이해되지는 않았다. 그러나 그 어떤 극적이고 숨 막히는 분위기만은 이해되었다. 그래서 마른침을 삼키며 아버지가 숙부 말씀대로 해 주셨으면 좋겠다고 생각하면서 조마조마하게 아버지를 응시했다.

"놓아줘, 어쨌든 오늘밤은 가지 않으면 안 돼."

김준은 두루마기 옷자락을 잡아채고 문을 발로 차듯이 열고 바깥의 어둠 속으로 바삐 뛰어갔다. 바로 초승달이 뜬 밤이어서 어렴풋한 월광이 이미 사람들의 왕래가 끊긴 거리 위에 내리고 있다. 멀리 사라져 가는 김준의 뒷모습이 팔랑팔랑 춤추며 떨어지는 마른 잎처럼 비장하게 바라보이는 것이다.

겨울 방학도 끝나 김봉은 다시 경성의 학교로 돌아갔다. 집안에 남자는 대성이밖에 없었으며, 할머니와 어머니와 누이 등 여자들만의 외로운 생활이었다. 게다가 거의 매일 헌병이 수색하러 왔으므로 가정은 음울한 검은 그림자에 싸인 듯이 우울했다. 마치 말처럼 성격이 거친 할머니는, 그와 반대로 극히 정숙하고 얌전한 어머니를 사사건건 꾸짖을 정도로 불쾌해졌다. 누이는 아직도 남자 아이를 최고로 생각하는 누습에 지배되고 있는 환경에서 항상 구석에 조그맣게 있을 뿐이었다. 그러나 조그맣게 숨어 있기는 해도 사람들로부터 할머니의 성격을 물려받았다는 말을 들을 정도이므로, 그녀는 마음속의 거친 성격을 꾹 억누르고 있는 것이다. 그리고 늘 학교에 들어가고 싶다고 졸랐지만 여자 아이라는 것 때문에 받아들여지지 않았다. 그리하여 그것이 가끔 어떤 계기에 의해 폭발하면 아직 열서너 살짜리 계집애인 주제에 어머니나 할머니의 속을 썩였다. 생활은 선대의 할아버지가 모두 다 써버렸으므로 몹시 불편했다. 그러나 그 지방에서는 전통 있는 가문으로 자타 공히 인정하고 있었으므로 가난뱅이 흉내도 낼 수 없었다. 다행히 집만은 커다란 것을 그대로 물려주었기 때문에 새 정부의 공무원이나 아주 최근에 온 내지인 토목 청부업자 등에게 방을 세 놓아 겨우 생계를 세우고 있는 것이었다.

그렇게 침울하게 겨우겨우 살아가던 어느 날, ―벌써 이른 봄이 되었을 때, 대성의 아버지는 헌병대에 체포되어 왔던 것이다.

3.

이 거리에는 공립보통학교가 개교하기까지 신명학교(新明學校)라는 기독교 계통의 사립학교 외에 달리 교육기관이 없었다. 그것도 교실이 하나이고 선생이 한 명뿐인 빈약한 것이었다. 김대성도 그 학교에 가서 언문을 배우기 전에 『천자문』을 익혔다. 올 겨울까지는 이미 『천자문』을 줄줄 통째로 암기했으며, 높이 두 치 가로세로 한 자 정도의 사각 상자에 조를 넣고 거기에 '천지황현(天地黃玄)'에서부터 '야(也)' 자까지 막힘없이 외워 쓸 수 있게 되었다. 한 반 오륙십 명 중에서 대성은 가장 성적이 좋았으므로 열두세 살 먹은 커다란 아이들을 제치고 상석에 앉혀졌다. 그리고 올 이월부터는 『명심보감』으로 옮아가 삼월 중순쯤까지는 그것도 대부분 끝내고 있었다.

그해 이른 봄 어느 날 오후였다.

낮은 조선식 건물로 된 신명학교. 아이들은 거적[1]을 깐 비좁은 교실 안에서 책상다리로 앉아 상체를 흔들며 와글와글 책을 읽고 있었

---

1 원문은 'アンビラ'이나 이는 'アンベラ'의 오식인 듯함. 'アンベラ'는 다년초 풀 또는 이 풀로 짠 거적을 이름. 포르투갈어 'amparo'에서 옴.

다. 그때 느닷없이 헌병이 와 교실의 장지 창을 드르륵 열었다. 한 사람은 헌병보조원으로 불리는 반도인이었는데, 단지 별의 위치가 달랐다.

선생은 깜짝 놀랐으며 생도들도 놀라 쥐 죽은 듯이 잠잠해졌다.

"학교 모양을 좀 보려고 왔습니다."

헌병은 말했다. 중년의 선생은 겨우 자기 자신으로 돌아와,

"예, 그렇습니까? 자, 올라오십시오."

하고 조선어로 말했다. 내지어를 거의 알지 못하는 것이었다. 헌병은 교실 안으로 들어왔다.

헌병은 선생에게 양해를 얻어 생도들을 향해 올 사월부터 되도록 모두 공립학교로 전학했으면 좋겠다는 것, 이제부터는 조선 언문을 익히고 국어를 배우는 일이 중요하다는 것, 그리고 공립학교에 오면 월사금도 필요 없고 책도 공짜로 준다는 것 등을 연설조로 말했으며, 그것을 보조원이 통역했다. 아이들은 겨우 안심한 듯이 옆 사람과 소곤소곤 이야기하거나 마주 웃었다.

이윽고 헌병이 돌아간 후, 선생은 어쩐지 슬픈 듯한 표정으로,

"여러분, 공립학교에 가고 싶은 사람은 손을 들어 보아라."

하고 말했다. 생도들은 슬픈 듯한 선생의 표정을 보자 손을 들 용기가 나지 않았다. 그래서 서로 곁눈질을 하거나 뒤를 보면서, 손을 든 아이들도 어찌할까 하고 주저하는 모습이었다. 선생은 손을 들지 않은 생도들을 바라보며 대단히 만족스럽게 빙긋 웃었다. 감격한 듯이 두 눈에 눈물을 글썽이면서.

"오! 여러분은 과연 나의 훌륭한 제자입니다."

하고 외쳤지만, 다음 순간 그는 시대에 뒤쳐져 가는 자신을 지키려 하는 자기의 가련한 모습을 깨닫고 마음의 동요를 느끼지 않을 수는 없었다. 그는 양손을 들고

"기도를 올립시다."

라고 말한 후 자기부터 먼저 눈을 감았다. 생도들은 언제나 그렇게 하듯이 머리를 숙였다.

"―주여! 우리를 항상 보살피시고 안전하게 보호해 주십시오. 주여! 우리 신명학교는 지금 존망의 위기에 직면해 있습니다. 다행히 우리 사랑하는 아이들은 공립학교에 가고 싶어 하지 않았습니다. 하지만 이 시세가 나아가는 형편으로 볼 때, 내일이라도 생도들을 공립학교에 빼앗길지 모릅니다. 아무쪼록 우리를 도와주소서. 그리고 신명학교를 주의 따스한 슬하에서 영구히 번창시켜 주소서."

그리고 여전히 이것저것 장황하게 말했지만, 이윽고 "아멘" 하고 양손을 내렸다. 생도들도 "아멘" 하고 고개를 들었다. 선생은 어떤 불안한 초조감에 사로잡혀, 그 이상 수업을 계속할 기분이 나지 않았다.

그래서

"여러분, 오늘은 이 정도로 하고 교가를 부르고 돌아가도록 합시다."

하고 말하며 생도들을 기립시켰다. 그 교가는 「Going Through Georgia March」라는 미국 행진곡에 조선어 가사를 붙인 것이었다. 선생은 오른손에 지휘봉을 쥐고 지휘했다. 이렇게 한바탕 시끄럽게 고함친 후 생도들은 우르르 바깥으로 뛰어 나갔다.

4.

그로부터 며칠 후 대성의 숙부 김봉은 경성의 학교를 졸업하고 돌아왔으며, 아버지 김준도 헌병대에서 석방되었다. 김준이 '귀순했다'는 소문이 거리에 확 퍼졌다. 사람들은 무언가 서로 소곤거렸으며, 예전에 곧잘 놀러 오던 사람들도 김준을 별로 찾아오지 않았다. 그러나 김준은 돌변하여 명랑하게 보였으며, 커다란 두 눈이 희망으로 번쩍번쩍 빛났다. 그리고 헌병대장의 소개로 내지인 측의 유력자인 야마모토(山本)라는 농장 경영인과 친하게 되어 어떤 사업을 계획하느라 매일 바빴다.

삼월 말의 어느 날 김봉은 평양의 도기 제조 공장에 취직해 출발했다. 바로 그날, 밤이 깊어 모두가 잠자리에 누워 있을 때 한 사람의 남자가 대성의 아버지를 찾아 왔다. 대성의 아버지는 아주 놀란 듯이 보였지만 침착하게 그 남자를 방으로 안내했다. 대성은 늦게 자는 편이라서 아직 깨어 있었다. 외아들이라 해서 김준은 눈에 넣어도 아프지 않을 정도로 대성을 귀여워했다. 김준은 언제나 대성을 곁에 재웠으므로 두 사람이 사랑에서 자는 일은 습관이 되어 있었다.

아버지와 그 남자는 목소리를 낮춰 무언가 진지하게 이야기했으나 마침내 그 남자는 재차 확인하듯이 목소리를 거칠게 하여,

"군은 진짜로 우리들을 배신할 셈이냐?"

하고 따졌다. 대성은 뜨끔해서 마른침을 삼켰다. 아버지는 조용히 한 마디 한 마디 힘을 주어 말했다.

"응, 지금까지 나는 헤매고 있었던 것이다. 너희들이 뭐라 해도 나는 나의 길을 발견한 것이다. 너희들의 기분은 나도 잘 안다. 하지

만 이제 와서 어쩌겠다는 거냐. 대세는 결정되지 않았느냐? 게다가
나는 나의 가난한 가정을 일으켜 노모와 처자를 부양해야 한다.”

　“알았다! 이제 나도 너와는 절교다. 우리들과 너는 적이다. 빠가
야로!”

라고 그 남자는 외침과 동시에 철썩, 김준의 뺨을 한 대 때렸다. 그
리고 벌떡 일어나,

　“기억해! 이 새끼!”

하며 툇, 침을 뱉고 부리나케 떠났다. 대성의 아버지는 손자국이 빨
갛게 난 뺨을 만지려고도 하지 않고 지긋이 고개를 숙인 채 꽝 하고
닫히는 문소리를 듣고 있었지만, 이윽고 너무 무서워서 아버지 뒤에
조그맣게 숨죽이고 있는 대성을 껴안았다고 생각하는 순간, 목소리
를 높여 통곡하기 시작했다. 대성도 아버지의 가슴팍에 얼굴을 묻고
영문도 모르는 채 아버지와 함께 울었다. 이윽고 대성의 아버지는
부드럽게 말했다.

　“대성아. 아버지가 지금 그 남자에게 맞으면서도 꾹 참는 것은
모두 너를 위해서란다. 우리는 싫든 좋든 간에 지금부터는 일본 국
민이다. 그것이 우리의 운명이다. 어렵게 설명해도 너는 알 수 없겠
지만, 너는 훌륭한 일본 국민이 되어 다오. 그저 너를 훌륭하게 키우
고 싶은 탓에 아버지는 사람들에게 나쁜 말을 듣고 매를 맞아도 꾹
참고 있는 거다. 알겠니? 응?”

　“예.”

하고 대성은 명확히 대답해 보였다.

　“응, 그래, 그래. 이제부터 공립학교에 가서 열심히 공부하는 거

다. 그래서 훌륭한 사람이 되어 다오.”

　김대성은 사월부터 공립학교에 들어갔다. 공립학교는 한국[2] 시대의 옛 관청 건물을 부수고 그 터에 건축되어 있었다. 단층집이기는 하지만 아직 나무 향기도 새로운 아담하고 기분 좋은 건물이었다. 대성의 가장 친한 친구인 규철도 대성을 뒤따라 신명학교에서 공립학교로 옮겼다. 그리고 길(吉)이도―신분이 비천한 집 아이이므로 숨바꼭질을 할 때는 꼭 술래만 시키며 도둑놀이를 할 때는 꼭 도둑놈만 되는 길이도 월사금이 필요 없고 책도 공짜라고 해서 첫 번째로 공립학교에 입학했다. 길이는 벌써 열두세 살의 소년이었다. 그러나 기독교도의 아이들은 여전히 신명학교에 다녔다. 그래서 대성이, 규철이, 길이와는 같이 놀지도 않을뿐더러 길가에서 마주쳐도 아무 말 없이 지나치곤 했다. 그리고 자기들이 우세하다고 생각되면, 그들은 대성들을 향해,

　“○○! ○○!” (내지인을 나쁘게 부르는 말)[3]

하고 목소리를 맞춰 놀렸다. 그러면 대성들도 지지 않고 되받았다.

　“예수쟁이! 예수쟁이!” (기독교도를 폄하해 말하는 비속어)

　이렇게 거리의 아이들은 두 파로 나뉘었지만 시일이 지남에 따라 점차 공립학교의 생도들이 우세하게 되어 갔다. 따라서 대성 등은 위세를 부린 반면, 신명학교의 생도들은 왠지 풀이 죽어 갔다. 그렇지만 서양인 선교사가 와서 그 뒤를 따라 찬미가를 부르면서 거리를 지나갈 때만은 그렇게도 위세가 좋았다.

―――――――

2 대한제국을 말함.
3 “왜놈! 왜놈!”으로 추측됨.

5.

　어느 날 이 거리에 큰 소동이 일어날 정도의 희한한 일이 일어났다. 그것은 공립보통학교에 드디어 여자 반이 확대됨과 함께 처음으로 두 명의 여선생이 부임해 온 일이었다. 그 중 한 사람은 조선 여성으로서 굽이 높은 구두를 신고 커다란 히사시가미[4]를 하고 있었다. 남선생과 생도들은 정거장까지 맞으러 갔다. 학교로 통하는 큰길에 두 명의 여선생을 선두로 한 그들의 행렬과 그 희한한 여선생의 모습을 구경하는 호기심 많은 거리 사람들의 무리로 인해 한때 차와 말의 교통마저 단절된 소동이었다.

　그 군중 속에 대성의 누이 봉녀(鳳女)도 섞여 있었다. 그리고 할머니에게 꾸지람 들을 것을 두려워하면서도 이상하게도 열심히, 그리고 또한 각별한 동경을 품고 조선 여선생을 응시했다. 그녀는 군중의 대소동에도 별로 부끄럼도 없이 오히려 붙임성 좋은 미소를 띠면서 태연히 걸어가는 것이었다. 그 모습이 얼마나 봉녀를 매혹했으며 얼마나 깊이 자극했던가!

　(나도 공부해서 여선생이 되고 싶다!)
라고 마음속에서 힘차게 중얼거렸다.

　그 날 저녁부터는 더욱 더 필사적으로 어머니를 졸랐다. 물론 학교에 보내고 싶어도 어머니 혼자 생각으로는 어떻게도 할 수 없었다. 어머니는 지방의 한학자 집안 출신으로 대개의 한자나 언문 등을 알고 있을 정도로 여자 교육에는 이해를 가지고 있었다. 그래서 봉녀

---

4 당시 유행했던 여성의 머리 모양. 『무정』(이광수)의 선형도 히사시가미를 한 것으로 묘사된 바 있다.

와 둘이서 시어머니에게 말해 보았으나 예기했던 대로,

"너희들 미쳤냐?"

하고 미친 사람 취급당하는 것이 결론이었다. 아버지도 딸의 교육에는 적극성이 없었다. 그리하여 어머니가 반대하는 대도 그냥 내버려 두었다.

마침내 봉녀는 숙부가 있는 평양으로 도망가려고 결심하기에 이르렀다. 향학의 열정이 어떻게 해도 가라앉지 않는 것이다. 그것을 어머니에게만 털어놓았다. 처음에 어머니는 후환이 두려워 반대했지만 결국 봉녀의 열심에 마음이 움직이고 말았다. 평양까지의 여비는 사오 원 있으면 충분하므로 어머니가 이웃 사람이나 친척들로부터 마련해 주었다.

어느 날의 새벽녘이었다. 봉녀는 이른 아침 그 거리를 통과하는 기차에 오르기 위해 몰래 빠져 나갔다. 아버지가 이삼 일 동안 일 때문에 다른 곳에 가 있었으므로 어머니 곁에서 자고 있던 대성이가 예감이 있었던지 눈을 떴다.

"누나, 어디 가?"

"쉿! 할머니한테 알리면 안 돼."

"왜 그래! 누나. 나 할머니한테 말 안 해."

그러자 봉녀는 생긋 웃으며 안심한 듯이,

"나, 평양에 간다. 공부하러."

하고 말했다. 그래서 대성이는 일어나 옷을 입었다. 어머니는 이미 부엌에 내려가 있었다.

이윽고 봉녀와 대성은 뒷문으로부터 밭을 지나가는 작은 길로 나왔다. 어머니가 문에서 배웅해 주었다.

"나 정거장까지 배웅해 줄께."

하고 대성이는 앞서서 빨리 걸었다. 이른 봄 새벽, 아직은 추위가 뭉클 몸에 스며들었다.

밭을 지나 논두렁길을 타고 변두리를 나와 정거장까지 아무에게도 들키지 않고 다다랐다. 잠시 기다리자 상행 열차가 뿡, 하고 위세 좋게 기적을 울리며 들어왔다. 봉녀는 열차에 오르자 과연 슬픔과 불안이 한꺼번에 복받쳐 올라 눈물이 흘러 어쩔 수가 없었다. 대성이도 울듯이 되는 것을 애써 억누르며 웃어 보였다.

이윽고 기적 일성, 높이 울려오자 열차는 움직이기 시작했다. 봉녀는 눈물 젖은 얼굴을 창문에서 내밀어 플랫폼에 서서 배웅하는 대성이를 열심히 마주 보았다. 대성은 억지로 웃는 얼굴을 지으면서 손을 들어 흔들었다.

"누나, 몸 건강히."

점점 멀어지며 흐려져 가는 봉녀의 얼굴이 생긋 웃었다. 대성이는 더욱 세게 손을 흔들었다. 대지는 점점 밝아지고 동녘 하늘은 바야흐로 태양이 떠오르려고 붉게 물들어 있다. 그 동쪽을 향해 한 마리의 큰 새가 유유히 날아갔다. 거리는 아직 깊은 정적에 싸여 회색의 잠에 푹 들어 있었지만, 어느 곳에서인지 모르게 하루를 맞이하는 떠들썩함이 느껴졌다.

＿＿『국민총력』, 1941. 4. 원제는 「黎明」

배 안

船の中

조용만

몸은 솜처럼 피곤하고 사지의 관절이 바늘로 찌르는 것처럼 아팠지만, 김옥균(金玉均)은 좀처럼 잠들 수 없었다. 잠이 들기는커녕 머리가 점점 더 맑아진다. 바로 곁에는 엄청나게 코를 골면서 이건영(李建英)이 자고 있다. 그보다 조금 낮은, 톱질하는 것 같은 소리는 유혁로(柳赫魯)의 코 고는 소리임에 틀림없다. 모두 잘들 자고 있다. 사일 밤부터 칠일인 지금까지 꼬박 나흘 동안, 그야말로 죽기 살기로 계속 긴장해 왔으므로 그렇게 자는 것도 무리는 아니다. 그러나 지금 이렇게 일본 배 안에 일단 자리를 잡기는 했지만, 경성에서 뒤쫓아 오는 사대당 패거리로부터 과연 우리의 생명은 안전할 것인가. 외국 배인 일본 기선에 타 버린 이상 이제 그들도 어쩔 수 없을 테지만, 그러나 그들이 왕의 칙령을 방패삼아 역적의 인도를 강요해 올 때, 저 줏대 없는 다케조에(竹添) 공사가 과연 그 주장을 일축할 수 있을 것인가. 다케조에 공사가 우리를 그들에게 인도한다면 우리는 끝이다. 우리가 살해되는 것은 결코 분하지도 두렵지도 않다. 그러나 우리의 이 커다란 사업을 대체 누가 이어받을 것인가. 민비 일족이 중심이 된 사대당 정부는 노쇠하고 무력한 청나라에 의지해 국정을 전천(專擅)하고[1] 폭학(暴虐)의 극을 다하고 있다. 백성은 도탄의 고통에 허덕이고, 들에는 굶어죽은 송장[2]이 가득하다. 지금 국정을 개혁해 진취 개화의 정책을 취하지 않는다면 국가는 자멸할 것이다. 그렇게 하기 위해서는 일본의 힘을 빌려, 메이지유신 후의 청신 발랄한 일본 조야의 원조에 의해 완명한 사대당 정부를 무너뜨리고 우리가 정권을 잡아야 한다. 우리는 이번에 다케조에 일본 공사의 원조 하에 궐기했던 것이나, 시운(時運)[3]이 맞지 않았는지, 운명의 장난인지, 우리의 혁신운동은 삼 일만에 패했다. 그리고 오히려 사대당에게 쫓기고 있는 비참한 처지가 되었다. 우리가 동지들이 살해되는 것을 내버려둔 채 경성을 탈출했던 것도 결코 일신의 안전을 도모했기 때문은 아니다. 일본에서 일시 난을 피하며 실력을 기른 후, 다시 개혁운동을 일으키고자 결심했기 때문이다. 어디까지나 우리의 의지를 관철시켜 국가를 구하고 싶기 때문이다. 우리는 어떤 일이 있어도 살지 않으면 안 된다.

김옥균은 깜깜한 어둠 속에서 혼자 끝없는 생각에 잠겨 있다. 누군가 몸을 뒤척인다. 신음소리도 들려온다. 서광범(徐光範)이리라. 그역시 아직 잠들지 못하는 듯하다. 이건영이나 유혁로 같은 젊은 축들은 아직 스물 안팎의 청년이고 또 생각이 극히 단순하므로 설령

죽음의 공포가 바로 내일 닥쳐와도 그들은 눕기만 하면 곧 잠이 든다. 그러나 서광범이나 우리는 다르다. 지금 이곳에는 없지만, 식당의 저장고 안에 있는 박영효(朴泳孝)도 아마 그럴 것이다.

“김 참판(김옥균의 관직 명)! 어쨌든 날이 밝은 후에야 그들에게 인도되든지 살해되든지 할 테니까, 자, 날이 밝을 때까지 푹 잡시다.”

서광범은 김옥균과 걱정하며 이야기하다 피곤해져 바로 한 시간쯤 전에 이렇게 말하고 자는 시늉을 하고 있었지만, 그도 역시 잠들지 못하는 듯하다. 이 석탄 창고 안은 너무나 어둡다. 하다못해 희미한 등불 하나라도 있으면 좋겠는데, 너무나 어둡고 너무나 적막하다. 동지와 함께 이야기하며 울어 지새고 싶은 밤인데도!

김옥균은 정말로 서광범에게 다시 말을 걸어볼까 생각했으나 그만두었다. 그리고 머리 쪽이 어쩐지 추운 듯한, 공허해진 듯한 기분이 들어 손으로 머리를 만져 보았다. 어제까지 있었던 망건도 상투도 금관자도 없다. 손으로 고부가리(五分刈)의 머리를 만지면 근지럽고 이상한 느낌이 든다. 그 후 의복 쪽을 살펴보았다. 창의(氅衣)도 도포도 아니다. 입어본 적 없는 양복이다. 상의도 바지도 붙들어 맨 듯이 거북하다. 하지만 이러한 변화는 그의 머리나 옷에만 일어나고 있지는 않다. 뜻하지 않게 그는 지금 인천에 정박 중인 일본 기선 치도세마루(千歲丸)의 칠흑같이 어두운 석탄 창고에 있다. 그 더러운 마루 위에 거적을 깔고 더러워진 모포를 뒤집어쓴 채 추위에 떨면서 누워 있는 것이다. 석탄 창고 안에는 김옥균 외에 그의 동지 서광범과 다섯 명의 일본 유학생들이 같은 꼬락서니를 하고 뒤섞여 자고 있다. 박영효 서재필(徐載弼)과 그 외의 세 사람은 기선 식당의 저장고 안에서 자고 있다. 복장이나 모양새는 어떻든 좋다. 살해되지 않고 도망쳐 온 것이 기적이므로―.

메이지 십칠 년 십이월 사일 밤, 현재 경성 안국정에 있는 우정국에서는 그 건물의 낙성 축하연회가 열렸다. 이 연회에는 정부의 고관을 비롯해 내외의 사신들이 모두 모여 있었다. 이 연회를 기회로 일본을 후원자로 하는 젊은 개혁당의 지도자 김옥균, 박영효, 홍영식(洪英植), 서광범 등이 궐기, 지나를 후원자로 하는 사대당 정부의 거두들을 죽이고 그에 대신해 개혁운동을 일으켰다. 그것이 소위 갑신정변이다. 그러나 정권을 잡은 지 삼 일도 되지 않아, 지나 군대의 원조를 받아 창덕궁을 공격해 온 사대당 때문에 개혁당은 패배해, 김옥균, 박영효, 서광범은 일본 공사관으로 몸을 피했다. 그들은 지금 경운정에 있는 당시의 일본 공사관에서 하룻밤을 지낸 후, 어제 아침 공사관에서 가위를 빌려 상투를 짧게 자르고 창의나 도포 등 조선 예복을 벗어 버리고 공사관원들이 입던 낡은 양복을 얻어 완전히 복장을 바꿔 버렸다. 저고리 위에 양복 상의를 걸치고, 한복 바지 위에 양복바지를 입었으며, 조선 버선에 일본 짚신[4]을 신은 기괴한 복장을 하고 있었다. 영하 십 도 내외의 추위에 모자도 외투도 없이 덜덜 떨고 있다. 이렇게 해서 그들은 다케조에 신이치로(竹添進一郎) 공사나 시마무라(島村) 서기 이하 공사관원들과 함께 경성에서 인천으로 왔다. 그들의 신변은 일본 군대가 보호해 왔으므로, 발 빠른 병

---

4 원문은 '와라지(草鞋)'임.

사들을 따라가는 것이 이만저만한 일은 아니었다. 그러나 무사히 인천에 도착할 수 있었다. 칠일 오후 세 시에 경성을 출발해 인천에 도착한 것이 밤 열두·시, 그들은 곧바로 치도세마루에 올랐다. 그러나 다케조에 공사는 만일의 경우에 괘념하여 그들 열두 명 망명객을 두 반으로 나누어 배가 출범할 때까지 석탄 창고와 식당 저장고에 숨겨 두기로 했다. 박영효는 금릉위(錦陵尉)라 해서 철종의 사위이다. 김옥균은 자진해 석탄 창고를 선택하고 박영효를 어느 정도 편한 식당 창고에서 자도록 했다. 석탄고는 지옥처럼 어두워 인간이 잘 수 있는 곳이 아니다. 하지만 그들은 어쨌든 뒤를 쫓아오는 사대당 군대에 붙잡히지 않은 것을 다행으로 여기며 여기서 하룻밤을 지내기로 했던 것이다. -

도쿄 후쿠자와 유키치(福澤諭吉) 저택의 응접실인 듯하다. 소쇄(瀟洒)한 흰색으로 칠한 방 안에는 호사스러운 융단이 깔리고 천정에 달린 샹들리에는 황금색으로 빛나고 있다. 중앙의 테이블을 둘러싸고 주인인 후쿠자와와 김옥균, 박영효, 서광범이 앉아 있다. 김옥균과 박영효는 새로 지은 모닝코트를 입고 있으며 서광범은 새 세비로를 입고 있다. 세 사람 모두 머리카락을 멋지게 가르고 훌륭한 서양풍의 신사가 되어 있다.

"이번에 정말 힘드셨겠습니다. 어쨌든 무사히 도쿄에 오셔서 무엇보다도 다행입니다."

후쿠자와는 침착한 목소리로 우선 정중히 위문 인사를 했다. 후쿠자와와 김옥균, 박영효는 오래 전부터 아는 사이이다. 이 년 전인 메이지 십오 년 칠월, 임오군란을 사과하기 위해 조선 정부에서는 수신사로서 금릉위 박영효를 일본에 파견했다. 그때의 수행원이 김옥균과 서광범이었던 것이다. 수신사 일행은 칠월에 도쿄로 가, 그해 십일월 말에 경성으로 돌아왔다. 이 다섯 달의 체재 기간 중, 외무경 이노우에 가오루(井上馨)의 소개로 일행은 후쿠자와 유키치와 시부자와 에이치(澁澤榮一)를 만날 수 있었다. 후쿠자와는 그들에게 서양 문물 이야기를 들려주었으며 부국강병을 설득했다. 시부자와 에이치로부터는 주로 화폐나 은행 등과 같은 재정 경제 문제에 관해 많이 들었다. 이노우에 외무경도 여러 번 그들 일행을 초대해 세계의 대세를 설명하고, 동양 영원의 평화와 행복은 일본과 조선이 긴밀히 제휴해 나아감으로써 비로소 얻을 수 있음을 역설했다. 하지만 아무래도 그들로 하여금, 특히 김옥균으로 하여금 조선의 국정 개혁에 정신(挺身)하도록 정말로 결심시킨 것은 후쿠자와 유키치였다. 후쿠자와는 그들 일행을 정부의 각 기관과 여러 시설에 안내해, 크게 개화 진취의 기운을 부추겼다. 귀군들 같이 신분도 높고 젊은 정열에 넘치고 있는 사람들이야말로 국정을 개혁할 수 있다. 만일 귀군들이 귀국해서 국정 개혁에 분연히 몸을 바친다면, 나는 미흡하나마 극력 귀군들의 운동을 원조할 것이다. 나뿐 아니라 이노우에 외무경도 귀군들에게 아주 호의를 갖고 있으므로, 내가 권유해서 귀군들의 운동을 원조하게 하겠다고 후쿠자와는 열심히 그들을 설득했다. 김옥균은 일행 중에서 연장자이기도 했고, 두뇌가 명석하고 재기가 발랄했으므로 이야기는 언제나 김옥균과 후쿠자와를 중심으로 이루어졌다. 후쿠자와도 김옥균을 신용해 도야마 미츠루(頭山滿) 등에게 소개하는 등 여러 가지를 주선하며 애썼다.

이런 식으로 그들 일행은 국정 개혁의 의기에 불타올라 용약 귀국했으며, 수신사 당시의 동지들을 중심으로 개혁당을 조직했다. 개혁당의 중심인물은 말할 것도 없이 김옥균이다. 개혁당은 동지를 규합하거나 여러 준비를 진척시켜, 그로부터 만 이 년째에 앞서 말한 우정국 연회를 기회삼아 행동을 개시했던 것이다.

"아니, 정말 면목이 없습니다. 여러 가지 배려와 원조를 삼가 받았음에도 불구하고, 이렇게 추태를 보여서 정말로 부끄러울 따름입니다."

일행을 대표해 김옥균이 대답했다. 하녀가 차를 가져와 정중하게 테이블 위에 놓았다.

"부끄러울 것 전혀 없습니다. 이것으로 귀군들도 좋은 경험을 쌓게 되었습니다. 그런데―"
하고, 후쿠자와는 이제 박영효 쪽을 향해,

"금릉위님, 안색이 조금 나쁜 것 같군요. 귀군 같은 귀공자로서야 정말로 태어나 처음 겪는 경험이었지요?"

박영효는 초췌한 얼굴에 미소를 띠며 묵묵히 있다.

"금릉위만 그런 게 아닙니다. 우리 야인으로서도 태어나 처음 겪은 쓰라린 경험이었습니다. 하하하……."

김옥균은 일부러 커다란 목소리로 웃었다. 딱딱했던 좌중의 공기가 얼마간 부드러워졌다. 아무도 차를 마시지 않고 있었으므로 후쿠자와는 자기부터 먼저 차를 마셨다.

"귀군들의 이번 일은 다케조에 씨로부터 자세히 들어 알고 있습니다. 실패도 성공도 시운이니까―우리 생각대로 잘 되지 않는 것입니다. 자―낙심하지 말아주세요.”

“우리는 최후까지 할 생각입니다. 오직 권토중래를 기약하기 때문에 우리는 난을 피해 도쿄에 온 것입니다.”

열기를 띠기 시작했는지, 박영효가 조금 떨리는 목소리의 빠른 말로 대답했다.

“지당합니다. 귀군들을 말고 귀국의 국정을 개혁할 사람은 없습니다. 단단히 부탁드립니다.”

“허, 감사합니다. 우리는 귀하를 의지하고 왔으니까 만사 잘 부탁드립니다.”

김옥균이 후쿠자와에게 정중하게 고개를 숙였다. 일행도 모두 똑같이 약간 머리를 숙였다. 정말로 그들은 후쿠자와를 의지해 도쿄에 왔던 것이다.

“아니오, 기쁘게 맞겠습니다. 미흡하나마 도와드리겠습니다. 인천에서 도쿄까지 며칠 걸렸습니까?”

“반 개월이나 걸렸습니다. 보름쯤이 아니라 완전히 반년이나 배를 탄 듯한 기분이 들어 애먹었습니다.”

김옥균이 유창한 일본어로 대답했다. 일행 중 김옥균이 일본어를 가장 잘 했다. 수신사의 수행원으로서 도쿄에 다섯 달 있는 동안에 일본어를 완전히 배워버렸던 것이다.

“그렇습니까. 피곤하셨겠습니다. 나중 일은 천천히 이야기하기로 하고, 내일이라도 좋으니까 아타미(熱海) 근처에 가셔서 잠시 휴양하시는 게 어떻겠습니까.”

“말씀은 고맙지만, 국사다난의 이때에 태평하게 온천에서 놀 수 없습니다.”

박영효가 진지한 얼굴이 되어 성급하게 대답했다. 일행 중 박영효가 가장 젊어 스물네 살이었다. 이 약관 귀공자의 일편단심의 항변에 후쿠자와는 미소를 지었다.

“그렇게 서두르면 안 됩니다. 천천히 느긋하게 준비해야죠―유유하게 십 년이건 이십 년이건 노력하는 겁니다.”

“그렇습니다. 금릉위는 젊으니까 성질이 급합니다. 후쿠자와 씨가 말씀하신 대로 천천히 온천에라도 잠겨서 영기(英氣)를 기른 후에 합시다.”

김옥균도 박영효 쪽을 향해 진지한 젊은 제자를 타이르는 듯한 어조로 말했다. 잠시 침묵이 계속되었다. 아까 왔던 하녀가 들어와 무언가 후쿠자와에게 속삭였다.

“자, 여러분 식당에서 준비가 된 듯하니 안내하겠습니다.”

주인이 앞장서 일행을 다음 방으로 안내했다. 응접실과 같은 넓이의 식당에는 둥근 식탁이 놓여 있었다. 식탁 한가운데에는 한 번도 본 적 없는 빨간 꽃이 호사스러운 화병에 꽂혀 있다.

“자―, 들어가십시오―”

후쿠자와는 식당 입구에 서서 허리를 굽히며 안내했다. 박영효가 선두에 서고, 김옥균이 맨 마지막이었다. 경성에서 미국[5] 공사 후트의 집에 초대받아 가 먹은 후 삼 개월 만에 먹는 양식이다.

“저희를 위해 이런 성찬을 차려 주셔서 정말 공축천만(恐縮千萬)이

---

5 이 부분은 '米國'이 아니라 '美國'으로 표기되어 있음.

올시다.”

일동을 대표해 김옥균이 일어나 사의를 표하는 바로 그때, 보이가 수프를 가지고 들어왔다. 인사를 마치고 앉으려 하자마자, 어찌된 일이지 수프 접시가 보이의 손에서 식탁 위로 떨어져 커다란 소리를 내며 깨졌다. 김옥균은 얼굴과 몸에 잔뜩 수프 비말을 뒤집어쓰고 깜짝 놀라 벌떡 일어났다.

김옥균은 번쩍 눈을 떴다, 꿈이었던 것이다. 그러자 누군가가 자기를 부르는 목소리가 들렸다.

“김 참판, 김 참판!”

주먹으로 쾅쾅 석탄 창고 문을 두드리고 있다. 틀림없이 박영효의 목소리다. 참판은 김옥균의 관직명이다. 얼굴을 들자 어느새 날이 밝은 듯, 창고 입구의 틈으로부터 밝은 광선이 쏟아져 들어오고 있다. 창고 안은 기분 나쁠 정도로 고요하다. 단지 이건영과 유혁로의 그 코 고는 소리만은 변함없이 시끄럽다. 서광범도 깊은 잠에 빠진 듯하다. 깨어 있다면 뭐라고 말했을 터이지만, 아무 소리도 없다.

“김 참판, 김 참판, 안 일어나십니까?”

박영효의 성급한 목소리다. 복도를 돌아다니고 있는 수선스런 발소리와 기침 소리로 보면 박영효 한 사람만은 아닌 것 같다.

─무슨 일이 일어났나?

김옥균은 일순 무언가 불길한 예감이 들어 의혹이 일어났다. 접시를 깨면서 깬 꿈도 불길하다, 하지만 일어나야 한다.

“금릉위, 곧 나갈 테니 기다리시오.”

김옥균은 침착한 목소리로 이렇게 말하고 조용히 모포를 치웠다. 모포에서 나오니 몸서리가 쳐질 만큼 춥다. 아침에 일어났을 때 항상 그랬던 것처럼 손이 머리 쪽으로 간다. 망건이 흐트러진 것을 바로잡기 위해서다. 그러나 이제는 망건도 없거니와 상투도 없다. 문득 섭섭한 기분이 들어 손은 또다시 상의 쪽으로 간다. 양복 상의의 옷깃에서 삐져나온 솜 들어간 저고리를 똑바로 하고 주름져 올라간 바지를 잡아 펴 내렸다. 아무리 바쁜 때라도 이렇게 몸가짐을 단정히 하는 것이 당시 사람들의 습관이다. 그러고 나서 어두운 곳을 손으로 더듬어 문 쪽으로 기어 나왔다. 자고 있는 사람의 머리를 치거나 발을 밟거나 한다. 드르륵 문을 열자 박영효가 대단히 긴장한 얼굴로 서 있다. 그 옆에 다케조에 공사, 그 뒤에 시마무라 서기, 박영효 옆에는 통역인 가와카미(川上)가 서 있다. 모두 긴장한 얼굴이다.

"무슨 일입니까, 이른 아침에."

김옥균은 박영효를 향해 힐문하듯이 물었다. 다케조에 공사나 시마무라, 가와카미 등에 대한 시위이기도 했다. 그러자 박영효가 대답하기 전에, 긴장했을 때의 버릇대로 입술을 떨면서 다케조에 공사가 쉰 목소리로 말하기 시작했다.

"아무래도 곤란하게 되었습니다. 묄렌도르프 놈이 군대를 이끌고 경성에서 쫓아 왔습니다. 오늘 아침 동틀 녘에 그놈이 나를 찾아와서, 칙령에 의해 역적들을 체포하러 왔으니 당신들을 배에서 내려 달라는 것입니다. 임금님의 역적 체포령을 보여주며 태도가 아주 강경합니다."

"그래서 당신은 뭐라고 하셨습니까?"

김옥균은 이런 일이 있으리라고 예기하기는 했지만 역시 흥분해 목소리가 커졌다. 흥분해 얼굴이 새파래지자 김옥균의 얼굴은 약간 창백하게 살기를 띤다. 다케조에 공사는 김옥균의 얼굴에서 눈을 돌리며 갑자기 목소리를 낮췄다.

"그건 당신들도 곤란하겠지만, 일본 공사인 제 입장도 양해해 주시지 않으면 난처합니다. 만일 당신들로 인해 시끄러운 국제 문제라도 일어나면 어떻게 합니까?"

"물론 당신의 괴로운 입장도 잘 알고 있습니다. 하지만 당신은 창덕궁에서도, 또 어제 공사관에서도, 책임을 지고 우리를 도쿄까지 보내 주겠다고 하지 않았습니까."

"그때와 지금은 정세가 달라서, 아무래도—"

김옥균이 이로정연하게 추궁하므로 다케조에 공사는 말을 흐렸다. 그러자 시마무라 서기가 공사를 대신해 박과 김 두 사람을 번갈아 보면서,

"당신들도 정말 안됐습니다만, 공사님 입장도 좀 생각해 주십시오."

"그러면 우리에게 이 배에서 내리라고 말하시는 겁니까?"

김옥균은 시마무라를 사납게 노려보았다.

"자— 그렇게 흥분하시지 말고—"

가와카미 통역도 한마디 끼어들었다. 박영효와 김옥균은 어찌 할 바를 모르는 얼굴로 서로 마주보았다.

묄렌도르프라는 남자는 조선 이름으로 목인덕(穆麟德)이라 하는데, 지나에서 초빙되어 온 정부의 재정 고문이다. 독일인인 그는 청나라

이홍장(李鴻章)의 지우(知遇)[6]를 얻어, 조선에서 해관 사무가 개시되자 이홍장의 추천으로 천진(天津) 주재 독일 영사 직을 버리고 조선에 왔던 것이다. 처음에는 세관 사무만을 보고 있었으나, 점차 세력을 넓혀 정부의 재정이나 외교에까지 말참견[7]하게 되었다. 특히 사대당의 수령 격인 민영익(閔泳翊)과 친교를 맺고 "목 참판"을 자처하니, 궁정이나 사대당 정부에서의 세력은 무시할 수 없는 바가 있었다. 이러하므로 개혁당의 김옥균이나 박영효 등과 사이가 나빴으며, 특히 김옥균과는 외교 문제로 논쟁한 이래, 견원지간이 되어 있었다. 사일 밤, 우정국 사변에서 민영익이 개혁당의 역사(力士)에게 중상을 입자, 빈사 상태의 그를 비호하며 면전에서 김옥균을 매도했던 것은 그 묄렌도르프였다. 김옥균과 박영효가 일본 공사관에 피난하고 있는 동안 사대당에서는 다시 새 내각을 조직해 즉각 칙령으로 김옥균 일파의 체포령을 내렸으며, 묄렌도르프는 자진해서 이백 명의 조선과 지나 혼합 병사들을 이끌고 경성에서 인천으로 달려왔다. 그리고 부두에서 하룻밤을 지낸 후 이른 아침 앞바다에 정박 중인 치도세마루에 와 다케조에 공사와 담판했던 것이다.

"하여튼 오전 열 시까지 회답한다고 약속하고 그놈들을 부두로 돌려보냈으니까, 여러분 그때까지 우리에게 폐가 되지 않도록 태도를 결정해 주십시오."

다케조에 공사는 이렇게 내뱉고 시마무라와 가와카미를 재촉하면서 훌쩍 돌아갔다.

---

6 인정하여 후대함.
7 원문은 '용훼(容喙)'임.

어느새 서광범, 유혁로, 이건영 등의 일행이 일어나 나와 있었다. 모두 다케조에 공사와의 이야기를 듣고 있었던 듯 침울한 얼굴을 하고 있다.

"어떻게 할까요?"

김옥균은 서서히 입을 열어 박영효에게 말을 걸었다.

"절대 반대입니다. 이 배 안에서 죽을지라도 결코 상륙하지 않겠습니다."

박영효는 흥분이 아직 가시지 않아 입술을 꽉 깨물며 결연하게 말했다.

"차라리 모두 바다에 뛰어들어 죽읍시다."

유혁로가 다른 사람의 일처럼 무뚝뚝하게 중얼거렸다.

"그렇다, 목인덕이 손에 죽느니 그게 낫다."

이건영이 큰 목소리로 맞장구쳤다.

"어쨌든 모두 모여 의견을 듣고 싶으니까, 이건영 군, 자네가 저 장고에 가서 거기 있는 사람들을 모셔 오지 않겠나."

저장고 쪽에는 박영효와 함께 서재필, 정난교(鄭蘭敎) 등 서너 사람이 있다. 죽느냐 사느냐의 기로에 서 있는 지금, 동지가 모두 모여 진지하게 토의한 후에 태도를 결정하지 않으면 안 된다.

"당신들은 어땠는지 모릅니다만, 나는 아침이 되도록 아무래도 잘 수가 없었습니다. 일어나기도 귀찮아 그대로 꾸벅꾸벅 하고 있는데 밖에서 시마무라 군이 나를 부르는 겁니다. 나가니까 공사가 나를 만나고 싶어 하니 곧장 와 달라는 겁니다. 무슨 일이냐고 시마무라 군에게 물어보아도 시마무라 군은 그저 공사가 배짱이 없어서―

라고 할 뿐입니다. 그래서 무슨 일인가 하고 가 보니, 그런 소릴 하는군요. 저는 분개해서 그런 바보 같은 일을 할 수 있냐고 호령했습니다. 그러자 당신은 신분이 귀한 사람이니까 저쪽에서도 설마 죽이지는 않을 테니 안심하라는 겁니다. 사람을 바보 취급하는 데에도 정도가 있는 겁니다. 내가 그렇게 어린애 속임수 같은 말에 넘어갈 거라고 생각해서— 저, 아무 말 없이 그대로 돌아오려니까, 공사가 내게 다가와서 함께 김 참판 계신 곳에 가자는 겁니다. 그래서 지금 온 겁니다.”

박영효는 자못 분개했던 듯, 단숨에 내뱉었다. 서광범, 유혁로, 이건영 등은 그에 박자를 맞춰, “흥, 괘씸하군.”, “바보 취급을 하는 데도 정도가 있지.” 하며 울분을 토하고 있었다. 김옥균은 그저 묵묵히 듣고 있다. 침착함을 잃지 않으려 노력하고 있는 듯하다. 일당의 연장자이며, 또한 어떤 의미에서는 이 사건의 주동자로서 자기의 책임을 느꼈기 때문이리라.

이윽고 서재필을 선두로 하여 가장행렬 같은 이상한 복장을 한 사람들이 우르르 석탄 창고 복도에 나타났다. 총 열두 명이다. 모두 비장한 얼굴로 복도에 그대로 털썩 앉았다. 잠잠해진 후 김옥균은 조용히 이야기를 시작했다.

“여러분, 지금 우리는 생사의 기로에 서 있는 것입니다. 쓸데없이 흥분하거나 혈기로 치달려서는 안 됩니다. 어디까지나 냉정하고 침착하게 판단하시기를 바랍니다. 아시다시피 우리 개혁당의 후원자인 다케조에 공사가 목인덕에게 위협당해 우리를 배에서 내리게 하려 하고 있습니다. 부두에는 이백 명의 병사가 우리를 기다리고 있습니다. 배에서 내리면 그것으로 끝장입니다. 우리의 생명은 없는 것입니다. 우리는 우리의 몸과 목숨을 아끼지는 않습니다. 하지만 우리의 목적을 관철하지 못하고 이대로 죽으면 뒷일은 어찌 됩니까? 누란의 위기에 처한 국가는 어찌 됩니까? 도탄에 허덕이는 민중은 어찌 됩니까? 우리는 어떻게든 살아 있지 않으면 안 됩니다.”

김옥균의 목소리는 점점 커졌다. 좌중은 묵묵히 듣고 있다.

“물론 우리는 다케조에 공사를 원망하지 않습니다. 공사는 철두철미 우리 편입니다. 단지 지금 우리는 배에서 내릴 것인지, 그렇지 않으면 달리 취할 방법이 있을지 없을지를 생각해 보고 싶을 뿐입니다.”

말을 마치고 김옥균은 좌중을 둘러보았다. 침울하고 비장한 얼굴로 모두 생각에 잠겨 있는 듯하다.

“무언가 좋은 생각 없습니까?”

김옥균은 서광범, 이건영 쪽을 보았다.

“뭐, 별로 이렇다 할 명안이 없습니다.”

서광범은 가라앉은 목소리로 천천히 대답했다.

“김 참판, 당신이야말로 무언가 좋은 생각이 없습니까?”

이건영이 화난 듯한 목소리로 김옥균에게 말했다. 김옥균은 잠시 고개를 숙이는 듯한 모습을 보이더니,

“저는 아까부터 생각하고 있었습니다만, 다급한 경우가 되면 제가 전 책임을 지고 혼자서 하선하고 싶습니다. 그러면 당신들도 무사히 도쿄로 가실 수 있고, 만사가 해결되리라고 생각합니다.”

김옥균의 미우(眉宇)[8]에는 정말로 그렇게 할 각오와 결의가 번뜩이고 있었다. 일동은 갑자기 긴장하기 시작했다.

“김 참판! 무슨 당치 않은 말입니까. 당신이 전 책임을 지고 하선하다니, 그런 터무니없는 일이 어디 있습니까?”

박영효는 꾸짖듯이 이렇게 외치고 다시 사람들을 향해 소리쳤다.

“여러분, 우리는 생사를 함께 하지 않았습니까. 어떤 경우에도 같이 죽읍시다. 우리는 단연코 김 참판 한 사람이 하선하게 하지는 않을 것입니다.”

“그렇고말고요.”

“그렇소. 우리도 모두 함께 배에서 내립시다.”

일동은 제각각 비장하게 외쳤다. 김옥균은 고개를 숙인 채 얼굴을 들지 않는다. 잠시 동안 무거운 침묵이 이어졌다. 그러자 박영효가 김옥균을 향해 목소리를 부드럽게 했다.

“그보다 시마무라나 가와카미 군에게 한 번 더 부탁해 보면 어떨지요? 무라카미(村上) 대위 같은 사람은 기골 있는 남자니까 뜻밖에 편의를 보아줄지도 모릅니다.”

무라카미 대위는 일본 공사관에 소속된 무관으로, 김옥균, 박영효와 친교가 있다. 박영효의 말에 기운을 얻은 서광범이,

“그럼 여러분, 시마무라 서기, 가와카미 통역, 그리고 무라카미 대위에게 한 번 더 부탁해 보는 것으로 합니까?”

하고 사람들의 동의를 구했다. 그러자 누구 한 사람 아무 말도 하지 않고 있는 중에, 구석 쪽에서 조그맣게 침묵하고 있던 서재필이 쑥 일어났다. 서광범의 조카로 미국에서 막 돌아온 젊은 청년이다.

---

8 이마의 눈썹 언저리.

“여러분, 이 치도세마루의 지배자는 선장입니다. 이 배 안의 행정권은 선장이 쥐고 있습니다. 배는 그 나라 영토와 똑같으므로, 이 치도세마루는 일본 국토의 연장입니다. 이 배에 사람을 태우거나 태우지 않는 것은 선장의 권한입니다. 그러니까 선장에게 부탁해서, 목인덕이 다시는 이 치도세마루에 오르지 못하게 하는 겁니다. 그리고 할 말이 있으면 선장과 함께 부두에서 담판하게 하는 겁니다. 만일 목인덕이 우리의 인도를 요구한다면, 선장의 권한으로 그것을 거부하도록 선장에게 부탁하는 편이 가장 좋은 방법이라고 저는 생각합니다.”

서재필은 그의 특기인 연설조로 계속 이야기해 댔다.

“그렇소, 명안이오.”

“직접 선장과 담판하는 거요!”

박영효도 잠시 생각하더니,

“과연 서 군 생각은 명안입니다. 그러면 즉각 선장과 만나기로 합시다. 이 담판에 우리의 생명이 달려 있으므로 김 참판을 대표로 하여 부탁하려 하는데, 어떠십니까?”

김 참판은 묵묵히 있다.

“그건 물론, 금릉위와 김 참판 두 사람이 하셔야지요.”

일동은 두 사람을 대표로 추천했다. 모든 점에서 그 두 사람이 개혁당의 중심이다.

“발안자인 서 군도 참가하면 어떻습니까?”

누군가 감격한 듯이 서재필을 추천했다.

“아닙니다, 저는 정말로 사퇴하겠습니다.”

서재필은 단호히 거절했다. 박영효가 김옥균을 재촉해 선장을 면회하게 되었다. 박영효는 우선 가와카미 통역에게 부탁해 자기들 두 사람을 선장에게 소개해 달라고 했다. 가와카미 통역이 쾌히 승낙해 주었으므로, 세 사람은 상갑판에 있는 선장의 방으로 올라갔다.

선장은 삼십 세 전후의 키가 크고 쾌활한 남자였다. 커다란 테이블 위에 지구의를 놓고, 무언가 검토하고 있었지만, 세 사람이 들어오는 것을 보자 지구의를 구석 쪽에 치우고 의자를 세 개 가지고 와 테이블 앞에 놓았다. 가와카미는 선장에게 정중히 머리를 숙였다. 그리고 두 사람을 소개했다. 두 사람의 관직과 가문, 그리고 이번 정변에 대해 요점을 간추려 요령 좋게 이야기했다.

"허— 당신들이 국정 개혁에 실패해 일본으로 망명하시는 겁니까? 참 안 됐습니다. 사실 돌아가신 제 아버지도 유신(維新)에 참가해 크게 활동하신 숨은 지사셨습니다. 지사들은 정말 불운하군요."

입을 열자마자 이 젊은 선장은 기괴한 복장을 한 두 사람의 망명객에게 동정을 보냈다. 의외로 정치나 망명지사에게 흥미를 지니고 있는 듯하다. 박영효에게 이끌려 마지못해 선장실까지 왔기는 하지만, 온다고 달라질 게 있겠는가 하고 자신이 없었던 김옥균은 갑자기 활기를 띠게 되었다. 이렇게 이해심 있는 선장이라면 쉽게 설복시켜 보이겠다! 김옥균은 내심으로 뛸 듯이 기뻤다. 말이 자연스레 웅변조가 되었다.

"이런 옷차림을 하고 갑자기 폐 끼치는 말씀을 드려서 공축천만입니다. 우리는 귀국 조야의 원조 하에 조선의 부패하기 짝이 없는 내정을 개혁하고자 하여 정변을 일으켰습니다. 그러나 그것이 실패해, 어제 낮 다케조에 공사와 함께 경성을 떠나 밤에 인천에 도착, 곧장 이 배에 올랐습니다. 동지의 반을 잃어, 이 배에 탄 사람은 겨우 열두 명에 지나지 않습니다. 우리는 도쿄에 가서 권토중래하고 싶습니다. 목적을 관철할 때까지, 끝까지 싸워 볼 결심입니다. 아무쪼록 양찰해 주시기를 바랍니다.”

김옥균은 일단 말을 끊고 지긋이 선장의 모습을 응시했다.

“예, 저도 치도세마루의 선장이 된 후 여러 번 인천이나 부산 같은 데 출입하며 귀국의 문물을 바라보고 있습니다만, 정말 대 개혁을 하지 않으면 안 되겠습디다. 조선도 빨리 꿈에서 깨어야 합니다. 귀하들의 개혁 운동은 지당한 일입니다. 크게 일으켜 주십시오.”

선장은 쾌활히 이렇게 말하면서 둥근 담배합에서 권연초를 한 대 꺼내 물고, 연초와 성냥을 두 사람 쪽으로 밀었다.

“자, 담배를 피우면서 천천히 이야기해 주십시오. 그런데 저에게 부탁하고 싶으신 건 뭡니까?”

선장은 담배를 맛있는 듯이 한 모금 빨았다. 김옥균은 곁에 있는 박영효를 보았지만, 박영효는 김옥균이 교섭의 핵심에 도달했다고 생각하고 있는 듯, 모르는 척하는 얼굴을 하고 있다. 김옥균은 처음의 긴장이 조금 풀어져 말이 술술 나왔다.

“우리의 반대편인 사대당에서 묄렌도르프라는 독일인에게 임금님의 칙명을 주어 우리를 뒤쫓게 했습니다. 그 묄렌도르프라는 사람이 오늘 아침 일찍 이 배에 와서 다케조에 공사에게 우리의 인도를 교섭한 것 같습니다.”

“그래서 다케조에 공사는 뭐라고 했습니까?”

“열 시까지 회답한다고 해서 일단 묄렌도르프를 돌려보내고, 우리에게 문제가 일어나지 않도록 선처해 달라는 겁니다.”

“선처라는 건 무슨 의미입니까? 배에서 내리라는 겁니까?”

선장의 목소리는 침착하면서도 위엄을 띠었고, 눈은 번쩍번쩍 빛났다.

“뭐— 그런 의미겠지요. 칙명을 가져 왔으니 공사의 입장도 괴로울 것이라고는 생각합니다만—”

김옥균은 선장의 태도를 주시하면서 일부러 침착한 태도를 보이며 천천히 대답했다.

“그런 바보 같은 일은 있을 수 없습니다. 단연코 그런 멍청한 짓은 할 수 없습니다.”

선장은 큰 얼굴을 새빨갛게 물들이며 세게 머리를 흔들었다. 테이블을 칠 듯이 주먹을 꽉 쥐고 있다.

“저는 치도세마루 선장의 명예를 걸고 그런 일은 결코 용납하지 않겠습니다. 그러니까 당신이 하고 싶은 말은 저에게 당신들을 이 배에서 내리게 하지 말라는 것이군요. 좋습니다, 알겠습니다. 일본 남아의 명예를 걸고 처리하겠습니다.”

선장의 목소리는 감격에 차 있었다. 일순, 김옥균과 박영효는 크게 소리쳐 울고 싶을 만큼 기뻤다. 체면이고 뭐고, 선장에게 달려들어 함께 울고 싶었다. 두 사람은 어느새 눈시울이 뜨거워짐을 느꼈다.

“선장님, 정말 감사합니다. 이 은혜는 평생 잊지 않겠습니다.”

두 사람은 저도 모르게 떨리는 목소리로 선장에게 머리를 숙였

다. 선장은 권연초를 재떨이 위에 놓고,

"아닙니다, 은혜도 뭐도 아닙니다. 약한 자를 돕고 부정과 불의를 치는 것이 우리 일본 남아가 본회(本懷)로 하는 바입니다. 더구나 당신들 같이 훌륭한 분들을 돕는 것은 제가 명예로 삼고 있는 일입니다."

가와카미 통역도 감격한 눈으로 이 아름다운 정경을 바라보고 있었다. 선장은 잠시 생각하고는 김옥균을 향해,

"지금 당신들은 어느 방에 계십니까?"

하고 물었다. 김옥균은 다케조에 공사의 충고로, 일행이 두 반으로 나뉘어 석탄 창고와 식당 저장고 안에 들어가 하룻밤을 지냈음을 이야기했다. 선장이 또 화를 낼지도 모른다고 생각하며 보고 있자니, 이번에는 화를 내지 않았다.

"그렇습니까. 아마 무조건 해치울 수 있을 겁니다만, 만일의 경우를 생각해서 잠깐 동안 당신들은 모두 식당 저장고 안에 숨으세요. 지금 보이에게 저장물을 끄집어내게 할 테니까, 모든 분들이 충분히 앉으실 수 있을 겁니다."

그렇게 말하고 선장은 흘끗 손목시계를 보았다. 벌써 아홉 시에 가깝다. 선장은 테이블 귀퉁이에 있는 초인종의 버튼을 눌렀다. 보이를 부르는 듯하다.

"이 배는 내일 아침 출발할 예정이었습니다만, 당신들을 위해 오늘 오후 세 시에 출발하겠습니다. 그때까지 죄송하지만 저장고 안에서 기다려 주십시오. 배가 출발하면 곧 꺼내 드릴 테니까요. 뭐, 어쨌든 지금부터의 담판은 모두 제가 떠맡을 테니까, 안심하십시오."

김옥균과 박영효는 감개 가득히 서로 얼굴을 마주보았다. 가와카

미 통역에게 눈짓해 세 사람은 일어섰다.

"선장님 덕분에 우리 개혁당이 구원받았을 뿐만 아니라, 머지않아 조선이 구원될 것입니다. 당신은 조선의 은인입니다. 이 은혜를 결코 잊지 않겠습니다."

박영효는 저도 모르게 손을 내밀어 선장의 손을 힘차게 잡았다. 눈물이 넘쳐흐를 것 같았다.

"아니오, 아니오. 몸을 소중히 하시고 도쿄에 가서서 크게 일해주십시오. 조선은 일본과 손을 꽉 잡고 나아가지 않으면 안 됩니다."

세 사람은 올 때와는 반대로 활기를 띠고 선장실을 나왔다.

"선장님 성함이 어떻게 됩니까?"

김옥균이 가와카미 통역에게 물었다.

"쓰지 가츠쥬로(辻勝十郎)라고 합니다. 상당히 호탕하시지요? 일본에도 이런 쾌남자가 있습니다."

"쓰지 가츠쥬로, 쓰지 가츠쥬로."

박영효는 몇 번이나 반복해 불렀다.

"정말 쾌남자군요. 눈물이 날 정도로 감격했습니다."

김옥균은 자기들의 전도에 무한한 광명이 빛나는 것을 보았다. 일본에 가자, 일본에 가서 크게 실력을 길러 권토중래하자.

두 사람이 명랑한 얼굴로 돌아오는 것을 보고, 창고 복도에 비장한 얼굴로 웅크리고 있던 사람들은 일제히 두 사람 쪽을 보았다.

"어떻게 되었습니까?"

성급한 유혁로가 일어나 질문의 첫발을 쏘았다. 열 사람의 눈은 두 사람 쪽으로 집중되었다.

“여러분, 안심하십시오. 선장님이 대단한 쾌남자여서, 목인덕과의 교섭을 전부 떠맡아 주셨습니다. 하늘은 우리를 죽게 내버려두지는 않을 것입니다.”

“잘 된 일입니다!”

“그렇고 말고, 우리가 목인덕이에게 죽임을 당할 성싶으냐.”

사람들은 안도의 환성을 질렀다. 박영효도 명랑한 얼굴이 되어 서재필 쪽을 보았다.

“서 군, 우리는 자네에게 감사하네.”

언제나 구석 쪽에 앉아 있는 서재필은 쑥스러운 듯이 얼굴을 붉혔다. 김옥균은 바로 이어,

“하지만 여러분, 우리는 배가 출발할 때까지 식당 창고 안에 들어가 있어야 합니다. 배는 오늘 세 시에 출발한다고 합니다.”

“목인덕 그 놈한테 살해되지만 않는다면, 어디에 들어가도 괜찮습니다.”

이건영도 기운이 나서 일어서며 외쳤다.

“서 군, 젊은 사람이 꽤 대단하군.”

유혁로는 툭, 서재필의 어깨를 쳤다.

이윽고 보이가 와서 일동을 저장고 쪽으로 데리고 갔다. 선장의 명령이 있었기 때문일까, 여러 가지 저장 상자나 통들이 깨끗이 치워져 있었다.

“이건 완전히 일등실이군.”

과묵한 서광범이 이렇게 말해 모두를 웃겼다.

“잠시 참아 주십시오. 잘 되면 오늘 세 시에 출발할 수 있으니까요.”

보이는 바깥에서 저장고의 자물쇠를 채우면서 싱글싱글 웃었다. 모든 것을 알고 있는 듯하다. 일동은 어둠 속에서 주먹밥을 씹으며 목인덕을 욕하는 등 소란스럽게 떠들었다.

일각천추(一刻千秋)라는 말은 실로 이를 두고 하는 말이다. 기다리고 기다려 세 시가 지났지만, 그 어떤 소식도 없다. 자물쇠를 바깥에서 채워 놓았으므로 아무 것도 할 수 없었다. 교섭이 잘 안 되는 것일까. 김옥균은 묄렌도르프와 쓰지 선장의 회견 상황을 상상해 보았다. 쓰지 선장은 굵고 탁한 목소리로 으르렁거리고, 묄렌도르프는 그에 지지 않고 간사한 목소리로 대들어 올 것에 틀림없다. 허나 아무리 묄렌도르프가 우겨도 선장의 그 의기라면 걱정 없다.

그러자 돌연 징소리가 울려 퍼졌다. 출범 신호다. 저장고 안의 사람들은 일제히 환성을 질렀다. 이것으로 완전히 살게 된 것이다. 목인덕의 손에 붙잡혀 무참하게 죽지 않고 해결되는 것이다.

"김 상, 고생하셨습니다."

바깥에서 덜커덕덜커덕 자물쇠 여는 소리가 들렸다. 틀림없이 선장의 목소리다. 김옥균은 자기도 모르게 벌떡 일어나 문 쪽으로 갔다.

"야아—"

"야아—"

문이 열리자 선장과 다케조에 공사가 만면에 웃음을 띠고 서 있다. 김옥균은 구르듯이 문 밖으로 나가 두 사람의 손을 잡았다. 뜨거운 눈물이 야윈 김옥균의 두 볼에 흐르고 있었다.

＿＿『국민문학』, 1942. 7. 원제는 「船の中」

철을 짜내는 이야기

鐵を堀る話

이북명

어느 날 저녁—

자세히 말하면, 쇼와 13년 4월 하순의 어느 따뜻한 날 저녁이었다.

몸집이 작은 한 익살꾼이 K천변의 쓰레기장 앞에 서 있었다.

팔짱을 낀 채, 무언가 이해할 수 없다는 듯한 반신반의의 표정이다.

과연 돈이 될 것인가—익살꾼은 생각했다.

그러나 전쟁이 나면 뭐든 부족하기 쉬우니까 말이야—혼잣말을 우물거리며 자꾸 아랫입술을 이리저리 핥았다.

그는 어제 오후 네 시 오십분 K역에 도착하는 열차가 시그널이 떨어지지 않는 바람에 역 구내에 진입할 수 없어 역 바로 앞의 쓰레기장 옆의 노선 위에 정차했을 때, 차창에서 반쯤 몸을 내밀고 이야기하던 두 사람의 중년 남자들을 생각하면서 대여섯 걸음 쓰레기장 쪽으로 다가갔다.

바로 바람이 불어오는 쪽을 향해 섰으므로, 생선 썩는 악취가 물컥 코를 찔렀다.

익살꾼은 또 아랫입술을 핥았다.

지금 그의 눈앞에는 C수전회사(水電會社) 이십 몇 집 사택의 쓰레기통에서 운반되어 온 쓰레기 더미가 있다. 게다가 그것은 2년 전부터 퇴적된 것이므로 상당한 면적 위에 쌓여 있었다.

우선 눈에 띄는 것은 종이 쓰레기와 빈 통조림 깡통이다. 빈 깡통은 수백 개나 굴러다니고 있다. 그 밖에 부식되어 빨갛게 된 생철 조각, 찌그러진 석유통, 녹슨 못 따위가 여기저기 널려 있었다.

토룡(土龍)—이를 '모구라'(두더지)로 읽고 싶은 독자는 그렇게 읽어도 좋지만, 사실 이것은 이름이므로 '토룡'으로 읽는 것이 정당할 것이다—이 30분 이상이나 쓰레기장 앞에 서서 심사숙고를 계속하고 있는 데에는 다음과 같은 이유가 있었다.

앞에서도 말했듯이, 어제 저녁 객차 차창에서 반쯤 몸을 내밀었던 노동자 같은 두 남자들의 대화가 묘하게 머릿속에 들러붙어 떨어지지 않았기 때문이다.

"저거야."

도리우치(鳥打帽)를 쓴 사람이 쓰레기장 쪽을 가리켰다.

"음, 저만큼 굴러다니고 있으니까, 파면 상당히 나올 거야."

중절모가 의미 있게 고개를 끄덕였다.

"돌아갈 때, 한번 해 볼까?"

도리우치가 흥미를 보였다.

"음, 아직 이 쪽에서는 눈치 채지 못한 것 같아. 이 마을에서도 새끼줄을 치면……."

중절모가 여기까지 말했을 때, 기차가 움직이기 시작했다.

그 두 사람의 대화를 객차 옆에서 들었을 때, 토룡은 흠칫 했다.

토룡은 곧 그 걸음으로 고물상을 하는 니헤이(二平)를 찾아갔다. 빈 깡통 같은 것을 사 줄 것인지를 확인하기 위해서였다.

"아, 뭐든지 가지고 와요. 쇳조각, 양철, 철선, 구리선, 고무신, 넝마, 가마니, 맥주병 사이다병, 언제라도 사요."

니헤이의 말은 토룡의 마음을 쓰레기장으로 모는 박차가 되었다. 그는 왠지 불운이 계속되었던 자신에게 갑자기 행운이 내려온 듯한 기분이 들었다.

토룡은 집으로 돌아와 한 번 더 다시 생각해 보았다. 하다못해 감자 값이라도 벌 수 있겠지, 하루에 오십 전이면, 삼오 십오, 십오 원은 되겠지…… 토룡은 십오 원 수입이 생긴다면 지금부터라도 파 보겠다는 배짱이었다.

금년 봄은 어찌 된 일인지 아직 삯일조차 별로 없었다. 게다가 토룡은 지난 가을 C수전회사의 송전선용 철탑 재료를 운반할 때, 산 중턱에서 실수로 넘어져 탈구(脫臼)된 오른쪽 어깨 관절이 조금이라도 무리를 하면 욱신욱신 아파 오므로, 힘든 삯일은 있어도 하지 않았다.

한 번 더 현장을 보기로 하자—그리하여 오전 중에 한 번, 또 지금 마지막으로 생각을 정하기 위해 쓰레기장 앞에 선 것이다.

"무얼 그렇게 보고 있는 거야? 어?"

건널목을 지키는 권 영감이 의아한 표정으로 그의 등 뒤에서 소리를 질렀다. 토룡은 당황하여 그 자리를 떠났다.

"아뇨, 아, 아, 아무 것도 아닙니다."

가볍게 도망친 셈이긴 하지만, 권 영감이 알아차리지는 않았을까 생각하니 불안하지 않을 수 없었다.

토룡은 신바람 나게 집으로 돌아와, 오늘 아침에 미리 준비해 둔 호미, 빈 가마니, 새끼줄을 담은 지게를 등에 지고 나왔다.

"도대체, 뭘 하는 거야?"

권 영감은 마침내 의아하게 물었다.

"예, 밭을 만들까 하구요…… 헤헤헤."

토룡은 멍청하게 웃어 보였다.

"음, 그거 좋은 일이야. 이 땅에선 고추하고 완두콩하고 옥수수가 될 꺼야."

하지만 토룡은 권 영감의 말에 조금도 흥미가 없었다. 이윽고 마음을 먹은 그는 닥치는 대로 빈 깡통을 주워 가마니에 넣었다. 가마니가 가득 차자, 십자로 새끼줄을 묶었다. 들어 보니 생각보다 가벼웠다. 권 영감은 의심스러운 듯한 눈빛으로 바라보고 있었다.

토룡은 또 다른 가마니 입을 열고 집어넣기 시작했으나, 문득 그대로 넣으면 별로 많이 들어가지 않는다는 것을 깨닫고, 발로 깡통을 밟아 찌그러뜨려 넣었다. 처음 토룡이 눈대중했던 것보다도 많이, 빈 깡통이나 생철 조각은 쓰레기장 바깥에도 여기저기 굴러다니고 있었다.

해질 무렵까지는 대충 다 주웠다. 전부 다섯 가마니 남짓이었다.

두 가마니를 쌓은 지게를 지고 집에 돌아오니, 새우등의 아내가 떨떠름한 얼굴로 기다리고 있었다.

"당신, 그 더러운 물건을 주워서 무얼 한다는 거야?"

"팔지."

"팔아? 응, 니헤이 주정뱅이 놈이 사기라도 한다는 거유?"

"사니까 모으지."

토룡은 퉁명스럽게 내뱉었다.

"한 가마니에 십 원이라도 되우?"

아내의 입가에는 냉소가 떠올랐다.

"시끄러, 빨리 밥이나 줘."

토룡은 아내를 소리쳐 꾸짖고 나서 투덜거리며 지게를 지고 나갔다.

아내와 딸이 몇 번이나 붙잡았음에도 불구하고 토룡은 다음날 아침에도 일찍부터 쓰레기장에 나가 주워 모았다.

그는 굴러다니는 깡통류를 모두 줍자, 이번에는 드디어 호미로 땅을 파기 시작했다.

호미 끝이 깊이 흙에 들어가 검은 흙을 파 엎으면, 빨갛게 녹슨 빈 깡통, 철사 조각, 못, 쇳조각…… 등이 쑥쑥 엄청나게 나왔다. 쇳조각에 섞여 지렁이도 나왔다. 토룡은 지렁이를 발견하면 빈 깡통 속에 모았다.

김 태공(太公)에게 주면 그 녀석 좋아할 거야―혼잣말하며 아랫입술을 핥았다.

마루김(丸金) 목재상의 차남은 김대근(金大根)이라는 본명을 말하면 모르는 사람이 많지만, 김 태공이라고 하면, 아 그 목재상 차남 낚시광 말인가, 하고 누구라도 곧 알 정도로, 낚시 도락가이자 낚시의 명수였다.

그 김 태공이 약 사흘 전쯤 발전소 앞에서 뜻밖에 토룡과 만났을 때 첫 인사가 지렁이 없나? 하는 말이었다. 그때 지렁이가 없어서 십 팔번인 산천어 낚시를 할 수 없다고 투덜대던 김 태공의 안색은 슬플 정도로 외로웠다.

토룡은 권 영감의 존재가 거슬려서 어쩔 줄 몰랐다. 자기 속셈을 알아차리고 언젠가 자기 영역을 침범할지도 모른다고 생각하자, 정말 걱정이 되었다. 그래서 되도록 권 영감과 말을 하지 않기로 하고 입을 꾹 다문 채 경계를 게을리 하지 않았다.

하나에 사오백 돈이나 하는 철판 조각도 두세 개 나왔으나 그는 권 영감이 눈치 채지 않도록 황급히 가마니 속에 넣고는 십자로 새끼줄을 묶었다.

토룡의 얼굴은 대장장이의 얼굴처럼 그을었으며, 양손은 아주 검어서 갈퀴와도 같았다.

이윽고 인간 ‘토룡’은 ‘두더지’로 변해 버렸다.

이따금 지나가는 사람이 멈춰 서서 무엇을 파냅니까? 하고 물었지만, 입을 꾹 다문 토룡은 아무 말도 하지 않았다.

그러나 마침내 권 영감이 알게 되었다.

건널목지기(踏切番)인 권 영감은 가끔 초소에서 쓰레기장으로 나와서 무료하게 봉 끝으로 흑토를 파 뒤집고는 천천히 허리를 구부려 쇳조각을 주웠다. 이렇게 권 영감은 이미 토룡의 경쟁자가 되어 있었다.

처음에 권 영감은 심심풀이로 시작했지만, 의외로 쇳조각이 잘 나오자 곧 진짜로 파내기 시작했다.

토룡은 이제 권 영감을 보기만 해도 짜증이 났다.

늙은이가—토룡은 권 영감 쪽으로 툇, 침을 뱉었다.

"토룡 상, 도대체 이 쇳조각은 한 근에 얼마 정도 될까?"

권 영감은 머뭇머뭇 물었다. 그러나 토룡은 짐짓 들리지 않는 척했다.

"이봐, 한 근에 얼마 정돌까?"

토룡은 대답하기 전에 곁눈질로 권 영감의 쇳조각을 훔쳐보았다. 열 근 가까이 되었다.

"한 근에 일 전이오."

아주 퉁명스러운 대답이었다.

"일 전?"

권 영감은 한심하다는 표정을 지었다. 그렇게 싸면 땔나무를 줍는 편이 더 나았을 텐데—하고 약간 후회했다.

잠시 후 자기가 모은 쇳조각을 바라보고 있던 권 영감은 무엇을 생각했는지, 자기의 쇳조각 전부를 가지라고 토룡에게 제안했다.

"그게 정말입니까? 아이구, 고맙습니다."

토룡은 아랫입술을 핥았다. 권 영감에 대한 경쟁심이 해빙된 동시에, 두 사람의 사이는 급속한 화해가 성립되었다.

쇳조각이 팔리면 권 영감에게 장수연(長壽煙)을 한 포 사주자—하고 마음속으로 중얼거렸다.

이렇게 되자 쇳조각 파내기는 이제 토룡의 독점사업이었다.

그러나 잠깐—토룡은 호미를 놀리던 손을 쉬었다.

정말로 한 근에 일 전이라면, 바보스러운 일이다—스스로 자기가 한 말이 신경 쓰이지 않을 수 없었다.

권 영감이 쇳조각 줍기를 단념하도록 할 야심으로 말해 효과는 있었지만, 정말로 한 근에 일 전이라면 자기도 손을 씻어야 한다고 생각했다.

어쨌든 토룡은 손해를 보았댔자 노동력 정도 손해 볼 뿐이라고 생각하며, 많이 파서 모아 보기로 했다. 손이 갈퀴처럼 되도록 열심히 파 나갔다.

저녁 여섯 시쯤, 토룡은 처음으로 허리를 펴고 하늘을 보았다. 벌써 해는 발전소 높은 지붕 서쪽에 걸려 있었다. 높은 산 정상에서 발전소 뒤까지 네 줄의 두꺼운 선을 친 것 같은 수압철관로(水壓鐵管路)가 저녁 해를 받아 둔하게 빛나고 있었다.

토룡은 짙푸른 하늘을 올려다보면서 양손을 들고 쭉 기지개를 켰다.

그때 문득 토룡은 자기가 오늘 크게 잊은 것이 있음을 깨달았다.

점심밥을 먹지 않았음을 깨닫자, 그는 그때까지 까맣게 잊고 있던 공복을 갑자기 느끼기 시작했다. 한번 느끼기 시작하자 참을 수 없이 배가 고팠다.

조금만 더 하면 된다―토룡은 복대를 다시 조이고 짐을 꾸리기 시작했다.

빈 깡통을 잔뜩 집어넣은 가마니가 두 개였다. 이것은 취급하기 곤란할 듯한 무게는 아니었다. 쇳조각을 모은 것이 넉넉하게 한 가마니였다. 이것은 아무래도 아주 무거웠다.

백미 한 가마니 무게 이상이겠군―토룡은 이마의 땀을 옷소매로 닦으며 새끼줄을 묶었다.

영차, 무겁다―하는 소리와 함께 마지막 하나다, 하며 새끼줄을 묶으려 할 때였다.

"애쓰십니다."

커다란 목소리가 바로 귓가에서 들렸다.

토룡은 얼굴을 들었다. 목소리의 주인공을 본 순간 앗 하는 소리조차 내지 않았지만 토룡은 조금 놀랐다.

"어이! 안녕하시오……." 토룡은 생각난 듯이 두 사람을 향해 꾸뻑 머리를 숙였다.

그 힘센 두 남자들이야말로 그저께 차창에서 몸을 반쯤 내밀고 쓰레기장을 가리키며 지껄이던 중절모와 도리우치였다.

"또 파면 꽤 나오겠지요?"

중절모는 지카다비(地下足袋) 끝으로 흙을 파 보였다.

"아뇨, 아뇨, 더 이상 없어요."

토룡은 황급히 부인했다.

"팔지 않습니까?"

도리우치가 불룩한 가마니를 차 보였다.

"팝시다. 근당 얼마에 사겠습니까?"

토룡은 흘낏 건널목지기 초소 쪽을 주의 깊게 엿보았다. 권 영감에게 매매되는 현장을 보여주면, 지금부터라도 다시 파지 않을까 하고 생각하자, 제 정신이 아니었다. 그러나 다행히 권 영감은 땔감을 주우러 갔으므로 주위에 있지 않았다.

중절모와 도리우치는 익숙한 솜씨로 새끼줄을 풀고 가마니 안을 검사했다. 중절모가,

“빈 깡통은 한 관에 팔 전, 쇳조각은 한 근에 육 전, 어떻습니까? 지금으론 제일 좋은 값입니다.”

“일 전씩 더 주시오, 조금 더 안 됩니까?”

토룡은 사람들의 눈도 있으므로 되도록 빨리 흥정을 끝내고 싶었다.

“아뇨, 그게 정확한 단가입니다.”

벌써 중절모는 호주머니에서 주판을 꺼내 튀기기 시작했다.

“자, 조금 기다리세요.”

토룡은 두 사람을 기다리게 하고 옆도 안 보고 쏜살같이 니헤이에게 달려갔다.

니헤이가 제시한 값은 가마니를 빼고 안에 든 것만 해서 빈 깡통은 한 관에 육 전, 쇳조각은 한 근에 오 전이었다.

토룡은 가마니를 완전히 잊고 있었던 만큼 돌아와서 두 사람에게 세게 나갔다.

“가마니는 빼고 안에 든 것만 여기서 넘기는 거라면 팔겠소.”

처음에 두 사람은 가마니는 딸려오는 것이라고 주장했지만, 토룡이 완고하게 고집을 부렸으므로, 결국 한 장 십이 전에 사기로 했다.

빈 깡통이 스물세 관에 일 원 팔십사 전, 쇳조각이 예순여덟 근에 사 원 팔 전, 가마니 여덟 장 값이 구십육 전―합계 육 원 팔십팔 전을 받자, 토룡은 자꾸 아랫입술을 핥았다.

이는 토룡이 만족했을 때 하는 버릇이다.

공복도 어디론가 날아가 버렸는지 먹지도 않았는데 배가 불렀다.

나중에도 인수할 것을 약속하고 두 사람과 헤어진 토룡은 저물어

가는 저녁 하늘을 바라보며, 으흐흐 하고 소리 없이 웃음 지었다. 권 영감에게 장수연을 한 포 사줄까 말까—토룡은 걸으면서 한참 생각했으나 결국 그만두기로 했다. 그것이 오히려 권 영감에게 어떤 의혹을 품게 하는 원인이라도 된다면, 모처럼 성공한 거래의 비밀이 탄로될 우려가 있었기 때문이다.

토룡은 곧장 집으로 돌아가려 했지만 문득 무엇을 생각했는지 오른쪽으로 돌아 선술집 신흥정(新興亭)의 포렴을 들쳤다.

게다가 그의 오른손 손바닥에는 일 원 지폐 한 장이 쥐어져 있었다.

×

일 전의 돈도 부자유스러운 토룡의 집이었다.

작년 말쯤부터 도박패에게 방을 빌려주어 하룻밤 일이 원의 방값을 받아 악착같이 명을 이어왔지만, 이제는 그 도박패도 어딘가에서 C주재소원에게 일망타진되었는지 오지 않게 되자 생활할 길이 완전히 두절되어 버렸다. 바로 그때 자본도 필요 없으며 별 고생도 하지 않는 이 거저먹는 일을 얻게 되었다.

다음날 아침, 역시 어둠이 걷히기 전에 아침밥을 먹자, 새우등의 아내와 딸 복남(福男)은 싸리 바구니를 머리에 이고 쓰레기장으로 갔다. 그 뒤를 따라 토룡이 어슬렁어슬렁 나갔다. 아직 이른 아침이어서 사람들은 나오지 않았다. 권 영감도 아직 나와 있지 않았다.

"알았냐? 뭐 하느냐고 물으면 밭 일군다고 하는 거야."

토룡은 아내와 딸에게 확실히 주의시켰다.

부모와 자식 세 사람은 쓰레기장을 대충 삼등분하는 위치에서 제 각기 쭈그리고 앉아 바쁘게 파냈다.

숨도 쉬지 않고 파 가는 동안에 부모 자식 세 사람은 점점 이야기를 하지 않게 되었다.

물욕에 대한 일종의 경쟁심이 육친의 정도 초월하여 자꾸자꾸 그 칼날을 날카롭게 해 갔다.

정오가 지났을 때였다.

토룡은 어떤 용건으로 구장 댁에 가고 아내와 딸 두 사람이 팠다.

정신없이 파고 있던 복남이 놀란 듯이 와 크다! 하고 환성을 질렀다.

복남의 어머니가 파던 손을 멈추고 딸 쪽을 보았다. 길이가 세 척 정도나 되는 레일 부스러기가 복남의 오른손에 들려 있었다. 복남은 낚시광이 커다란 물고기를 낚아 올렸을 때처럼 득의의 얼굴을 하고 있었다.

그것을 본 순간, 어머니는 샘이 났다.

"엄마한테도 하나 주워 줘."

새우등의 어머니는 히스테릭한 얼굴로 복남 옆으로 가 파기 시작했다.

복남은 자기 광맥이 어머니에게 침해되는 것이 참을 수 없었다.

"저쪽으로 가세요."

복남은 딱딱하게 말했다.

"뭐라고? 아무 데서나 파도 상관없잖아."

어머니는 대드는 듯한 표정으로 복남을 마주 쏘아보았다.

"하지만 아버지가 장소를 정해줬잖아요?"

"시끄러워. 말대답이나 하구……."

어머니의 특권으로 무리하게라도 딸을 억누르려 하지만 딸도 여간내기가 아니다.

"가세요, 가세요, 저쪽으로 가세요."

딸은 째지는 소리로 어머니에게 덤벼들었다.

어머니는 타오르는 질투의 눈초리로 복남을 노려보았지만, 퉷, 침을 뱉고는 남편의 장소 쪽으로 갔다. 거기에는 남편의 쇳조각이 두 무더기 있었다. 어머니는 딸 쪽을 흘낏 노려보고는 재빨리 쇳조각을 세 개 정도 바구니 속에 넣었다. 그리고 시치미를 떼고 자기의 원래 자리로 돌아왔다.

그 후 어머니와 딸은 때때로 서로 노려보면서 파고 있었다.

해질 무렵까지 세 사람은 쓰레기장을 떠나지 않았다.

토룡은 세 번이나 아내에게 조금 먼저 돌아가 저녁밥 준비를 하라고 말했다. 그러나 아내는 모르겠다는 얼굴로 계속 팠다.

토룡은 이윽고 참지 못해 호통을 쳤다.

"이 여편네야! 빨리 돌아가 저녁밥 준비 안할 거야?"

토룡은 흙을 한 줌 아내에게 던졌다.

"뭐라구? 언제까지 소처럼 지껄일 생각이야?"

아내는 째지는 소리로 남편에게 마주 소리치고 나서 그 눈으로 복남이를 노려보았다.

"복남아, 니가 먼저 그만 두지 못하겠어?"

남편에게 호통을 듣자 아내는 그 울분과 책임을 딸 복남에게 전가했다.

아버지와 어머니가 너무 무서운 얼굴을 하고 있으므로, 복남은 목구멍까지 올라온 반항심을 누르고 마지못해 일어났다.

저녁밥을 먹은 후, 어머니와 딸은 쇳조각을 가지고 니헤이 집으로 갔다. 그러나 토룡은 도리우치와 중절모 두 사람과 한 약속도 있었고, 또 니헤이보다 값도 좋으므로 그 두 남자가 사러 올 때까지 팔지 않고 가마니에 넣어 뒤뜰에 쌓아놓기로 했다.

복남이 몫은 레일 부스러기까지 포함해 스물세 근이었다. 어머니는 열일곱 근이었다. 한 근에 오 전이 아니면 사지 않겠다고 고개를 젓는 것을 무리하게 부탁해 오 전 오 리에 팔게 되었다. 복남은 일원 이십육 전, 어머니는 구십삼 전을 받았다.

부모 자식 세 사람은, 이 예상치 않은 행운이 언제까지 계속될까, 또는 한 달 지나면 어느 정도 돈이 모일까, 모이면 얼마나 유효하게 쓸까 등을 공상해 보면서 좀처럼 잠을 이루지 못했다.

다음날 아침에도 세 사람은 일찍 잠이 깨었다. 부리나케 아침 식사를 끝마치자 세 사람은 모두 쓰레기장으로 나갔다. 파면 팔수록 힘이 났다.

대엿새 지나자 토룡 일가의 소문이 일부에 퍼졌다.

나도 해 볼까 하고, 쇳조각 줍기를 시작한 사람이 두 명 있었다. 한 사람은 엿 장사를 폐업한 박 영감이고 또 한 사람은 떡 장사를 하고 있던 송 과부였다.

그러나 그들은 토룡 일가의 영역이 된 C수력전기 회사의 쓰레기장에는 접근하지 못하고, 석탄 찌꺼기 버리는 곳이나 대장간의 쓰레기장 쪽을 찾아 돌아다녔다. 이 방해꾼들(토룡 일가는 그렇게 생각했다)이 출현하자 더욱더 힘을 내 욕심을 부렸다.

매일 평균해서 오륙십 전의 수입은 있었다.

언제부터인지 어머니와 복남은 밥까지 하루씩 분담해 짓게 되었다.

그 후 어느 날 저녁 부모 자식 세 사람은 생활상의 협정을 맺었다.

생활비로 각자는 매일 아래의 금액을 지출하기로 했다.

1. 토룡―삼십 전

2. 아내―이십 전

3. 복남―이십 전

4. 식사와 땔감 준비는 이틀 교대로 어머니와 복남이 할 것

이상과 같이 정했다. 이 이외의 금전적 융통은 전혀 없었다. 말할 것도 없이 그들은 극단적인 에고이스트로 급변했던 것이다.

오월 말이 되자 복남은 십칠 원, 어머니는 십삼 원을 모았다. 하지만 이 숫자는 서로 절대 비밀이었다. 토룡은 결국 수입 지출 영의 상태였다.

"너, 돈이 모이면 뭘 할 거야?"

어느 날 밤 어머니는 복남에게 물어보았다.

"글쎄, 하부다에(羽二重)[1] 옷 하구, 가죽구두 하구, 화장품 살 거야. 엄마는 뭐가 갖고 싶어?"

---

1 곱고 부드러우며 윤이 나는 비단의 일종.

"반지 사기로 했다."

×

유월에 들자 과연 쓰레기장도 완전히 다 파내어졌다.

이즈음부터 쇳조각 줍기 하는 사람이 많이 늘게 되었다. 늘면 늘수록 수입은 반비례해 갔다.

토룡은 발전소의 쓰레기장을 이리저리 헤맸다. 새우등의 아내는 보일러 석탄 찌꺼기 버리는 곳을, 복남은 대장간의 쓰레기장을 자기 영역으로 하고 매일 파러 갔다.

이전처럼은 파낼 수 없었지만, 그래도 매일 사오십 전의 매상은 있었다.

복남은 앞날을 즐거워하면서 아침 일찍부터 저녁 늦게까지 땅을 파며 돌아다녔다. 가끔씩 사람들 눈에 띄지 않는 곳에서 C수전회사에서 쓸 철재를 훔치는 일도 있었다. 그런 날은 수입이 일 원 이상이나 되었다.

복남은 매일 모여 가는 돈을 누구 눈에도 띄지 않도록 변소 곁의 모래밭에 묻은 항아리(옛날의 저금통)에 넣고 모래를 덮었다.

팔월의 우기가 되자 더 이상 쇳조각이 없었다.

어느 날 밤 빗소리를 들으며 엎드려 있던 복남은 무슨 생각을 했는지 벌떡 일어나 어두운 바깥으로 나갔다. 그리고 변소 곁의 모래밭을 파 항아리를 가지고 왔다. 속을 비우자, 오십 전 지폐에, 십 전, 오 전의 백통화, 일 전짜리 동전이 굴러 나왔다.

복남은 가슴을 두근거리면서 몇 번이나 다시 세었다.

아무리 다시 세어 보아도 틀림없이 삼십칠 원 이십오 전이었다. 복남은 부정한 행위를 해 손에 넣은 돈을 계산할 때처럼 가슴이 두 근두근 떨렸다.

"이렇게 많은 돈, 어떻게 쓰면 좋을까."

복남은 가벼운 걱정 때문에 오히려 얼굴을 찌푸렸다.

어머니는 또 어머니대로 거의 매일같이 돈을 계산해 보았다. 이십육 원 십팔 전이었다.

어머니는 얼마 후 보슬비가 내리는 아침, Z촌에 볼일이 있다며 2번 기차로 나가 저녁 때 금 쌍가락지를 왼손 약지에 끼고 뛸 듯이 기뻐하며 돌아왔다.

이십오 원 구십 전이었지만, 어머니는 그 가격을 높이기 위해 삼십 원 오십 전이라고 우겨댔다.

어머니는 더 이상 기뻐할 수 없을 만큼 기뻐했다. 잠시도 가만히 있지 못했다.

볼 일도 없는데 이웃집을 한 집 한 집 돌면서 금반지를 자랑해 보였다.

팔월 중순이 되면서부터 너댓새 본격적인 비가 계속되었다. 그러자 바로 십칠 일 미명부터 팔십 년만의 대홍수가 일어났다.

도도한 탁류가 C수전촌(水電村) 일대를 전부 핥고 지나갔다. 흑림천(黑林川)이 범람해 세 개의 나무다리는 하룻밤에 떠내려갔으며 도로라는 도로는 모두 그림자도 없이 산산이 유실되었다. 거기다 S철도사의 영북선(嶺北線)은 뿌리째 떠내려가 버렸다. 산사태로 C발전소의 변압기 세 대가 반 정도 토사에 묻혀 버렸다. C수전촌에서 십 리쯤 북쪽에 있는 진흥촌(眞興村)에서는 하룻밤에 마흔 명의 산목숨이 소용돌이치는 탁류에 먹히고 말았다.

아버지를, 어머니를, 아내를, 자식을 탁류에 빼앗긴 채 땅을 치고 하늘을 우러르며 통곡하는 곡소리가 여기저기에서 들렸다.

가옥과 가재도구를 흘려보내고 벌거벗겨진 사람들이 산 중턱의 안전지대에서 우글우글 하고 있었다.

그들은 망연히 백일몽을 꾸는 사람 같았다. 그저 머뭇머뭇 아래를 흐르는 탁류를 응시할 뿐이었다.

교통이 완전히 두절되자 이재민들은 기아에 시달렸다.

그러나 교활한 쌀가게는 이때라는 듯이 쌀값을 올렸으며 현금만 받고 팔겠다고 우겼다.

다행히 인명도 가재도구도 피해를 입지 않았지만, 토룡 일가의 생활은 완전히 최악으로 떨어졌다.

토룡은 두 번이나 쌀가게에 가서 굽실굽실 머리를 숙이면서 부탁해 보았지만, 결국 현금이 아니면 팔지 않는다는 말뿐이었다.

그때 토룡에게는 진짜 한 푼도 없었다. 몸에 어울리지도 않는 반지를 샀다고 아내를 꾸짖어 보았지만, 새우등의 아내는 탁류에 몸을 던질지언정 반지만은 빼지 않겠다고 우겼다. 복남은 또 복남대로 돈이 없다고 언제나 발뺌을 했다.

"좋아, 너희들이 있는 돈을 내놓지 않는다면 나는 이제 나간다."

토룡은 내던지듯이 말을 뱉고 거칠게 문을 얼고 나갔다.

걱정이 된 것은 아내보다도 복남이었다. 복남은 참다못해 아버지 뒤를 따라 빗속으로 뛰어나갔다.

"아버지, 아버지, 나 이것밖에 없어요. 이걸로 쌀 사 오세요."

복남은 일 원 지폐 다섯 장을 아버지에게 건넸다.

토룡은 쇳조각을 파기 시작한 것을 후회했다. 여자라는 동물은 남자에게 기생해서 살지만, 스스로 일해서 수입이 생기면 전혀 다른 사람처럼 버릇없고 뻔뻔스러워지기 때문에 마음에 들지 않는다고 생각했다.

C수전회사의 필사적인 수해 복구 작업과 식료품 배급으로 그럭저럭 홍수의 위험에서 벗어났다.

거짓말처럼 탁류가 빠지고 매일 태양이 쨍쨍 비치자 벌써 살랑살랑 부는 바람에 가을다운 촉감이 느껴졌다.

계절의 변화라는 것은 가장 빠르고도 민감하게 아가씨 마음에 울리는 것이다.

복남은 기다렸다는 듯이 다시 쇳조각을 주우러 나갔다.

그러나 아버지와 어머니는 하루 종일 빈손으로 물이 빠진 강변을 싸다녔다.

그것은 강 위의 C수전회사의 전용품(電用品) 창고가 송두리째 떠내려가, 그 안에 저장되어 있던 수많은 동선, 알루미늄 선, 환철(丸鐵)이 반은 파묻힌 채, 반은 노출된 채 그대로 강변에 구르고 있기 때문이었다.

C수전회사는 조속히 포고를 돌렸다.

강변에 산재하거나 매몰된 기계류 및 전선류는 모두 C수전회사 소유물에 속하므로 무단 습득을 금하지만, 습득계를 내는 사람에게는 상당한 사례를 한다는 포고였다.

토룡 부부가 눈에 불을 켜고 강변을 돌아다니는 것은 C수전회사로부터의 사례금을 목표로 한 것이 아니었다.

고물상 니헤이를 중심으로 '야미도리히키(闇取引)'[2]가 뿌리를 내리고 있었기 때문이다.

동선 한 마끼(卷)라도 줍는 사람은 대충 이백 원이 지갑 속에 굴러 들어오는 것이다. 그러나 노출되어 있는 것은 C수전회사의 현장원에 의해 모두 조사가 되었으므로 여간해서는 손이 가기 어렵다. 따라서 완전히 강바닥에 매몰된 것을 찾아내지 않으면 안 되었다.

하다못해 다섯 다발만이라도—토룡 부부는 이런 얌체 같은 일을 기원하면서 강변을 위에서 아래로 걸어 돌아다녔다. 그러나 그것은 마치 툰드라를 걸으며 상아를 찾는 것 같은 일이었다.

복남은 그러한 부모의 탐욕을 거들떠보지도 않고 혼자서 조용히 대장간 쪽만을 걸었다.

그것은 늦더위가 심한 어느 날 저녁이었다. 그 날만은 복남의 쇳조각 바구니가 가벼웠다. 그녀는 약간 실망하여 얼굴을 찌푸렸다.

그대로 돌아갈지 말지 결정되지 않아 휑한 대장간 뒤를 돌아다녀 보았다. 그곳은 한때 어떤 회사의 수리공장이 있던 곳이지만, 지금은 철거되어 작은 가건물 하나만 외롭게 남아 있었다.

복남은 예쁘게 핀 들국화 꽃을 꺾으려고 다가간 순간 조금 놀라며 그 자리에 멈춰 섰다. 들국화 옆의 풀숲 속에 쇳조각 한 무더기가 있지 않은가.

---

2 '야미', 즉 암거래를 말함.

복남은 약간 가슴이 떨렸다. 주워도 될까 안 될까 잠깐 머뭇머뭇 했지만, 다행히 그 주변에 사람 그림자가 없음을 확인하자 재빨리 바구니 속에 넣었다. 그 쇳조각은 족히 열 근은 되었다. 누군가가 불러 세울 것 같아 조마조마 그곳을 떠났지만, 어쨌든 그날은 무사했다.

그 다음 날 저녁 때 복남은 또 바구니를 들고 대장간 뒤를 둘러 보았다.

대장간의 문에도 자물쇠가 채워져 있었으며 주위는 조용했다.

정말 이상하게도 또 쇳조각 더미가 풀숲 속에 있었다. 무게는 어 제와 비슷했지만, 장소는 어제의 장소보다 조금 건물 쪽으로 다가가 있었다. 그날도 무사했던 복남은 집에 돌아와서도 부모에게 그 일을 말하지 않았다.

그로부터 나흘 째 되는 저녁이었다. 이틀 쉰 후 처음으로 대장간 뒤를 둘러보았다.

역시 쇳조각 더미가 복남을 기다리고 있었다. 이번에는 조그만 건물 바로 앞에 있었다.

복남은 전보다는 다소 침착하게 바구니에 넣었다. 반쯤 넣었을 때, 쇳조각 속에서 종잇조각 한 장이 나왔다.

복남은 버릴까 생각했지만, 아무래도 쓰레기 같지가 않아서 쇳조 각과 함께 바구니에 넣었다.

복남은 걸으면서 그 종잇조각을 펴 보았다.

그 종잇조각에는 글씨는 서투르지만 가나로 분명히―오래 전부터 저는 당신을 사랑합니다―라고 씌어 있었다.

그러나 복남의 마음에는 그 말이 별로 큰 반향을 주지 않았다.

누굴까 생각하며 뒤집어 보았으나 거기에도 보낸 사람의 이름은 씌어 있지 않았다. 그렇다고 해서 상대의 이름을 굳이 알고 싶지도 않았다.

복남이 생활하는 세계는 별로 자극이 없는 옹색한 것이었다. 이런 세계에 사는 아가씨는 도회의 아가씨에 비해 남성에 대한 미(美)나 애정 같은 것이 아주 늦게 표면화하는 것이었다. 아니, 끝내 표면화하지 않고, 남의 아내가 되어버리는 아가씨도 있었다.

복남은 올해 열일곱 살이다. 열일곱으로서는 포동포동한 체질이다. 특히 불룩 부풀어 오른 가슴 부근이 열아홉이나 스물쯤으로 생각되게 했다. 마을의 야학에 다니고 있었지만, 밤에 나다니는 것은 혼기의 아가씨가 금할 일이라고 해서, 양친으로부터 책망을 받고 그대로 그만두고 말았다.

어떤 남자가 어떤 처녀에게 안타까운 생각을 모아 공들여 매일 쇳조각을 모아 두어 주었으며, 그 상대 되는 처녀가 자기일지도 모른다고 생각하자, 갑자기 누군가의 따뜻한 손이 뒤에서 가볍게 자기 어깨를 두드려 주는 듯해서, 복남은 두 볼에 아련히 홍조를 띠었다.

그러나 그것은 모르는 남자에 대한 애정을 공상했기 때문이 아니라 남성에 대한 일종의 공포감 때문이었다.

그 다음 날은 왠지 마음이 내키지 않아서 대장간 쪽은 삼가고 보일러 석탄 찌꺼기 버리는 곳을 돌았다. 그러나 거기도 거의 다 파 버려서 쇳조각은 별로 나오지 않았다.

사흘째 저녁 복남은 그저께의 일은 완전히 잊었다는 듯이 아무것도 모르는 얼굴로 대장간 뒤를 둘러보았다. 그러나 그날만은 쇳조각이 어디에서도 발견되지 않았다. 복남은 오히려 안심이 되었다. 오늘의 쇳조각은 어떤 남자가 마음에 두고 있는 바로 그 처녀가 가져갔을 것이라고만 생각했다. 그러자 또 마음 한 구석으로는 과연 그 처녀는 어디의 누구일까 하고 집요하게 생각해 보았다. 그 주인공을 알 때까지는 묘하게 뜨거워지는 자기 마음이 완전히 식지 않을 듯한 기분이 들었다. 복남은 들국화를 한 송이 꺾어 짓눌러 으깬 뒤 던져 버렸다. 그것은 말할 것도 없이 혼기의 아가씨가 품기 쉬운 어렴풋한 질투의 감정이었다.

그러나 또 마음 한 구석에는 어딘가에 쇳조각이 있을 것 같은 기분이 들었다. 그리하여 무심코 작은 건물 안을 엿보았다.

이건 또 어찌 된 일일까! 그 어둠침침한 건물 안에 예전과 비슷한 분량의 쇳조각이 한 무더기 있는 것이 아닌가.

이것은 위험하다고 생각했는지 복남은 일단 돌아가려 했지만, 생각을 바꿔 작은 건물 안으로 들어갔다. 그러자 거의 그와 동시에 안쪽으로부터 문이 쓰윽 닫혔다.

앗! 하고 복남은 바구니를 떨어뜨리면서 비명을 질렀다. 그러나 때는 이미 늦었다.

그 다음 날부터 복남은 쇳조각 줍기를 딱 그만두었다.

작은 건물에서 일어난 일은 너무도 교묘한 기습이었다. 복남은 악몽에서 깨어나지 못한 사람처럼 번민했다.

게다가 자기를 쇳조각으로 감쪽같이 낚은 남자는 자기 집에서 세 간 떨어진 두부 집에서 하숙하고 있는 석공 춘길(春吉)이가 아닌가.

이러한 딸의 괴로운 마음도 모르고 부모는 부모대로 무언가 소곤

소곤 이야기하고 해가 지는 것을 기다려 매일 밤 어디론가 나갔다.

복남이 부모의 이 수상한 행동을 눈치 채지 못할 리가 없었다.

아버지와 어머니가 밤늦게 돌아오면, 뒷마당 쪽에서는 흙을 파는 삽 소리가 들려 왔다.

무언가를 파묻는다—복남은 방 안에서도 이 사실을 느꼈지만, 나가 볼 기분도 들지 않았으며, 어머니에게 물어 볼 용기도 나지 않았다.

복남은 그저 아침저녁의 식사를 마치면 뒹굴면서 돈 계산을 하는 것이 그나마 위안이었다.

작은 건물에서의 사건이 있던 날까지 주운 쇳조각의 총 매상이 놀랍게도 육십 원 정도였다. 그 중에서 홍수 때 아버지께 오 원을 드린 것하고 그 동안 자기가 용돈으로 쓰고 남은 돈이 사십육 원 오십 전이었다.

복남은 오래간만에 C수전회사의 공급소에 가서 세안액(洗顔液), 크림, 백분, 향수를 사 원어치 샀다. 포목점에 가서는 하부다에 외에 빨간 리본, 빨간 드로워스,³ 하얀 고무신을 한 켤레 샀다. 그래도 아직 돈이 이십 원 남짓 남아 있었다.

그 후 이삼 일이 지난 어느 날 밤 아홉 시 반쯤이었다. 부모는 언제나 그렇듯이 집에 없었고 복남 혼자 거울 앞에서 여드름을 짜고 있자니 누군가가 바깥에서 장지를 가볍게 노크했다. 복남은 벌떡 일어나 방구석으로 가 몸을 웅크리고 떨었다.

"누구예요."

---

3 'drawers'. 여성의 속옷.

복남은 가슴의 두근거림을 진정하자, 가까스로 이 말을 할 수 있었다.

"접니다. 춘길입니다."

장지가 쓱 열리자 춘길의 얼굴이 나타났다.

"돌아가세요. 빨리 돌아가 주세요."

복남은 원망스러운 듯이 춘길의 진지한 얼굴을 곁눈질로 노려보았다.

"복남이, 내 마음을 알아 줘."

춘길은 애원했다.

"몰라요. 빨리 돌아가세요."

"복남이, 난 정말 당신을 사랑해요. 진짜예요."

춘길의 목소리는 희미하게 떨렸다.

"몰라요. 몰라요."

복남은 두 손으로 얼굴을 감쌌다.

춘길은 타는 듯한 눈으로 잠시 말없이 복남을 바라보고 있었으나, 자기의 안타까운 마음이 복남에게 통하지 않는다고 생각했던지 후 하고 뜨거운 한숨을 내뱉고는,

"복남이, 이건 보잘것없는 내 마음의 표시입니다. 나쁘게 생각하지 말고 사용해 주세요."

춘길은 복숭아 색 포장지로 싼 종이꾸러미를 내밀어 놓고는 아무 말 없이 장지를 닫고 돌아갔다.

"필요 없어요."

복남의 목소리는 약하디 약했다. 그보다도 돌아가는 춘길의 발소

리가 대여섯 걸음 멀어진 후 말했으므로, 그 목소리는 춘길의 귀에 들리지 않았다.

복남은 잠시 미동도 하지 않고 죽은 듯이 앉아 있었지만, 비로소 악몽에서 깨어난 것처럼 얼굴을 들었다.

그녀의 두 눈은 한번 방안을 둘러본 후, 춘길이 놓고 간 종이꾸러미에 쏠렸다.

저 종이꾸러미를 어떻게 하면 좋을까―복남은 달갑지 않은 물건의 처치를 고심했다. 그 두 눈은 불안과 걱정으로 조금 떨리고 있었다.

잠시 후 복남은 춘길과 물건을 전혀 별개의 것으로 분리해 생각하는 하나의 사고방식을 갖기 시작했다. 그러자 마음의 불안이 상당히 가라앉기 시작했다.

무엇이 들어있을까―복남은 대담하게도 여기까지 생각을 진전시켰다.

바로 그때 복남의 머릿속에는 격렬한 전쟁이 일어났다.

돌려줘라―하고 지령하는 마음과,

받아도 괜찮지 않을까―하고 부드럽게 달래는 마음이 잠시 동안 싸움을 계속했다.

이 격렬한 싸움도 결국은 시간이 해결해 주었다.

받아도 괜찮지 않을까―의 군대가 우세하게 되자 복남은 그 이상 아무것도 생각하지 않기로 했다.

얼어붙은 것처럼 움직이지 않던 그녀의 상체가 앞으로 무너지듯이 굽혀진 동시에, 오른팔이 거적 위에 미끄러지듯이 뻗쳐졌다. 어깨

부근까지 완전히 뻗자 손이 종이꾸러미에 닿았다.

복남은 가운데 손가락에 종이꾸러미의 끈을 걸고 상체를 일으켰다.

잠시 종이꾸러미인 채로 무릎 위에 놓고 만지작거리고 있었지만, 결심한 듯이 손가락 끝으로 끈을 풀고 포장을 펼쳤다.

"어머"― 그 순간 미소가 그녀의 얼굴에서 다른 모든 표정을 쫓아내 버렸다.

금박을 붙인 모란 무늬가 들어간 훌륭한 숄이었다.

복남은 숄을 어깨에 걸치고 거울을 들여다보았다. 자기가 보아도 아주 잘 어울린다고 생각했다.

이 손 저 손 바꿔 걸쳐 보아도 잘 어울렸다. 그러자 이번에는 춘길의 환영이 눈앞에 어른거리기 시작했다. 그러나 그것은 전처럼 원망스럽지 않은 춘길의 모습이었다.

숄을 옷상자에 소중하게 간수해 넣고 이불 속으로 기어 들어갔으나, 아무래도 잠이 오지 않았다.

×

구월 중순이 되자 우선 C수전회사 종업원이 한 패가 되어 폐품 회수 운동을 일으켰다. 이어서 애국부인회가 어깨띠를 두르고 참가했다.

소학교 아동들도 손수레를 끌고 맥주병, 사이다 병, 통조림 빈 깡통을 모으며 사택 안을 다녔다.

이 수전회사의 종업원들은 단결심이 아주 강했다. 하자, 하지 않으면 안 된다고 한번 결정하면, 완전히 끝내지 않고는 못 배기는 그들이었다.

곧 소학교 뒷마당에는 폐품으로 작은 산이 생겼다. 어느 정도 쌓이면 고물상을 불러 팔았다.

그리고 그 돈은 종업원, 애국부인회, 소학교 아동 일동의 명의로 국방헌금을 했다.

똑같은 폐품 회수라도 C수전회사에서 하는 것과 복남 일가가 하는 것은 그 정신이 근본부터 달랐다.

말할 것도 없이 하나는 애국관념의 자발적 봉사이고, 다른 하나는 증오해야 할 '아리아리(我利我利)'의 발로였다.

C수전회사에서 폐품 회수를 적극적으로 시행하기 시작하자, 당연히 '아리아리' 패들은 기가 죽어 어느 새인가 모습을 감추어 버렸다.

토룡 부부도 쇳조각 줍기에서 손을 씻은 것처럼 꾸며, 낮에는 얌전히 집에 들어앉아 있었다.

쇳조각 줍기는 시시해―이렇게 중얼거리는 토룡의 얼굴에는 다른 방법으로도 잘 살아갈 수 있다는 자신감이 떠올라 있었다.

부모와 복남은 이제 전혀 별개의 인간이 우연히 한 지붕 밑에서 만난 것 같았다. 부모를 대할 때도 필요 이상의 말은 듣고 싶지도 않았다. 이제 부모는 너무나 먼 세계에서 온 인간처럼 생각되었다.

당연히 부모도 복남에 대해 마치 타인의 딸을 대하듯이 취급했다. 최근 두드러지게 피부의 윤기가 돌고, 얼굴 화장을 게을리 하지 않으며 옷차림에 세심하게 주의를 기울이게 된 딸을 보아도 야단을 치거나 잔소리 한 마디도 해 주지 않았다.

부모의 이 불간섭주의가 복남을 급속히 춘길과 가까워지게 한 원인이 되었음은 물론이다.

얼굴에 덕지덕지 분을 바르고 부젓가락을 달구어 머리카락을 파도처럼 곱슬곱슬 지지자 원래의 복남은 모습을 감추고 도깨비 같은 복남이 나타났다.

어느 날 밤 열 시경이었다.

복남이 춘길의 하숙에서 돌아오자 뒷마당에서 네다섯 명의 사람이 소곤소곤 이야기하는 소리가 들렸다.

복남은 찢어진 장지 틈으로 바깥을 엿보았다. 어두워서 확실히는 알 수 없었지만, 분명히 네 개의 검은 그림자가 움직이고 있었다. 백이십 근이다, 아니 백삼십 근이다, 하는 소리가 들려 자세히 보니 무언가 시커먼 것을 저울에 달고 있었다.

그때 누군가 성냥을 켰다. 아마 저울의 눈금을 보기 위해서였을 것이다.

순간 복남은 모든 것을 확실히 볼 수 있었다.

아버지와 또 한 사람의 우락부락한 남자가 저울 줄에 이어진 봉(棒)을 메고 서 있었다. 분동(分銅)을 움직이고 있는 것은 고물상 니헤이였다. 성냥을 가진 어머니는 그 곁에 앉아 저울에 올린 물건이 지면에서 떨어졌는지 어떤지를 검사하는 듯했다.

그 후 한 시간쯤 지나서 덜컹덜컹 지금 당장이라도 부서질 듯한 소리를 내면서 한 대의 트럭이 토룡의 집 앞에 와서 멎었다. 그 트럭은 긴 통나무를 싣고 있었으나, 차체⁴ 안은 비어 있었다.

---

4 원문은 "ボテ", 즉 'body'임.

트럭이 멈추자 그와 동시에 세 사람이 운반한 검은 묶음이 쿵 하고 차체 안에 떨어지는 소리가 났다. 이어서 하나 더, 또 하나.

그러자 트럭은 임무를 끝냈다는 듯이, 헤드라이트를 켜고 달리기 시작했다.

이날 밤만은 그 대단한 복남도 부모의 얼굴을 쳐다볼 수 없었다.

복남은 밤새 꾸벅꾸벅하면서 아버지와 어머니가 돈의 배분 문제로 언쟁하는 것을 들었다. 복남은 부모 곁에 있는 것이 꺼림칙해서 견딜 수 없었다.

그 다음 날 아침 복남은 아홉 시쯤 일어났다. 수면 부족 때문인지 기분이 좋지 못했지만 어머니는 아주 기분이 좋았다.

“자, 네 용돈이다.”

복남이 어머니로부터 용돈을 받은 것은 이것이 처음이었다. 일원 지폐가 두 장이었다.

“엄마, 웬 일이야?”

복남은 짐짓 모르는 체해 보였다.

“뭐 됐으니까, 입이나 다물고 있어.”

새우등의 어머니는 요기(妖氣)가 깃든 눈으로 딸에게 웃어 보였다. 복남은 순간 오싹 소름이 끼쳐 황급히 외면했다.

복남은 그때 비로소 자기 어머니가 교활한 어떤 동물과 닮았다고 생각했다.

아버지는 아버지대로 아침부터 술에 취해 비틀거리면서 술집을 돌아다니고 있었다.

누구의 눈에도 토롱 일가의 생활 상태가 갑자기 윤택해진 듯이 보였다.

─어디서 한밑천 잡은 것 같네.

─조금 수상하군.

소문이 소문을 낳자, 토룡의 행동을 구석구석 감시하는 사람이 생겼다.

한편 복남과 춘길의 사이도 남의 눈에 띄게 되었다. 물론 부모도 알고 있었지만, 자못 당연하다는 듯이 주의 한번 주지 않았다.

시월이 되자 직동(直洞)과 진흥리(眞興里) 두 곳으로부터 복남에게 혼담 신청이 있었다.

직동의 사위 후보는 나이 스물여덟에 K광산의 제 2광구 감독이었다. 그러나 토룡이 다른 사람을 시켜 조사해본 결과, 술꾼에다가 성질이 난폭할 뿐만 아니라, 본처까지 있는 비뚤어진 사람이었다.

진흥리의 사위 후보는 어떤 목재상의 서기를 하고 있는 스물두 살의 청년이었다. 광산 감독 정도의 수입은 없었지만, 생활에 곤란할 것은 없었다.

토룡도 아내도 (2행 판독 불가)[5]

"부모가 정하면 딸은 얌전하게 시집을 가는 법이다."

토룡은 아버지의 위엄으로 무리하게 복남의 의사를 억누르려 했다.

"저는 싫어요."

그때마다 복남은 도망치듯이 어딘가로 나가 버렸다.

어머니도 입에 신물이 나도록 타일렀지만, 복남은 다른 사람의

---

5 진흥리의 사위 후보를 좋아해 복남에게 결혼하라고 했다는 말이 서술되었으리라고 추정됨.

일처럼 시치미를 뗀 표정으로 상대하지 않았다.

복남이 K시에 물건을 사 온다고 외출한 것은 그로부터 일주일 정도 지났을 때였다. 구십 리[6] 정도 떨어진 K시는 복남이 꿈에 그리던 동경의 도시였다.

아침에 집을 나설 때, 복남은 부모에게 열 시 마지막 열차로 돌아오겠다고 약속했다.

토룡과 아내가 밤 노동에서 열한 시쯤 돌아와 보니 복남의 모습은 보이지 않았다. 복남은 그날 밤 결국 돌아오지 않았다.

그 다음 날도, 복남은 돌아오지 않았다.

또 그 다음 날도, 그 다음다음 날도……

마침내 토룡과 아내는 당황하기 시작했다.

토룡은 참다못해 C주재소에 수색원을 냈다.

아내는 무당 집에 달려가 점을 보았다.

무당의 점괘는 아직 멀리로는 도망가지 않았지만, 더 이상 처녀가 아니라는 것이었다.

바로 두부 집으로 가서 조사했지만, 춘길도 없어진 후였다. 두부 집 주인의 말로는, 춘길이 발전소 돌담 공사도 끝났으니까 어딘가 다른 공사장에 가서 한몫 잡겠다며 이별을 고했다는 것이었다. 춘길이 떠난 날은 복남이 K시로 외출하기 바로 전날이었다.

어느 곳의 공사장으로 갔는지, 고향은 어디인지, 두부 집에서도 전혀 알지 못했다.

---

6 원문은 "구 리(九里)", 즉 일본 리로 제시됨. 한국의 십 리는 일본의 일 리임.

토룡은 참을 수 없어 K시로 나갔다. 그러나 파도 같이 거리에 흘러넘치는 수만 명의 남녀 사이를 뚫고 걸어 다녀 보았댔자 복남의 모습은 그 어디에서도 찾을 수 없었다.

내가 바보였다—토룡은 비로소 자신의 어리석음을 뼛속 깊이 느꼈다. 하지만 모든 것이 이미 늦었다.

돈보다도 복남의, 아니 인간의 귀함을 이렇게까지 통절하게 느낀 적은 태어난 지 사십 년 동안 한 번도 없었다.

토룡의 품속에는 아직 백 원쯤이 남아 있었다. 그러나 이제는 그 돈이 조금도 고맙지 않았다. 그 돈을 한 푼도 남김없이 써서라도 귀여운 복남을 찾아 집에 데려가고 싶었다.

그러나 그것은 너른 바다에 떨어진 진주를 줍겠다는 것과 똑같이 덧없는 희망이었다.

안타까운 생각을 품고 토룡은 잠깐 십자로에 우두커니 섰다. 자동차, 자전거, 버스가 끊임없이 그의 곁을 오고 갔다. 토룡은 허수아비처럼 박힌 채 잡답의 거리를 바라보았다. 하지만 그것은 토룡에게 공허이자 어둠이었다. 그에게 복남이 없는 거리는 결국 죽음의 거리와 마찬가지였다.

내가 바보였다—토룡은 한 번 더 혼잣말을 중얼거렸다.

복남의 어머니는 기차가 도착할 때마다 정거장에 나가 보았다. 그리고 우편소로 달려갔다. 예전부터 부탁해 두었던 우편배달부 최돌(崔突)에게, 복남으로부터 편지가 오지 않았는가 하고 물었다. 그것도 실망으로 끝나면 남편을 들볶았다.

"여보, 주재소에 가 봐, 당신은 없어도 되지만 복남이 없이는 못

살아."

일생에 한 번 있는 혼기를 엉망으로 만들었다는 것이 어머니에게
는 아무리 생각해도 억울했다. 그리고 그 죄를 전부 남편에게 뒤집
어씌웠다.

히스테리가 발작하면 그녀의 얼굴은 시퍼렇고 검게 변했다. 그리
고 영화에서 본 하이드 씨처럼 얼굴 형상이 무섭게 일그러졌다.

"모두 당신 죄야. 알겠어요?"

실로 남편에 대한 선전포고였다.

"바보 같은 소리 말아, 이 여편네가……."

토룡은 퉁명하게 내뱉고 허둥지둥 나가 버렸다.

싸워 봤자 결국 토룡에게 유리할 것은 없었다. 그것은 수십 번
교전해 본 결과, 그 누구보다도 토룡 자신이 잘 알고 있는 일이다.

다음 날 오후였다.

C주재소의 급사가 키 큰 양복쟁이 남자와 함께 토룡을 찾아왔다.

토룡과 아내는 복남 일로 좋은 소식을 가져 온 사람이라고만 생
각하고, 달려들어 껴안을 듯이 나가 맞았다.

"네가 한토룡(韓土龍)인가?"

"예."

토룡은 꾸뻑 머리를 숙이면서 멍청하게 웃어 보였다.

"잠깐 볼일이 있으니까 같이 주재소까지 가자."

그 남자의 얼굴은 석고상처럼 무표정했다.

"저, 제 딸의 일이라도……."

토룡은 무언가 귀한 것이라도 바라보는 듯한 기분으로 그 남자의

178

얼굴을 엿보았다.

"어쨌든 가보면 알아."

토룡은 기쁨과 걱정이 뒤섞인 얼굴로 앞섰다.

아내도 따라 나섰지만, 그 남자에게 야단을 맞고 시무룩한 표정으로 전송했다.

가버린 후 밤이 되어도 남편은 돌아오지 않았다. 불안한 하룻밤을 밝힌 아내는 날이 새기를 기다려 C주재소 앞의 버드나무 아래로 가 안쪽을 엿보았다. 그러나 그 안의 상황은 전혀 알 수 없었다.

앉았다 섰다 하며 애타게 두 시간이나 기다리고 있자니 어저께 왔던 급사가 나왔다.

"아, 지금 댁에 가는 길입니다. 남편이 입을 솜 들어간 아래 위 옷[7] 하고, 셔츠를 지금 당장 가지고 오세요."

순간 아내의 안색은 거무스름하게 돌변했다. 가슴이 두근거리고 두 무릎이 부들부들 떨리며 의식이 희미해지는 듯했다.

"무, 무슨, 이, 일입니까?"

"잘은 모르지만, 아무래도 다음 기차 편에 ○○서(署)로 간다고 합니다."

아내에게는 실로 청천벽력이었다. 그 이상 묻는 것도 무서운 일이지만, 듣지 않아도 이유는 뻔했다.

말할 것도 없이, 그것은 동선(銅線) 야미도리히키 사건이었다.

아내는 그 자리에서 오래 슬퍼할 수는 없었다.

---

7 원문은 "와타이레(綿入れ) 상하(上下)"임.

자기도 밤일에 나가 가세한 한 사람이 아닌가!

이렇게 되자 남편도 생판 남으로 생각되었다.

하룻밤 사이에 딱할 정도로 야윈 토룡과 니헤이는 포승에 묶인 채 형사에 이끌려 C역에서 기차를 기다리고 있었다.

토룡의 아내가 남편 옆에서 눈물을 훔치고 있었다. 토룡은 자유롭지 못한 몸을 움직여 아내에게 다가갔다.

"울지 마라. 모두 내 잘못이다. 그것보다 어떻게든 복남이를 찾아 줘. 난 당신한테 그것만 부탁하고 갈께."

남편의 비통한 목소리를 듣자 자꾸만 눈물이 났다. 이 순간만큼 토룡이 사랑스러운 남편으로 생각된 적은 일찍이 없었다.

"거지가 되더라도 꼭 찾겠어요."

이것이 아내가 토룡에게, 아니 사랑하는 남편에게 보낸 최후의 말이었다.

작은 기차가 증기를 뿜으면서 움직이기 시작하자 아내는 울컥 울음을 터뜨렸다.

여보, 여보, 복남이―그녀의 두 눈에서 끊임없이 눈물이 흘러 나왔다. 남편과 딸의 환영이 합류를 이루어 그녀의 눈물로 흘러내리는 것이었다.

―『국민문학』, 1942. 10. 원제는 「鐵を堀る話」

농무

濃霧

정인택

농무

구월도 반쯤 지나자 백두산 산기슭의 이 고원지대에는 매일 같이 안개가 끼었다. 달이 뜨는 것과 경쟁이라도 하듯이, 황혼이 시작되면 벌써 안개가 바싹바싹 현성(縣城)─현공서(縣公署) 주재지─을 둘러싸, 해가 높이 오를 때까지 꾸물꾸물 개이지 않는 것이 예사였다.

안개는 중추명월의 맑은 빛에 질투가 났는지도 모른다. 심술궂은 계절의 악희다.

모두 잠들어 조용해진 현공서 앞의 큰길, 두둥실 안개 속에서 떠오른 억센 남자는 전에 없이 발걸음도 몰 가눌 정도로 취해는 있었지만 틀림없는 센다(千田) 운전수였다.

"술 먹은 게 어쨌다는 거야, 나쁘냐?"

이런 말을 중얼거리면서 센다 운전수는 상대도 없는데 외눈을 부라렸다. 그리고 비틀비틀 안개 바다 속을 헤엄쳐 숙사 쪽으로 꺾어 들어가는 것이었다.

"취했다고 핸들을 꺾지 못할 센다 님이 아니여. 가끔은 빼갈(白酒)

정도 잡수셔도 괜찮아, 얼간아! 내버려 둬, 이래 뵈도 생명을 걸고 총알 아래로 빠져나간 일도 있는 센다 님이니까.”

혼자서 기를 쓰는 것을 보면 몰래 도망쳐 술 먹은 약점을 숨기기 위한 허세임에 틀림없다. 그 증거로는 안개 낀 길 안쪽으로부터 숙사의 빛이 하나둘씩 집 뒤 나무 쪽문 틈을 통해 비쳐 나오자 센다 운전수는 금방 풀이 죽어,

“아직도 안 자고 자빠졌네.”

체, 하고 작게 혀를 차고 위세를 부리기 위해 입으로는 욕설을 토하면서도 이미 숙련된 동작으로 반듯하게 몸도 마음도 다잡기 시작하는 것이었다.

숙사 안에서는 딸그락 소리도 나지 않았다. 밝게 램프가 타고 있을 뿐, 쥐 죽은 듯이 고요해진 것이 왠지 으스스해서 멍청한 웅성거림이 들려오는 것보다도 센다 운전수에게는 불안했다. 갑자기 자책하는 마음이 뭉게뭉게 구름처럼 솟아올랐다.

“드디어 나타나셨군, 비적님들!”

한 번 더 입으로는 허세를 보려보았지만, 그 사실은 백 번의 질책보다도 센다 운전수의 마음에 충격을 주었다. 센다 운전수는 문득 발소리를 낮추고 숨을 죽였다. 그리고 나무 쪽문에 손을 댄 채 오랫동안 움츠리고 서 있었다.

―고르고 골라 하필이면 오늘밤 나타났느냐!

정체를 알 수 없는, 투지 비슷한 것이 전율처럼 몸속을 마구 달렸다. 복잡한 감정이 취기도 잊게 할 만큼 머릿속에서 맴돌았다.

완만한 안개의 흐름이 화끈거리는 볼을 매만지며 지나갔다. 선득

선득하여 기분이 좋았다. 문득 눈을 들자 안개에 흐릿해진 달빛이 보통 때보다도 부드럽게 하늘 가득 흘러넘치고 있었다. 잠시 응시하고 있자니, 역시 차가움이 눈에 스며든 그 안에서 어렴풋하게 별이 깜빡였다. 안개 위쪽은 쾌청한 높은 밤하늘이었다.

비적이 나타난 것 치고는 너무 조용하다. 설마 벌써 다 가버린 후는 아니겠지—센다 운전수는 작은 현기증을 느꼈다. 휘청, 비틀거리자 그 바람에 나무 쪽문은 삐꺽 하고 소리를 내며 혼자 열렸다. 그러자 기다리고 있었다는 듯이 망아지만한 만주의 토견이 요란하게 짖어대면서 튀어나왔다. 그러나 센다 운전수임을 알자 맹렬히 꼬리를 흔들고 몸을 바짝 붙이며 재롱을 떨었다.

센다 운전수는 아무 말도 하지 않고 그것을 발로 차 쫓아버렸다. 그리고 화난 듯이 나무 쪽문의 빗장을 황황히 걸었다. 어떻게든 되라, 하고 생각했다. 얼마간 자포자기의 기분이었다. 입 근처에 어울리지 않는 비웃음조차 띠면서 그는 성큼성큼 숙사의 토방 안으로 들어갔다.

길게 엎드린 사람도 있었다. 벽에 기대 눈을 감고 있는 사람도 있었다. 책상에 엎드린 채 움직이지 않는 사람도 있었다. 기대와 달리 모두 제 각각의 자세로 정신없이 자고 있는 것이었다. 침침한 램프 빛이 쓸쓸하게 그 모습들을 비춰내고 있었다.

―비적이 아니었다…….

긴장이 풀리자 센다 운전수는 털썩 구들 위에 주저앉아 버렸다.

"늦었네. 술 같은 거 마시면 안 돼."

창문 근처에서 자고 있던 박(朴)은 돌아보지도 않고 무뚝뚝하게 내뱉었다. 퉁명스런 말 속에서 따뜻한 우정을 깨달은 센다 운전수는 문득 미안함 비슷한 것을 느끼며 눈물을 흘렸다.

"미안허이. 네가 불 켜 놓아 주었지. 잘못했네."

답답한 방의 온기와 남자 냄새가 후텁지근하게 코끝에 느껴져 센다 운전수는 토할 것 같았으므로 구두도 벗지 않은 채 아무렇게나 거기서 뒹굴었다.

"들키면 문제야. 불 끄고 빨리 자자."

"그래."

때때로 개 짖는 소리가 들릴 뿐, 비적이 노리는 마을이라고는 생각되지 않을 정도로 한밤중의 현성은 깊은 잠에 빠져 있었다.

이제 박도 센다 운전수도 아무 말 하지 않았다. 창밖에 밤안개가 커튼처럼 흔들리고 있었다.

×

그 날 아침ㅡ

현 개척고장(開拓股長)의 뒤를 빠져 나가려던 센다 운전수는 아니, 하면서 발을 멈췄다. 개척고장이 손에 들고 있는 서류 속에서 그는 너무나도 뜻밖의 이름을 발견했기 때문이었다.

천용희(千用熙)ㅡ틀림없이 아버지의 이름이었다. 한 번 더 고쳐 읽고 센다 운전수는 덤벼들 듯이 서류에 손을 뻗었다.

"왜 이래, 센다 군인가, 왜 허둥대고 있어!"

돌아보는 개척고장의 얼굴에 센다 운전수는 들이대듯이 필사적인 표정으로 다가가,

"고장님, 보여 주세요, 부탁이오!"

"이것 말이야!"

"그래요. 잠깐이면 돼요, 부탁이오."

"이거 아무 것도 아냐. 그 동안 입식(入植)한 개척민 명부야……."

"그 명부 좀 봅시다."

그때 명부는 벌써 센다 운전수의 손에 낚아채어진 뒤였다.

"왜 이러는 거야. 되게도 허둥대고 있잖아!"

기가 막힌 개척고장에게는 눈도 주지 않고 센다 운전수는 미친 듯
이 명부 페이지를 넘겼다. 이윽고 그의 시선은 경직한 것처럼 움직이
지 않았다. 혈색이 좋은 얼굴에서 쑥 혈기가 빠져 나가는 것이 다른
사람의 눈에도 확실히 보였다. 명부를 든 손이 부들부들 떨렸다.

천용희, 오십구 세, Z도 Z군 출신, 소작. 호주 난에 그렇게 씌어
있었다. 이제 아버지라는 사실에 한 점의 의심도 끼어들 여지는 없
었다. 가족 난에는 어머니와 누이까지 확실히 기입되어 있다. 아버지
다, 아버지가 일가를 이끌고 개척민이 되었다. 그것도 이 간도성 안
에 입식해 온 것이다.

오 년 동안이나 잊고 있던 고향의 일, 집의 일, 아버지의 일, 누
이의 일―그런 것들이 한꺼번에 어지럽게 센다 운전수의 상념 속을
휘젓고 돌아다녔다. 자책과 회구(懷舊)의 감정이 교차하며 복잡한 격
정이 마음을 계속 흔들었다.

"고장님, 이 사람들은 어디 입식했습니까?"

센다 운전수의 목소리는 흥분해 있었다.

"내가 보고 있던 명부니까 안도현(安圖縣) 안에 정해지지 않았을까."

"그건 알아요. 안도 현 어느 곳인지 묻는 거요."

문득 센다 운전수의 목소리는 시비조가 되었다.

"유수둔(柳樹屯)이야."

쓴웃음을 지으면서 대답하는 개척고장을 노려보듯 하면서 센다 운전수는 한 번 더 고압적으로,

"언제요!"

"지난달 말이야. 아는 사람이라도 있는가, 이상하게 흥분한 듯한데……."

"아니오, 아무 것도 아니야. 흥분이라니……."

센다 운전수는 입을 빼물고 잠시 하늘을 응시했지만,

"유수둔이라면 대사하(大沙河) 근처지?"

그렇게 묻고는 대답도 기다리지 않고 냉큼 뛰어가듯이 방을 나가는 것이었다.

센다 운전수는 침울한 얼굴로 오랫동안 숙사 온돌 위에 엎드려 있었다. 눈을 감은 채 때때로 괴로운 듯이 몸을 뒤척였으나 자고 있지는 않았다. 센다 운전수의 머릿속에는 지난 오 년의 세월이 굉장한 속도로 역류하기 시작했다. 그 영상을 그는 눈꺼풀 안에 몇 번이나 비춰 보면서 소중히 여기듯이 언제까지나 눈을 뜨지 않았다. 이윽고 그 눈 꼬리로부터 가득 눈물이 고여 흘러내렸다.

―오 년 동안 줄곧 걱정만 시키고 고생만 시켰구나……. 늙으신 아버지 몸에 결코 짧은 세월이 아니었으니 꽤 늙으셨을 것이다, 망령이 나지는 않았을까. 어쩌자고 만주 같은 곳에 올 생각이 났을까. 이제 들일은 너무 힘에 부칠 텐데. 그때부터 눈을 끔뻑끔뻑하며 남

보다 갑절이나 눈물 많이 흘렸던 어머니는 어떻게 변해 있을까. 누이도 벌써 열다섯, 훌륭한 아가씨가 되었을까……

―그때는 오로지 농민의 일이 싫었다.

그 이유만으로 고향을 뛰쳐나온 센다 운전수였다.

서른다섯이 되어 겨우 얻은 한 점 혈육인 만큼 핥듯이 귀여움 받았던 것과 섣불리 학교에 보내주었던 것 덕분에 센다 운전수는 조상 대대로 해 왔던 흙일을 참을 수 없었다. 학교 성적이 너무 좋아서 담임선생으로부터 농민이 되는 것이 아깝다는 말을 들은 일은 거기에 박차를 가한 결과가 되었다. 학교를 졸업한 뒤 이삼 년 동안 그는 농민은 싫다, 좀더 공부를 하고 싶다는 생각만을 계속하며 앙앙불락했다.

빈둥빈둥하고 있는 아들을 역시 아버지는 눈뜨고 볼 수 없었다. 아버지는 입에 신물이 날 정도로 들일에 나갈 것을 권했다. 설득도 했다. 그것이 발단이 되어 부자 사이에 다툼이 일어났고, 활짝 개인 어느 봄날 결국 그는 마을에서 모습을 감추어버렸던 것이다.

고학이 가능한 시절이 아니었다. 중학교 교복을 입는 대신 그는 작업복[1]을 기름투성이로 만들며 트럭 차고에서 일했다. 그리고 삼 년이 지나자 졸업증서가 아닌 운전수 면허장을 손에 넣었다. 깨달았을 때는 손에 익은 기술이 몸에 붙어[2] 벌써 운전수 일에서 손을 씻을 단계가 아니었다.

지나사변이 일어난 지 얼마 안 되어 그의 모습은 북지(北支)의 전장을 달리고 있었다. 계속 이기며 나아가는 황군(皇軍). 그 손이 되고

---

1 원문은 '菜葉服'임.
2 원문은 '身の因果で'임.

발이 되어 그는 부대 안에서 용맹 운전수로 이름을 날렸다. 그는 항상 트럭 행렬의 최선두에 서서 탄우에도 아랑곳하지 않았다. 그는 멧돼지처럼 용감했다.

그는 결국 산서성(山西省) 태원(太原)을 목전에 두고 전상(戰傷)을 입어 후송되었다. 왼쪽 어깻죽지를 적탄이 관통했던 것이다. 이제 왼쪽 어깨는 쓸 수 없다고 체념하고 있었지만, 두 달 정도 쉬자 완전히 원래 몸이 될 수 있었다. 그는 두 번째 종군을 신청했지만 허락되지 않고, 군의 조언으로 만척(滿洲拓植公社)에서 일하게 되어 금년-강덕(康德)[3] 사 년-봄 안도(安圖) 쪽을 둘러보고 왔던 것이었다.

고향이나 집의 일을 잊고 있을 리는 없었다. 생활이 분주하고 운도 트이지 않아 소식도 전하지 않고 버텨 왔을 뿐이었다.

-때가 되면 때가 되면 하면서, 하루하루 미룬 것이 벌써 오 년이 지나고 말았다…….

싸우고 나왔지만 물만 마시는 가난한 농민의 처지에서 아버지를 구원하고 싶은 마음은 고향을 떠나던 때부터의 결심이었다. 지금도 그 마음에 변함은 없다. 그러나 일개 트럭 운전수에게, 그것도 고지식하게 사는 것밖에 모르는 그에게 일확천금의 기회 따위가 있을 리 없었으므로, 그는 혼자서 안달복달하고 있을 뿐이었다.

차라리 철면피하게 묵묵히 고향으로 돌아가 사죄할까-따분한 일들이 계속되자, 요즘은 그렇게도 생각한다. 농민의 피가 흐르고 있으므로 지금부터라도 하지 못할 일은 없을 것이다, 핸들 대신 괭이를

---

3 만주국의 연호임.

잡는 것일 뿐이다, 노경에 드신 아버지께는 그것이 가장 좋은 선물일지도 모른다고 하루에도 몇 번씩 망설이며 생각하곤 했다. 그러나 조금 돋보이고 싶다는 생각이나 고집 때문에 역시 빈손으로 고향에 돌아갈 결심은 좀처럼 서지 않았다.

—그 아버지가 지금 두 시간도 걸리지 않는 가까운 곳에 씩씩하게 개척민이 되어 와 황무지를 개간하고 있다. 익숙지 않은 기후 풍토와 싸우면서, 비적의 포위진 속에서 늙은 몸을 채찍질하며…….

여기까지 생각한 센다 운전수는 문득 어떤 한 가지 일에 생각이 미치자 깜짝 놀라 튕기듯 일어났다.

—아버지는 나를 찾아온 것이다. 그렇다, 틀림없다…….

내가 만주에 와 있다는 사실을 아버지는 분명히 풍편에라도 들었을 것이다. 여생이 얼마 남지 않은 아버지께 외아들인 나는 생의 전부일 터였다. 만주에만 가면 아들과 만날 수 있으리라고 아버지는 외곬으로 그것만 생각하며 일가를 이끌고 만주로 건너온 것이다. 그렇지 않다면 그 고집쟁이가 정든 고향을 버리고 멀고 먼 이 벽지까지 왔을 리가 없다. 아버지가 개척민 모집에 응했던 것은 오직 죽기 전에 아들과 한 번 만나고 싶다는 절실한 바람 때문이었음에 틀림없다, 더 이상 그것을 의심할 여지는 없었다.

—헤어져 살고 있어도 아버지의 마음 정도는 손바닥 보듯이 안다…….

불쌍한 아버지, 어머니, 센다 운전수는 황급히 주먹으로 눈을 닦았다. 거기서 곧장 유수둔으로 달려가고 싶은 그리움이 불타올랐다. 나이 먹은 아버지의 마음을 헤아리니 더 이상 그 자리에 가만히 있을 수가 없었다. 하지만 센다 운전수는 직무 상 마음대로 안도를 떠날 수 없는 몸이었다.

이윽고 눈물에 부어 오른 눈을 동료들에게 보이면 안 되겠다고 생각하며 센다 운전수는 혼자 숙사를 빠져 나와 술집 근처를 텅 빈 마음으로 배회했다.

어찌 하면 좋을까, 어떻게 될까, 그에게는 전혀 예측이 서지 않았다. 책무를 잊을 리는 없었지만, 그는 휘청휘청 술집들 중 한 집으로 이끌려 들어갔다.

×

문득 정신이 들어 보니, 베갯머리의 창 쪽이 희미하게 밝아지고 있었다. 곧 날이 밝을 것이다.

─오늘도 무사히 밝았다…….

괴로운 회상으로부터 현실로 돌아와 보니 역시 제일 먼저 신경이 쓰이는 것은 비적의 습격이었다. 이렇게 또 하루가 연장되었다―마음이 해이해져 휴, 하고 피로를 느끼면 엉뚱하게도 아련한 안도감이 조그만 온기를 몸속에 전한다. 평상시라면 여기서 푹 잠들었겠지만 ─벌써 취기는 전부 깨었으며 몸과 마음은 녹초가 되었지만 이상하게도 눈만은 말똥말똥해지는 것이다.

─주소를 아니까 언제든지 만날 수 있어, 만나면 어떻게든 되겠지……. 그건 그렇고, 이제 조금 자 두지 않으면…….

언제 몇 시에 출동 명령이 내릴지도 몰랐다. 그럴 경우 다른 사람에게 뒤지고 싶지는 않았다. 게다가 비적을 토벌하러 가는 도중에 사고라도 일어나거나 하면, 그것이야말로 자기 한 사람이 책임진다고 해결될 문제가 아니다. 날이 밝기 시작했다고 해서 방심하는 것은 금물이다.

예전부터 공작 중이었던 내부 파괴책이 성공하여 세 명의 비적이―그 중 한 명은 비적 계급으로 중장(中將)이었다―현의 경무과에 귀순을 신청한 것은 사흘 전 밤중이었다. 그들의 자백에 의해 악화하고 있는 비적의 정세는 소상히 밝혀졌다. 현의 경무과는 갑자기 술렁거렸다. 모든 방면에 대기 명령이 내렸다.

안도현은 산간벽지로 천고에 도끼를 들인 적 없는 백색 지대에 둘러싸여 있으므로, 비적단의 발호는 상상을 초월하는 심각한 것이었다. 일본과 만주국의 군경이 끊임없이 비적 토벌 공작에 정혼(精魂)을 소모했지만, 그들은 산간의 밀림을 이용해 유령처럼 그 허술한 틈을 뚫고 출몰했다.

특히 지난여름부터 시작된 통화(通化), 삼강(三江) 두 성의 대토벌로 인한 여파는 남쪽과 북쪽 양방으로부터 안도현을 압박했으므로, 도망칠 곳을 잃은 비적단은 속속 현 안으로 흘러들어와 호시탐탐 경비가 허술한 현성을 노리고 있었던 것이다.

일본과 만주국의 군경을 합친 ○○명 남짓으로는 현성을 비롯한 현 안의 육십 몇 개의 부락을 다 지켜내는 일이 지난했다. 지난하기는 하지만 불가능은 아니다. 매일 같이 현 경무과장의 방에서는 밤을 새워 작전이 논의되었다. 그물망처럼 펼쳐진 연락망에 의해 각 부락의 자위단과 신찬대(神撰隊)가 총동원되었다.

그런데도 비적은 매일처럼 어딘가의 부락을 습격했다. 오늘은 우심정자(牛心頂子), 내일은 대포재하(大捕財河), 대전자(大甸子) 하는 식으로 남북이 서로 호응해 유격전법을 취하기 시작했다. 토벌대가 바쁘게 뛰어다니다가 지치게끔 하기 위한 것이었다. 그것이 전부 현성을 중심으로 하여 십 리에서 백 리까지[4] 사이의 부락이었다. 시시각각 현성 습격의 위기는 닥쳐오고 있었다.

이에 대응해 현의 경무 당국도 유격전적인 전법을 채용할 수밖에 없었다. 두 개 내지 세 개의 부락을 연계시켜 경비 구역을 삼고, 그 경비 구역을 전전하면서 낮에는 크게 기세를 올려 주위를 경계했으며, 밤이 되면 비적들의 그 날 정세에 따라 어느 중요 부락에 모여 비적단을 견제했다. 비적단은 비적과 내통하는 사람과의 연락이 끊겨 토벌대 주력의 소재를 알지 못했으므로 쉽게 부락으로 접근할 수 없었다. 이렇게 하여 비적을 한 걸음도 부락 안에는 접근시키지 않았으나 겨우 두 달 사이에 작은 충돌이 육십여 회, 토벌대도 적지 않은 희생자를 내고 말았다. 그뿐 아니라 사방에서 밀려드는 비적단은 늘어가는 한편으로 비적들의 정세는 날마다 악화될 뿐이었다. 머지 않아 안도현은 고립무원의 궁지에 빠진다는 것이었다.

그럴 때에 적의 장교가 투항한 것이다. 토벌대 본부는 긴장하는 동시에 환희작약(歡喜雀躍)했다.[5]

—십삼 일 야반을 기해 오비(吳匪) 주력 삼백 남짓이 일거에 본 현성을 습격하고자 준동 중임, 이것이 적 장교로부터 얻은 정보였다. 즉각 무전이 날았다. 그날 밤 안으로 명월구(明月溝)에서 상사(上司) 토

<hr>

4 원문은 '一里から十里まで'임.
5 원문은 '雀踊りした'임.

벌대가 구원하러 와, 경관 ○○명, 일본군 수비대 ○○명, 만주군 ○
○명을 독려해 철통같은 경비진을 폈다.

만일에 대비하기는 했지만, 가장 걱정되는 제일선 부락에 병력을
나누었으므로 당시 현성에는 이만큼의 병력밖에 남아 있지 않았다.
삼백여 명이나 되는 우세한 비적단에 대항해 불안할 따름이었다.

현성 주위의 흙벽 약 육 킬로미터, 방비 설비로는 흙벽 외곽에
뼹 둘러 참호를 파 놓았을 뿐이다. 그 넓은 현성을 지키면서 어느 쪽
으로부터 공격해 올지 알 수 없는 적을 맞아 싸우기에는 아무래도
병력이 너무 적다. 결사의 각오가 수비대의 얼굴 위에 떠올랐다.

그러나 십삼 일 당일 밤 비적의 습격은 싱거운 것이었다. 겨우 삼
사십 명의 비적이 동문(東門)을 노린 것에 지나지 않았다. 장교가 귀순
함에 따라 계획이 누설되었음을 깨닫고 습격을 보류했음에 틀림없다.

동문을 노린 명색뿐인 삼사십 명의 비적은 상사 토벌대의 일제사
격이 쏟아지자 무르게도 도주했다. 하지만 추격할 수는 없었다. 밤중
이기도 했지만, 비적단의 전법일지도 모르기 때문이었다. 격렬한 긴
장 속에 십삼 일 밤은 무사히 밝았다.

그저께도 어저께도 같은 긴장과 경계가 밤낮으로 계속되었다. 언
제 근처 부락을 구원하려 달려가게 될지 모르기 때문에 센다 운전수
이하 트럭대(隊)도 현 공서 뒤에 숙사를 할당받아 입은 옷밖에 아무
것도 없이 옷 입은 채로 뒹굴면서 대기하고 있었던 것이다.

─시끄러운 놈들이야, 과감히 나오면 빨리 해치울 텐데……

센다 운전수는 슬쩍 벽 쪽으로 돌아누우며 억지로 눈을 감아 보
면서 일종의 초조함[6]과 참괴한 생각을 느끼는 것이었다. 오늘 아침부

터 나는 얼마나 바보 같았는가, 나 한 사람의 문제는 나중에라도 천천히 해결할 수 있다, 지금 나에게는 무겁고 중요한 책무가 있다, 조금 자고 원기를 내자……. 어느새 어렴풋한 빛이 방의 구석구석까지 비쳐 들어 왔다.

×

깜빡깜빡 졸기 시작했을 때였다.

요란한 비상벨 소리에 센다 운전수는 튕기듯이 벌떡 일어났다. 출동 명령이었다.

"어잇, 일어나, 일어나, 비습(匪襲)이야!"

센다 운전수는 눈을 부빌 틈도 없이 재빨리 옷차림을 바로잡으면서 동료들을 두드려 일으켰다.

"비습이라고?"

자고 있던 사람들이라고는 생각되지 않을 정도로 모두 민첩하게 이불을 걷어차고 일어났다. 서로 휙 얼굴을 마주보는 듯하더니, 아무 말 없이 다음 순간에는 벌써 물밀 듯이 우르르 숙사 바깥에 나가 있었다. 시계를 보니 정확히 여섯 시였다.

현의 경무과에는 들끓는 듯한 대소동이 일어났다. 상사 토벌대장, 경무과장을 위시하여 늠름하게 무장을 가다듬은 직원 일동은 전화 주위에서 이마를 맞대고 서로 웅성거리고 있었다.

"대사하 비습, 목하 격전 중, 응원 바람."

---

6 원문은 '焦立たしさ'임.

방금 전에 생생한 총성까지 전해진 이 보고 전화가 경무과를 떠들썩하게 했던 것이다. 현성에는 접근할 수 없다고 판단한 비적단이 창끝을 돌려 방비가 허술한 대사하를 습격한 듯했다.

감쪽같이 비적단에게 의표를 찔렸던 것이다. 경무과장은 발을 동동 구르며 분해했다.

어젯밤까지의 정찰에 의하면, 비적단은 현성의 수비가 견고함을 보자 곧 슬슬 포위를 풀기 시작해, 그 주력이 양강구(兩江口) 방면에서 무송현(撫松縣)으로 이동하고 있었다는 것이다. 거기에는 예전부터 선농(鮮農)[7] 부락이 드문드문 있어 아주 위험했다. 경무과장은 어제 일부러 사람을 보내 비적의 정세가 절박함을 전했으며, 그에 대한 세세한 주의까지도 주었다. 그랬는데 의외로 비적단은 명안도로(明安道路) 상의 요충인 대사하를 포위해 부락에 총탄의 비를 쏟아 붓고 있다는—

"대사하구자(大沙河口子)에 들어간 정신대(挺身隊)는 몇 명이냐?"

핏대를 세운 경무과장이 소리쳤다.

"○○○명입니다."

"무얼 꾸물대고 있어, 빨리 대사하로 출동하도록 명령해, 나도 상사대장(上司隊長)과 즉각 달려가겠다, 트럭 세 대 준빗."

말이 끝나기도 전에, 현 공서의 정문 앞에서는 폭발하는 듯한 엔진 소리가 들렸다.

"그러면 내가 없는 동안 부탁하네."

신경질적인[8] 경무과장은 구두소리를 울리며 방을 뛰쳐나갔다. 경

---

7 조선인 농민을 말함.
8 원문은 '疳癖の强い'임.

무고장(警務股長)과 ○명의 무장경관이 그 뒤를 따랐다.

두 대의 트럭에는 이미 ○○명의 토벌대가 초밥 담기듯이 가득 실려 막 발차를 기다리고 있었다. 선두 트럭의 운전대에는 센다 운전수가 입을 꽉 한일자로 다물고 경무과장이 승차해도 돌아보지 조차 않았다. 센다 운전수는 어젯밤과는 달리 완전히 돌변해 불끈 피가 오른 얼굴에는 피로의 기색이 조금도 보이지 않았으며, 터질 듯한 투지가 온몸에 충만해 있었다.

“발차!”

경무과장의 목소리가 들리자 세 대의 트럭은 무시무시한 모래 먼지를 피워 올리면서 가도 위를 달려갔다. 번쩍번쩍하며 헤드라이트가 산야를 가득 메운 짙은 안개를 두 갈래로 잡아 찢었다. 와아, 하고 뒤쪽에서 잔류 부대의 환성이 새벽하늘에 승리의 함성처럼 울렸다.

현성을 벗어나자 생각보다도 멀리까지 짙은 안개가 모든 것을 감싸 숨기고 있었다. 십 미터만 떨어지면 벌써 앞 차의 모습이 어렴풋이 안개 속으로 녹아들어가 버리는 것이었다. 물론 주위의 전망 같은 것은 드물게 보는 이 농무로 인해 전혀 불가능했다.

―곤란하군, 이놈은!

―앞이 안 보여서 불리해.

―괜찮으니까 돌진해!

막막한 안개 바다의 한가운데를 뚫고 자갈투성이의 길을 전속력으로 돌주하는 것은 위험하기 짝이 없는 행동이었다. 그러나 지금은 일각을 다투는 상황이다. 전속력으로 달리고 있을 때조차 그 사이에 대사하가 비적단에게 유린당하고 있지는 않을까 하고 마음은 더욱

더 조급해지는 것이다. 위험 따위를 돌아볼 여유는 없었다. 세 대의 트럭은 한 덩어리처럼 서로 달라붙어 한눈도 팔지 않고 열심히 안개의 울타리를 차례차례 돌파해 갔다.

대사하를 비적의 손으로부터 구하는 것도 전적으로 토벌대의 책임이었지만, 또 한 가지 불 같이 그들의 투지를 북돋운 것은 애를 먹이던 비적단의 주력을 붙잡을 수 있다는 점이었다. 여기서 비적단의 주력을 섬멸할 수 있다면 소부대 유격반은 자연히 소멸할 수밖에 없을 것이며, 또 추격해서 각개 격파하는 일 역시 누워서 떡먹기일 것이었다. 토벌대와 경관들은 이 하나의 목표를 향해 불같은 투지를 불태우고 있었다.

이 용사들을 태우고 세 대의 트럭은 바퀴야 불타라 하며 안개 속을 곧장 질주했다.

"바람이 분다."

누군가 트럭 위에서 환성을 올렸다. 그러고 보니 선뜩 뺨에 닿는 안개의 흐름이 약간 속도를 높여 소용돌이를 일으키고 있다고도 생각되었다. 그것은 차체가 일으키는 바람의 여파 때문만은 아니었다. 확실히 바람이 분다는 증거였다.

"바람이 분다."

뒤쪽 트럭에서도 누군가가 화답했다.

"하늘의 도움이다!"

"안개가 갠다."

예기치 않게 세 대의 트럭에서 만세 소리가 솟아올랐다. 지금까지의 어두움이 쑥 사라지고 용사들의 얼굴 위에는 희망 섞인 새로운 용기가 늠름하게 넘쳐흘렀다.

하지만 그 만세의 메아리와 함께 의외일 정도로 가까운 곳에서 갑자기 몇 발의 총소리가 났다.

총소리를 빼면 근처는 전과 다름없이 이른 아침의 고요함 그대로였다. 이제는 눈에 보일 정도의 흐름을 이루며 안개는 대하처럼 저 습지대를 향해 바람에 흘러갔다. 그 안개의 흐름 안쪽에서부터 또다시 위협하는 듯이 몇 발의 총성이 이어졌다.

끼끼끽끽, 시끄럽게 삐꺽거리면서 급정거한 세 대의 트럭에서 몇 명의 병사가 뿔뿔이 메뚜기처럼 뛰어내리자 민첩하게 길 양쪽의 풀숲에 숨었다. 트럭 위에 남아 있는 병사들도 재빨리 총을 겨누고 형형한 눈빛으로 주위를 살폈다. 일순 안개의 흐름도 정지할 정도의 살기가 세 대의 트럭을 에워쌌다.

대사하 앞 삼 킬로미터 지점, 경사가 완만한 모래 언덕의 뒤쪽이었다. 그 언덕의 저쪽에서부터 잠시 사이를 두고 따다다닥, 이번에는 엄청난 총성이 일 분 동안쯤이나 계속되었다. 그러나 총소리만 요란했지 탄환은 한 발도 트럭 주위에 떨어지지 않았다. 지원부대의 전진을 저해할 목적 하에 잠복해 있던 비적단이 트럭 소리가 나는 쪽을 향해 위협도 할 겸, 되는 대로 쏘아댔음에 틀림없었다.

그것이 멈추자 기다리고 있었다는 듯이 오른쪽 풀숲에서 발포 소리가 들렸다. 토벌대의 척후병이 응사하고 있는 것이었다. 잠시 그들의 총성이 뒤섞였다. 적 쪽의 총소리는 점차 멀어지다가 이윽고 완전히 침묵했다.

잠시 후 걷히기 시작한 안개 속에서, 나갈 때와 똑같은 경쾌함으로 풀 이슬에 흠뻑 젖은 척후병들이 돌아왔다.

예측대로 단 열 명의 비적이 모래 언덕 그늘에 엎드려 기다리다가 위협사격을 했던 것이다. 척후병의 응전으로 적은 맹사(盲射)를 반복하면서 도망쳤다고 한다.

발견된 이상, 앞길에는 더 큰 집단 새로운 적이 계속 나타날 것을 각오하지 않으면 안 되었다. 게다가 적은 이 안개와 지형의 기복을 이용해 그 어떤 비겁한 공격 수법을 쓸지 몰랐다. 아무리 초조해도 이제까지처럼 무턱대고[9] 트럭을 달릴 수는 없었다.

척후대가 세 명씩 길 양편을 경계하면서 선두에 서고, 그 뒤를 세 대의 트럭이 기어가듯이 서행했다. 하다못해 적 병력의 태반을 이쪽으로 오게 할 수 있다면, 대사하 구원 목적의 일부는 달성하게 될 것이라고 생각했다.

×

삼엄한 경계와 긴장 속에 전진하기를 다시 일 킬로미터. 눈앞의 작은 언덕을 넘으면 거기서부터는 벌써 대사하 부락이 지호지간(指呼之間)이다. 그 지점에 다다랐을 때 센다 운전수는 갑자기 전방을 노려보더니,

"과장님, 총성이 들립니다."
하며 핸들을 꽉 쥐었다.

"응."

---

9 원문은 '盲滅法に'임.

알고 있다, 아까부터 듣고 있다, 격전인 듯하군, 그대로 계속해…… 이런 뜻을 담아 경무과장은 가볍게 고개를 끄덕이며, 하지만 역시 긴장된 얼굴로 귀를 기울였다.

"적은 상당히 대부대인 것 같군."

생각난 듯이 경무과장이 불쑥 말했다. 콩 볶는 듯하다는 표현 그대로 서로 맹렬히 쏘아대는 총소리가 언덕 저쪽에서부터 점점 명확히 들려 왔다. 그 소리를 듣고 있자니, 지금이라도 뒤쪽에서부터 비적이 돌격해오지 않을까 하여 가슴이 종 치듯이 두근거렸다.

이 일은 곧 전원에게 전달된 듯했다. 대사하가 함락된 후라면, 설사 비적을 전멸시킬 수 있었다 하더라도 두 번 다시 현성에는 돌아갈 수 없다고 생각했다. 그러자 온몸이 부르르 떨렸다. 제 정신이 아니었다. 자기 자신의 안위를 잊고 저마다,

"서둘러, 서둘러."

역시 목소리를 낮춰 수군거리기 시작했다.

그때 그것을 가로막듯이 선두에 서 있던 척후병 한 사람이 두 손을 흔들며 무어라고 외치면서 달려 돌아왔다.

트럭은 딱 전진을 멈추었다. 경무과장과 토벌대장이 구르듯이 운전대에서 뛰어내려 척후병 쪽으로 달려갔다.

그러나 보고를 들을 것까지도 없었다. 다음 순간에는 벌써 언덕 위에서 비처럼 총탄이 퍼붓기 시작했다. 또 복병인 것이다.

경무과장과 토벌대장은 휙 바닥에 엎드려 조금씩 트럭 그늘 쪽으로 후퇴하며,

"흩어져."

하고 크게 손을 휘두르며 명령하고 스스로도 권총을 빼어 겨누면서,

"엎드려, 엎드려."

하고 상기된 얼굴로 핸들을 움켜쥐고 있는 센다 운전수를 끌어내려 옆에 엎드리게 했다. 그 머리 위를 핑 하고 적탄이 지나갔다.

백 명 남짓한 우세한 적이었다. 유리한 지형을 이용해 잠시 걷힌 안개 사이를 엿보며 적은 계속 쏘아대는 것이었다. 타타타타타타타타타 하며 왼쪽에서는 경기관총까지 우짖기 시작했다. 눈을 뜨지 못할 정도의 맹렬한 사격이었다.

민첩히 흩어졌던 토벌대는 포복 전진하면서 조금씩 적진으로 다가갔다. 하지만 머리 위에서 쏘아 내리는 적의 사격은 점점 더 맹렬함을 극했으며 아주 정확하기조차 했다. 이미 몇 사람의 토벌대가 "무념(無念)!"이라는 부르짖음도 다 끝마치지 못한 채 길옆 풀숲 속에 쓰러져 움직이지 않았다.

적은 상당히 완강했다. 토벌대의 필사적인 분전에도 불구하고, 거기서부터 한 걸음도 앞으로 나아갈 수 없었다.

대치한 채 얼마쯤의 시간이 지났다.

센다 운전수는 문득 머리를 들고 언덕 위를 올려다보았다. 바로 그때 귀를 먹게 할 정도의 총성에도 굴하지 않았던 그의 얼굴은 창백하게 변했다. 입안이 바짝 말라 금방은 말을 할 수 없었다.

언덕 저편에 한 줄기의 흰 연기가 오르고 있는 것이었다. 보는 동안에 그 연기 나는 곳의 폭은 넓어졌다. 그리고 이제는 시시각각 검은 연기를 토해 올렸다. 다음에는 언뜻 새빨간 화염이 올라 용처럼 솟구쳤다.

대사하 부락에 불이 놓였다.

대사하 부락은 불타고 있다.

아비규환의 소동 속에서 불똥을 맞으면서 비적과 백병전을 연출하고 있는 부락민의 모습이 센다 운전수의 뇌리에 명료하게 비쳤다. 숨이 막히는 듯했다.

“앗!”

센다 운전수는 한 번 더 학질 걸린 것처럼 온몸을 떨었다.

―대사하의 이웃은 유수둔이다. 유수둔에는 불쌍한 아버지가……

―어쩌면 유수둔도 이미 비적단의 손에 떨어져 대사하와 똑같은 위기에 처해 있을지도 모른다. 저 소동에 휘말려 가족을 거느린 노쇠한 아버지가……

“아버지!”

센다 운전수는 자기도 모르게 쉰 목소리로 외치며 얼굴을 파묻고 흐느껴 울고 말았다. 그는 흐느끼면서 마음속으로,

―아버지, 살아 있어 주세요. 살아 계셔 주기만 하면, 이제 평생 곁을 떠나지 않을 게요. 저도 농부가 되어 아버지를 도와 드리겠어요. 편안히 해드리겠어요……

띄엄띄엄 외쳤다.

외침이 끝나자 이상하게 마음이 안정되기 시작했다. 자기의 외침에 거짓은 없었다. 그렇다고 생각한다. 멋지게 보이는 것이나 고집 따위는 개에게나 줘버려. 맨몸으로 아버지 계신 곳으로 돌아가자. 언제까지나 가난한 농민으로 지낼 것인가. 만주에는 얼마든지 넓고 비옥한 토지가 있다. 그것을 개척하고, 그것을 경작해……

만주에 뿌리를 내릴까, 하고 센다 운전수는 스스로 묻고 스스로 긍정하면서, 이 생사의 기로에 서서 그런 생각을 굴릴 수 있는 신분을 조금도 의심하려 하지 않았다.

─핸들 대신 괭이를 쥐고 나도 개척민의 한 사람이 될까. 아버지를 한 번쯤은 지주로 만들어 드리기 위해서…… 그렇다 치더라도…….

아버지는 살아 계셔 주실까…… 한 번 더 머리를 든 센다 운전수의 눈에 두 배나 기세등등해진 대사하 부락의 화염과 집요하게 쏟아져 내려오는 적탄, 그리고 언덕의 경사면에 찰싹 달라붙어 고전하고 있는 아군의 모습이 빙글빙글 소용돌이치면서 달려들어 왔다.

그때 전광처럼 센다 운전수의 뇌리를 스친 것은 새들도 지나가지 않는 높고 높은 산서성 산꼭대기의 적진을 일루(一壘) 또 일루 초인적인 의지로 무찔러 가는 황군 용사들의 신(神) 같은 자태였다.

센다 운전수는 탄우 속에서 두려움도 없이 벌떡 상반신을 일으켜 말릴 틈도 없이 홱 운전대로 뛰어올라가 핸들을 잡고는,

"과장님, 대장님, 돌격하겠습니다!"
하고 고함치면서 시끄럽게 엔진을 돌리기 시작했다.

"할 거야?"

"해 줄 거야?"

경무과장도 토벌대장도 같은 생각을 하고 있던 것처럼, 엎드린 채로 싱긋 미소를 지으며 즉각 대답했다.

"하겠습니다. 타세요."

센다 운전수도 화답해 미소 지으면서 가슴을 펴고 결연히 단언했다.

조개대형(粗開隊形)인 채로 적을 쫓아 흩어버리기 위해서는 장시간

의 전투를 계속해야 한다. 이미 비적단이 부락에 돌입했다고 추측되는 지금, 그런 미지근한 전법을 취해서는 부락의 전멸을 면치 못할 것이다. 일각이라도 유예할 수 없었다.

한 번 더 위험을 무릅쓰고 전원 승차해 병력 반감을 결사적으로 각오하면서, 전속력으로 적진 속에 돌파해 들어가는 것 이외에 다른 수단은 없었다.

돌입하는 것이다. 힘든 길일지라도, 적진 속일지라도, 화염 속일지라도 부락민과 손을 맞잡을 수 있을 때까지 눈 꾹 감고 돌입할 뿐인 것이다.

"됐습니까?"

센다 운전수는 사지를 쭉 펴고, 단 한 줄기 대사하와 유수둔으로 통하는 하얀 길을 노려보았다.

"좋아!"

문을 반쯤 열어 언제라도 튀어 나갈 수 있는 자세를 취한 경무과장의 대답이 들린 순간, 센다 운전수가 운전하는 선두의 트럭은 포탄처럼 적진을 목표로 달리고 있었다.

모래 먼지와 안개는 이윽고 점점 심해지기 시작한 아침 바람에 하늘 높이 춤춰 올랐으며, 그 사이를 뚫고 부드러운 햇살이 쏟아져 들어와 아지랑이처럼 하늘하늘 흔들렸다.

　―「비습(匪襲)」에서―

____『국민문학』, 1942. 11. 원제는「濃霧」

정혼

淨魂

변 동 림

　정희(正姬)가 영원(永媛)의 말에 의지하여 찾아간 깊은 산속 마을의 소학교는 마을에서 떨어진 언덕 위에 있었다. 언덕 아래에서는 새파란 하늘만 보였다. 언덕 중턱에서는 수려한 산의 자태가 보였다. 언덕을 다 오르자 비로소 넓은 운동장이 나타났다. 그 왼편에 그 넓은 운동장과 비교해 너무나도 빈약한, 그러나 갓 지은 조촐한 목조 교사가 덩그러니 세워져 있었다.

　교실 여섯 개, 직원실 한 개, 변소 둘 외에는 건물이 눈에 띄지 않았다. 정희는,

　"선생님, 저, 강당은……." 하고 말을 걸었지만,

　"예, 아직 없습니다. 아, 이제 다음에 지을 겁니다." 하고 당황하는 교장의 기린 같이 긴 슬픈 목이 빨갛게 되어 머뭇머뭇 발끝을 내려보는 것을 보자, 앗 하며, 이 산골짜기에 와서 아무 생각 없이 도회의 소학교를 꿈꾸었던 자기의 바보스러움을 마음속 깊이 부끄러워했다.

　"멋진 교사입니다."

“재작년에 겨우 지었습니다. 그때까지는 교회 뒤 창고를 교사 대신 사용했습니다. 어쨌든 심상소학교로 승격된 것이 작년 시월이었으니까……. 아직 이것저것 고르게 준비되지 않아서 선생님도 지금부터 아마 여러 가지 불편한 생각을 가지시게 되겠지만, 아무쪼록 잠시 동안만 참아주십시오. 부탁합니다.” 그는 다시 한 번 은근히 머리를 숙였다.

“저, 열심히 해 보겠습니다. 하지만 처음이라서 분명히 여러 실패를 반복하리라고 생각해요. 그럴 때마나 모쪼록 잘 지도해 주셨으면 하고 오늘 미리 부탁드려 놓겠습니다.”

“그건 서로 그렇게 해야지요. 서로 힘을 합하지 않으면 우리 한 사람 한 사람의 힘만으로는 아무 것도 할 수 없습니다. 저는 이 일을 시작한 뒤부터 곰곰이 생각했습니다, 우리가 살아가기 위해서는 서로 협력하는 일이 얼마나 필요한가를. 교사를 지을 때도 그랬습니다. 저 인색한 자산가들이 마음을 열게 하기 위해서 목사님 힘이 얼마나 필요했는지 모릅니다. 승격할 때에는 더 그랬습니다. 완미(頑迷)한 교회 사람들은 자기들이 이십여 년 동안 손수 돌보아 온 학교를 빼앗기는 것이라 하여 완강히 반대했던 것입니다. 목사님은 저렇게 보여도 상당히 분별이 있으신 분입니다. 아마 이 마을에서 가장 훌륭한 인격자일지도 모릅니다.”

정희는 조금 전에 처음 만난 목사의, 뒤룩뒤룩 살쪘으면서도 하느님에 대한 깊은 신념을 간직하고 있는, 그리고 삶에 대한 확신으로 충만한 모습을 떠올렸다. 그리고 어젯밤 하숙집의 장로가 자기를 위해 올려 주었던 기도의 말—주의 귀한 어린 양을 멀리 이 우리 산골

집에 보내주셔서 감사합니다…… 등을 상기했다. 정희는 어젯밤부터 걱정하고 있던, 이 사람들에게 자기가 크리스천이 아니라는 사실에 대해 확실히 양해를 구해 둘 기회는 지금이라고 생각했다.

"선생님……."

"……."

"실례입니다만, 선생님은 크리스천이십니까."

"크리스천!" 그는 긴 목을 앞으로 구부리며 잠시 자기 발끝을 응시했으나, 이윽고 침착하고 느릿느릿한 목소리로, 그러나 어느 정도 내뱉는 듯한 어조로 말했다.

"어릴 때부터 쭉 교회의 분위기 속에서 자라왔을 뿐입니다. 그리고 지금도 교회의 규칙을 지키고 괴로울 때는 기도를 올리면서 하느님의 가르침대로 살아가고자 노력하고 있을 뿐입니다."

"저, 저는 크리스천이 아닙니다만, 그것이 지금부터 제가 할 일에 무언가 지장을 초래하지는 않을까요."

그는 처음으로 정색하여 정희를 보았다.

새하얗고 비칠 듯이 투명한 피부, 살짝 상기된 분홍빛 뺨, 꿈꾸는 듯 조금 다색(茶色)을 띤 눈동자가 진실을 머금고 자기를 응시하며 대답을 기다리고 있는 것이다. 약간 머리를 기울이고. 새하얀 저고리에 검은 치마를 초초하게 입고 있다. 아침 공기에 꽃봉오리를 틔운 한 떨기 코스모스처럼 아름다웠다. 그는 황급히 눈동자를 내려뜨렸다. 그러자 낯선 초콜릿 빛 하이힐이 오래 잊고 있던 도회에의 향수를 자아내는 것이었다.

틀림없이 영혼도 청순할 것이다. 그러나 과연 이 삭막한 산골짜기에서 견딜 수 있을까. 그리고 왜 크리스천이 아닌 것을 이렇게도 확실히 언명하는 걸까. 그렇다고 해도 이 산골짜기에서는 처음 맞는 아름다운 손님이다. 소중히 대하지 않으면 안 된다. 그는 자기 발밑을 응시한 채로 거의 소곤거린다고 생각될 만큼 낮은 목소리로 말했다.

“그건 별로 지장 없습니다. 단, 이미 아시듯이, 본교는 교회 사람들이 세운 학교라서, 그런 관계로 이제까지의 교원은 모두, 소위 크리스천이었습니다. 승격하기 전에는 성서 과목이 있었고 또 매일 아침 조회 때는 기도가 있었습니다. 하지만 뭐 괜찮습니다. 단, 그들의 형식에 따라가는 흉내만 하시면……”

정희는 깜짝 놀랐다. 그리고 강하게 부정했다.

“아니요, 저는 그 형식을 따라갈 수 없습니다. 예를 들어 매주 일요일에 교회에 간다든지……. 진짜 모습으로 살고자 하니까요.” 그녀는 마지막 말은 거의 입안에서 중얼거렸다.

그때 언덕 밑에서는 검고 작은 머리가 하나 둘 나타나기 시작했다. 아, 아이들이었다.

정희는 가슴이 뛰기 시작함을 느꼈다. 그들과 만나기 위해 어떤 표정을 준비하면 좋을까. 웃는 표정일까, 점잖은 표정일까. 과연 훌륭히 합격점의 인상을 그들에게 줄 수 있을까. 그들은 나를 거부하지는 않을까. 도회지 사람이라고 하며.

그녀는 침착하고자 공중을 향해 눈을 깜빡여 보았다. 새파란 하늘이다. 맑게 개어 구름 한 점 없다. 아침 해가 운동장 바로 위에 찬연히 빛나고 있다. 건너보면 언덕 아래에는 아득한 곳까지 끝없이 논이 이어져 있고 그 아득히 먼 저쪽에는 바다가 보인다. 아아, 바라보이는 곳 모두가 너른 천지, 이른 봄 아침, 도처에 봄이 움트고 그 숨결이 아련한 향기를 내는 것이었다. 이제 곧 산에서 종다리가 지저귈 것이다. 이 아름다운 자연 속에서 정말로 저 아이들과의 생활이 시작될 것인가. 정희로서는 태어나서 처음으로 희망에 불타는 아름다운 아침이었다.

그리고 이 아침, 교장도 젊고 아름다운 협력자를 새로 얻은 기쁨 때문에 정희에게 지지 않을 정도로 감격을 느꼈다. 그 역시 아마도 태어나 처음일, 살아 있음에 대한 기쁨과 희망을 느꼈던 것이다.

"직원실에 들어갑시다." 그는 정희를 재촉했다. 직원실 안에는 소사(小使) 소년이 막 청소를 끝마치고 있었다. 소년의 얼굴은 숯 굽는 사람처럼 새까맸다. 그 새까만 속에서 두 눈만 이상하게 반짝반짝 빛났다. 소년은 정희를 보자 히쭉, 새빨간 입술 속의 흰 이를 보이며 나갔다.

방 안에는 중앙에 접대용 둥근 테이블을 사이에 두고 양 옆에 세 개씩 형태뿐인 책상이 나란히 놓여 있다. 빙 둘러서는 작은 실험용구 선반, 소학생 문고가 꽉 들어찬 도서 선반, 그리고 약품 선반도 있었다. 라디오와 전화도 있었다.

"이런 형편이므로 아무쪼록 실망하지 말아 주십시오. 당분간 참아 주시면 이제 곧 새 책상도 준비될 겁니다."

"선생님, 너무 그렇게 말씀하지 마세요. 저는 그런 것은 아무렇지도 않습니다. 오히려 이런 것이 아주 재미있게 생각되는 걸요."

"그렇게 생각해 주시면 정말로 마음이 편합니다. 지금까지 여선생님이 오시게 될 때마다 우리는 그 여선생님의 불평 때문에 정말로 난처했습니다. 아니, 이건 뜻하지 않게 실례의 말씀을 드렸습니다. 제발 신경 쓰지 마십시오. 자, 마음에 드는 자리를 고르세요.”

정희는 주저 없이 산과 하늘이 잘 바라보이는 반대쪽 끝자리를 골랐다.

“거기는 여름에 가장 시원한 대신, 겨울에는 가장 추운 자리입니다만, 괜찮으십니까.”

“그럼, 겨울엔 선생님이 바꿔주시면 되잖아요. 선생님 자리는 어디예요? 아, 저와 완전히 대각선 위치군요. 호호호……”

“아, 겨울이 되면 바꿔드리겠습니다. 핫핫핫……”

그는 다시 한 번 정희를 정면으로 보면서 처음으로 오랫동안 유쾌한 듯 웃었다.

그러나 그는 문득 자기의 웃음소리를 깨닫고 의아스럽게 자신을 반성했다. 아아, 나는 예전에 이렇게도 유쾌하고 즐거웠던 일이 있었을까. 아름다운 사람을 이렇게 가까이에 두고 이렇게 황홀한 행복감을 느낀 적이 있었을까.

귀여운 양(羊)이여. 너는 도대체 어디에서 방황하다 왔느냐. 무언가 나에게는 나의 녹슨 인생에 한 줄기 광명으로 보내 주신 하나님의 선물인 것 같은 환혹(幻惑)[1]을 느껴 못 견디겠다. 그렇다. 어쩌면 정말 그럴지도 모른다. 하느님, 저에게 이렇게도 아름다운 사람을 보내주심을 깊이 감사드립니다.

---

1 눈을 어리게 하여 미혹시킴, 환술로써 미혹시킴.

교장—무섭게 말라 뼈와 가죽 밖에 없는 사람, 얼굴은 산양(山羊)[2]과 닮았다. 코가 높고 눈동자는 황색에 가깝다. 항상 시선을 밑으로 떨어뜨리고 좀처럼 사람을 정시하지 않는다. 입술이 뾰족하게 돌출했으므로 웃으면 잇몸이 노출되어 품위가 없다. 인간성은 선량하고 성실한 듯하다. 너무 친절해서 조금 싫다…….

정희는 오늘밤 즉시 영원에게 쓸 문구를 만들어 보면서 혼자서 미소 지었다.

이윽고 직원들이, 그래봤자 세 사람의 남자 교원이 차례차례 들어왔다.

"여러분, 이번에 경성에서 오신 강(康) 선생님입니다. 강 선생님, 이 분이 수석 선생님이신……."

눈이 무섭게 움푹 패었으며 머리가 큰 수석 교원은, 나야말로 자못 이 수석의 위치에 가장 맞는 사람이다, 하고 깊이 자신하고 있는 것처럼 스스로 이름을 밝혔다.

"멀리까지 와 주셔서 감사합니다. 저는 원명석(元明錫)이라고 합니다." 움푹 들어간 눈 속에서 눈빛이 번쩍 빛났다. 그는 노려본다고 생각될 만큼 엄격한 시선으로 그녀를 보았다.

너도 어차피 기껏 한 학기 정도나 버티겠지, 이제까지의 여교원들과 비슷할 거다, 우리들을 촌놈 취급해 경멸하거나 설비를 불평할 테지. 아이들이 욕을 하고, 불결하다든지 저능하다든지, 어디어디 과

---

2 '염소'이지만 원문을 살려 '산양'으로 표기함. 이하 동일함.

수원 집 아이는 일 년 내내 사과 한 개도 가지고 오지 않는다든지, 그 따위 일로 내 소중한 정력을 소모시키겠지. 하지만 그렇긴 해도 너는 좀 너무 고상하군. 이제까지 왔던 여선생들과 비교해 외모만은 그래. 도대체 왜 또 경성 같은 데서 이 먼 산골까지 흘러 왔냐—.

"저는 박완영(朴完盈)이라고 합니다." 이 사람은 꽤 여자에게 친절해 보이는 하얀 미남자다.

오, 이건 뜻하지 않은 보물이다. 지난번의 안성옥(安聲玉)보다도 훨씬 미인이네. 아이구 좋아라, 이제 직원실이 조금은 활기차게 되겠군.

입을 꾹 다물고 불쾌하게 우뚝 서 있던 거무스름한 중머리 청년은, "저는 서철(徐哲)입니다." 했다. 무뚝뚝하게 이름을 말하고는 훌쩍 자기 자리로 갔다.

뭐야. 도회의 닳고 닳은 하얀 여자, 너 따위가 무얼 할 수 있단 말이냐.

교장은 정희 곁에 와서 낮은 목소리로 말했다.

"저, 선생님 친구 분 중에 이 곳에 초빙해도 좋을 듯한 분은 안 계십니까. 지금 제가 교장을 겸해 교원을 하고 있습니다만, 여섯 학급이므로 아무래도 다섯 사람 손으로는 부족합니다."

"예, 영원 씨하고라도 의논해 볼까요."

"부탁합니다. 영원 선생님께 제가 직접 부탁해도 좋겠지만, 저는 선생님 일로도 충분히 영원 선생님께 무리하게 부탁했었으니까……."

"괜찮습니다. 제가 오늘밤에 편지를 쓸 생각이었으니까요."

정희는 교장을 산양으로 비유했던 조금 전의 장난스런 생각이 떠올라 우스워지는 것을 겨우 참았다.

"뭘 훔쳐보고 있어. 모두 저리 가 있어."

정희가 깜짝 놀라 서 청년이 고함치는 쪽을 보자, 이제까지 창문에서 엿보고 있던 것 같은 작은 머리들이 황급히 흩어지는 것이 보였다. 청년은 일어나 창 쪽을 향해, 또다시 큰 목소리로 "용길(龍吉)아!" 하고 소사를 불렀다.

청년은 성질이 비뚤어져 있는 것이다. 틀림없이 불행할 것이라고 그녀는 생각했다.

소년은 또 하얀 이를 드러내면서 들어왔다. 앞서 정희가 히쭉 웃었다고 생각한 것은 눈의 착각으로, 소년은 계속해서 헤 하고 입을 조금 벌리고 있는 것이었다.

"시간 됐어." 서 청년이 턱으로 창밖을 가리키자, 용길은 묵묵히 넓적다리를 팔자로 벌리고 터벅터벅 걸어 나가 종을 울렸다.

땡, 땡, 땡, 땡······.

아, 정희가 그 옛날 소학교 교정에서 들었던, 그 그리운 종소리다. 불현듯 가슴에 스며드는 어린 시절에 대한 향수, 그녀는 눈시울이 뜨거워지는 것을 느꼈지만, 벌집을 쑤셔 놓은 것 같이 운동장 가득 무리 지어 움직이는 아이들의 모습을 눈앞에 두고, 드디어 이제부터 시작이라고 생각하자 감상에 잠길 틈도 없이 다시금 가슴이 뛰었다.

운동장 가득히 흩어져 있던 아이들을 중앙으로 모으자 운동장 몇십분의 일 정도의 조그만 정방형이 되었다. 동복을 입고 있어 새까맣다. 새까만 속에 무수한 눈동자가 별처럼 깜빡이고 있는 것이었다.

정희는 가슴의 두근거림을 충분히 가라앉히고 직원실에서 나왔다고 생각했지만, 상대편 시선의 일제사격과 만나자 갑자기 얼굴이 뜨거워져 단상에 올라갔을 때는 귓불까지 새빨갛게 되고 말았다. 그래서 꾸뻑 인사를 하고 생긋 웃었을 뿐, 그대로 단을 내려오고 말았다. 그리고 이 장면의 궁지를 교장이 구해 주었다.

"여러분. 나는 오늘 아침 아주 기쁩니다. 여러분을 위해 강 선생님을 모실 수 있게 되었기 때문입니다. 선생님께서는 어젯밤에 여기 도착하셨습니다. 피곤하시기 때문에 오늘 하루 쉬시라고 말씀드렸지만, 선생님께서는 빨리 여러분과 만나고 싶다고 하시며 오늘 아침 일찍부터 학교에 나오셔서 여러분을 기다리고 계셨습니다. 나는 이렇게 훌륭한 선생님을 모시고 우리 학교가 점점 훌륭하게 되어 가는 것이 기뻐서 어쩔 줄 모르겠습니다. 여러분들도 분명히 나 못지않게 기쁠 것이라고 생각합니다. 여러분, 그렇지요?"

"옛." 사백여 명의 기운 찬 목소리가 운동장에 떨어지자 구월산(九月山)에 메아리쳐 되돌아오는 것이었다.

"그러면 여러분, 강 선생님을 환영하는 의미로, 우리 학교의 미래를 축복하는 의미로, 교가를 제창합시다." 교장은 그 외모에 어울리지 않는 풍부한 성량의 테너로 선창하기 시작했다.

수평선 멀리 황해의
천고의 파도 소리 영구히 들으며
희망은 높구나
남산 기슭에 선 배움의 집
이름조차 광성(光成), 그 광휘는

218

구원(久遠)의 빛 비치는 곳

우리 배움의 집과 경쟁하는가

영봉(英峰) 맑은 구월산

아아, 더럽히지 않으리 영원히

광성교의 영광스런 이름을!

아이들의 화음은 아침 공기를 떨리게 하고 산에 메아리쳤으며, 그 여운은 길게 꼬리를 끌고 멀리 저 편 들로 흘러갔다. 왼쪽에 우러러보이는 구월산의 수려한 봉우리가 희미하게 미소 짓는 것처럼 정희에게는 생각되었다.

용길의 손에 의해 라디오 체조 음악이 울리기 시작했다. 그러자 아이들은 아직 으스스 추운데도 일제히 상의를 벗고 넘치는 힘을 운동장에 충만하게 했다. 이름다운 리듬의 약동! 그것은 흡사 그림 같았으며, 하나의 시였다.

체조가 끝나자 아이들은 행진곡에 맞춰 활기찬 보조로 각각의 교실로 들어간다. 그들도 오늘 아침, 아름다운 새 여선생의 출현에 본능적으로 흥분했으리라.

정희는 감격에 떨었다. 그리고 오랫동안 잠자고 있던 동심이 뭉게뭉게 일어나는 것을 느꼈다.

나에게도 여러분 못지않은 의기와 정열이 있습니다. 오랫동안 나의 동심이 잠자고 있었던 것은 오늘 여러분들을 만나기 위해서였습니다. 해 봅시다. 어느 편이 잘 하는지. 사는 것은 한 없이 즐거워요! 그리고 여러분 같은 작은 영혼들과 함께 사는 것은 더욱 즐겁습니다.

정희는 운동장을 한 바퀴 뛰었다. 그리고 상기해 혁혁 숨을 헐떡거리면서 직원실 문을 탁, 차며 들어갔다.

모두가 아까부터 운동장의 정희를 보고 있었던 것처럼, 교장은 만면에 웃음을 참으면서, 박 교원은 넘칠 듯한 애교를 띠고, 각각 그녀를 맞아들였다. 수석은 흘끗 정희를 훔쳐보았다. 서 청년은 빤히 그녀를 응시했다. 그녀는 그 시선을 의식하면서 기죽지 않고 그에게 말을 걸었다.

"저기요, 선생님, 저 아주 유쾌해요. 사는 게 이렇게도 즐거운 일이라는 거 완전히 처음 경험해요. 자, 선생님도 얼굴 좀 펴시지 않겠어요? 그리고 우리 전부가 힘을 합해 이 학교를 훨씬 훌륭한 학교로 육성합시다."

청년의 입가 근육이 희미하게 웃음을 머금고, 수석 교원의 귀가 검붉게 상기하는 것을 보자 정희는 교장을 재촉했다.

"선생님, 저는 몇 학년을 맡아요?"

"일학년 하고 사학년이 비어 있습니다. 아무 쪽이나 좋은 반을 맡으세요."

"그러면 저는 일학년."

출석부와 교과서를 받자 정희는 자못 자신 있는 듯이 직원실을 나갔다.

교실 창문에서 머리를 내밀고 직원실의 분위기를 엿보고 있던 머리들이 일제히 들어가, 교실 교실이 쥐 죽은 듯이 조용해졌다.

정희는 천천히 복도를 걸어 일학년 교실 앞에 섰으나, 역시 주눅이 들어 잠깐 주저하지 않으면 안 되었다. 그러나 과감히 문을 열었다.

　작고 작은 아이들의 얼굴이 일제히 정희를 향했다. 그 깜빡깜빡하는 눈동자들이 그녀의 일거일동을 지켜보는 것이었다.

　그녀는 또다시 눈부심을 느끼고 얼굴이 화끈거려 옴을 깨달았으나, 문득, 옛 시절 자기가 집을 뛰쳐나왔을 때[3]의 대담함을 회고했다. 그리고 잊으려고 잊으려고 노력했던 어머니의 슬픈 얼굴이 번쩍 흐릿하게 떠오르자, 갑자기 또 슬퍼졌으며, 슬퍼지자 저절로 침착하게 되었다.

　정희는 눈동자 속에 슬픔을 담은 채 입술을 벌려 미소 지으며, 천천히 천천히 아이들 하나하나의 얼굴을 주시했다.

　얼굴, 얼굴, 얼굴, 이것도 저것도 모두 닮은 듯한 무구하고 아름다운 얼굴이다. 귀엽다. 참을 수 없을 만큼 귀엽다. 여자애도 남자애도 모두 똑같이 귀여운 것이었다.

　"여러분, 나는 누구입니까?"

　"선생님입니다."

　"아니요, 틀렸습니다. 나는 여러분의 친구입니다."

　"아닙니다. 선생님입니다."

　"그래요. 나는 선생님입니다. 그것은 내 이름입니다. 그리고 진짜 나는 여러분의 친구입니다. 친구는 뭐죠?"

　"같이 노는 사람입니다."

　"그렇죠. 그러니까 나는 여러분의 친구입니다. 이제부터 매일 나

────────────

3 이는 변동림과 이상(李箱)의 일을 상기시킨다.

는 여러분과 함께 놀 테니까 말예요. 그리고 여러분은 친구한테서 배우기도 하지요? 나는 여러 가지 것을 여러분에게 가르쳐 줄 거예요. 여러분은, 모르는 건 뭐든지 나에게 물어보면 돼요. 나는 뭐든지 알고 있으니까요.”

그러나 정희는 내심 조마조마했다. 그들은 이윽고 여러 가지 물어보겠지. 그때 만일 내가 대답할 수 없으면 어쩌지. 하지만, 아냐, 나는 반드시 대답할 수 있어, 아이들의 어떤 질문에 대해서도. 그러기 위해 나는 매일 아이들과 함께 공부하면 되는 거야. 나 역시 아이들로부터 많은 것을 배울 거야. 가르치기만 한다는 것은 있을 수 없어. 서로 가르침을 주고받기 때문이야.

×

정희는 그날 밤 늦게까지 책상 앞 램프 불빛 아래 앉아 영원에게 편지를 썼다.

영원(永嫄) 님, Y촌은 당신의 말 이상으로, 그리고 내 상상 이상으로 아름다운 곳입니다. 당신이 말씀하셨듯이, 상처 입은 영혼을 치유하고 육체를 쉬게 하기 위해서는 정말로 안성맞춤의 자연입니다.

나는 과수원에 둘러싸인 장로님 댁에 하숙을 정했습니다. 여기까지는 아직 전선이 들어오지 않아서 여전히 태고 적처럼 램프 빛이 사용되고 있습니다. 그래서 램프 불빛 아래에서 당신께 편지를 쓰자니, 나는 천 년이나 옛날로 거슬러 올라온 듯한 낭만을 느껴 마지않습니다.

여기는 또 이 Y촌에서 가장 전망이 좋은 곳이라고 합니다. 오늘 아침 일찍 이슬을 밟으며 밭 안의 우물가에 내려가 보니, 아, 논을 사이에 둔 저 편의 교회 종루(鐘樓) 부근의 풍경이 아침이슬 속에 아스라이 흐려져 마치 꿈 속처럼 떠올라 형언할 수 없이 아름다웠습니다. 글만으로는 어떻게 해도 그 아름다움을 완전히 전할 수 없습니다. 언젠가 이것을 캔버스에 그려 보내 드리겠습니다.

장로님은 재미있는 분입니다. 차차 그 재미있는 면을 알려드리지요. 나는 오늘 아침 장로님이 짜 주신 산양 젖을 먹었습니다. 아주 맛이 있었습니다. 내일 아침에도 또 분명히 장로님이 산양 젖을 짜 주시겠지요. 그리고 나는 오늘 아침, 장로님이 마당을 청소하시는 소리에 눈을 떴지만, 내일은 꼭 장로님보다 먼저 일어나서 내가 마당을 청소할 생각입니다.

교장의 얼굴은 산양과 닮았습니다. 그 목소리도 산양이 우는 소리와 닮았지만, 그것은 커다란 목소리를 낼 때이고, 보통 대화할 때는 상대가 알아듣기 위해 고심할 정도로 낮은 목소리를 냅니다. 그러고 보면 씨의 성격은 이외로 무서운 이중성을 지니고 있을지도 모릅니다. 당신에게 아무쪼록 말씀 잘 전해 달라고 했습니다.

수석 교사는 눈이 너무 움푹 들어가 있어서 처음에는 깜짝 놀랐습니다. 지독하게 말이 없는 사람인 듯하지만, 그것은 무언가 사색하기 때문이 아니라, 그의 따분한 성격을 나타내는 것이 아닐까 생각됩니다. 피부가 흰 도회지 출신 미남자가 한 명 있지만, 이 사람은 분명히 속물[4]의 전형이겠죠. 가장 어린 시커먼 청년은 아직 아이지만 세상과 뒤틀려 있습니다. 하지만 이런 종류의 아이는 자라서도 결국 그 비뚤어진 생활밖에 할 수 없지 않을까

---

4 원문은 '범속(凡俗)'임.

생각합니다. 오늘 아침, 너무 무뚝뚝해서 옆 사람들이 딱했기 때문에 조금 꾸짖어 주었습니다. 이제부터 그런 태도는 고쳐지겠지만, 그 이외에는 아무 것도 기대되지 않습니다. 그 외에 백치 소년이 한 명 있습니다. 그는 학교 소사입니다. 언제나 입을 헤, 벌리고 넓적다리를 팔자로 벌린 채 터벅터벅 걷고 있습니다.

아, 그리고 목사님, 그는 엄청나게 살이 쪘습니다. 그런 사람을 일러 세간 에서는 있어도 그만 없어도 그만인 사람이라고 말하고 있지 않습니까. 교장 과는 동창이라고 하는데, 교장은 목사님을 대단히 칭찬했습니다. 하지만 그 는 목사님을 이용하는 것을 목사님에 대한 우정이라고 착각하는 듯합니다.

하지만 나는 이 사람들을 잘 융합시켜서 아름다운 사람, 훌륭한 사람으 로 만들어내어 보고 싶습니다. 그들의 고갈된 영혼에 정서를 부어 주고 싶 은 것입니다. 그들의 고독한 영혼을 따뜻하게 위무함으로써 그들의 영혼이 구원된다면, 나는 나를 희생해서라도 이 일을 이루어 보고 싶다고까지 생각 하고 있습니다. 또 내 특유의 사람 좋아하는(좋은) 성격이 슬슬 고개를 쳐들 기 시작했다고 당신에게 꾸짖음을 당할 테니까, 이 일에 대해서는 이제 이 쯤 해서 피어리드를 찍겠습니다.

그리고 잊기 전에 부탁을 말씀드려 둡니다. 여교원이 한 사람 모자라니 까 어떻게든 해 주지 않겠습니까.

나는 오늘 하루를 기쁨 속에서 낭비 없이 지냈습니다. 아이들이 좋습니 다. 당신이 말씀했듯이, 세상에 무구한 사람은 그들뿐일지도 모릅니다. 게다 가 그 귀여운 점, 아름다운 점을 말한다면 거의 그림 같습니다. 벌써 나를 완진히 따르고 있습니다. 그들은 내가 아주 좋은 것 같습니다. 나는 그늘을 사랑하기 시작한 듯합니다. 지금 이렇게 편지를 쓰면서도 내 마음은 그들의 눈 깜빡임, 재잘거림으로 꽉 차 있는 걸요.

걱정하던 수업은 대단한 성적으로 해 냈습니다. 이제 괜찮습니다. 모든 일에 대한 자신이 모두 조금씩은 생기는 듯한 기분이 듭니다.

그러면 나중에 또 편지 드리겠습니다.

사월 칠일 밤 정희 올림.

정희는 오랫동안 생각에 잠겨 있었지만, 과감히 일어나 교장에게서 받은 교원 이력서철을 꺼내 자기 것을 써 넣으려고 페이지를 넘겼다.

교　장. 37세. 출생지 Y촌. S전문 문과 출신. 경력―소학교 교원 3년간, 교장 겸 교원 4년째.

수　석. 28세. 출생지 Y촌. S전문. 교장의 후배. 경력―수석 교원 4년째.

박교원. 29세. 도회지 출생. A중학 출신. 경력―교원 6년째.

서교원. 22세. 출생지 Y촌. S전문부속 중학교 중도퇴학. 경력―공립소학교 촉탁 1년간. 본교 4월 1일 부임.

정희는 그 다음에 자기 것을 기입했다.

강정희. 24세. 출생지 경성. R전문 문과 중도퇴학. 경력―자서전을 한 편 씀. 본교 4월 7일 부임.

다음날 정희는 장로보다 일찍 일어나 앞뒤 마당을 깨끗하게 청소했다. 그리고 장로의 산양 우리 청소도 도와주고 나자 불그스름하게 온몸이 땀에 젖어 기분 좋게 가벼운 피로와 공복을 느껴 맛있게 아침밥을 먹었다.

그리고 소탈한 원피스로 갈아입고 맨발에 운동화를 신었다. 벗나무 가지로 회초리를 하나 만들고 작은 버드나무 가지를 꺾어 만든 몇 개의 피리를 포켓에 넣고는 씩씩하게 학교로 향했다.

정희는 산술을 한 시간 교실에서 수업한 후, 수신과 읽기[5] 과목은 산 위에서, 체조는 근처 개천의 모래밭에서 마음껏 즐겁게 끝마쳤다.

그녀가 벗나무 회초리로 신호하고 버드나무 가지 피리를 불면, 아이들은 작은 새처럼 모이거나 벚꽃 꽃잎처럼 흩어지거나 했다.

이렇게 하여 다시 태어난 듯한 그녀의 새로운 생활이 시작되었던 것이었다.

그리고 세월이 얼마 흐르지 않아 정희는 저 도회적인 우수(憂愁)의 옷을 완전히 벗어 버리게 되었다. 가슴이 부풀어 올랐으며 뺨은 생생히 홍조를 띠기 시작했다. 그리고 꿈꾸는 듯한 눈동자는 형형하게 불타기 시작했다.

그녀의 새롭고도 이상한 출현에 주위의 교원들이 완전히 갈팡질팡하고 있는 것을 의식하자, 외면은 시치미 뗀 태도를 보이면서도 내심으로는 한층 더 진중한 태도로 아이들에 대한 자기의 이상을 하

---

5 원문은 '讀方'임.

나하나 드러내 보였다.

그들은 무언중에 수긍했다. 그리고 그들의 정열 역시 정희의 그 것에 뒤지지 않게 불타기 시작했다.

정희는 이렇게 그들도 쭉쭉 끌어 올렸던 것이다.

정희는 영원에게 두 번째 편지를 썼다.

영원 씨. 나는 멋지게 성공했습니다. 이 산골 마을 언덕 위의 생활은 나의 출현과 함께 완전히 일변했다고 그들은 말합니다.

우리들은 마치 일벌처럼 일하고 있습니다. 아이들은 가뭄에 비를 만난 초목처럼 쑥쑥 성장하고 있습니다.

내가 여기 와서 놀란 것은 여러 가지가 있습니다. 하지만 그 중에서도 농촌 사람들이 아침부터 밤까지 부지런히 일하는 모습에는 정말 놀랐습니다. 그와 비교하면 도회 사람들은 너무나도 일을 안 합니다. 특히 도회 여자들은.

장로님 아들의 이름은 승룡(承龍)입니다. 그도 자기 부모에게 지지 않을 정도로 아침부터 밤까지 열심히 일합니다. 또 그는 재미있는 소년입니다. 틈만 나면 야산에 가서 작은 새를 사로잡아 옵니다. 그리고 창고 한 구석에 많은 새장을 걸고 그 작은 새들을 키우는 것입니다. 물론 새장은 소년이 제 손으로 만든 것이지만, 도회의 어떤 백화점에 가져다 내놓아도 뒤떨어지지 않을 훌륭한 것입니다. 일반적으로 이곳 아이들은 손재주가 있습니다.

승룡은 자기 친구들을 데리고 와서 그것들을 자랑하는 것이 유일한 낙입니다. 마치 친구들에게 보이기 위해서 잡아 오는 것 같습니다.

나는 종종 집 앞에서 승룡의 무리와 마주칩니다. 그들은 모두 열대여섯이나 열예닐곱 먹은 소년입니다. 그렇지만 소학교 교육밖에 받지 못했습니다. 이곳에는 그 이상의 교육 시설도 없으므로, 그들이 펼치고자 하는 지식 욕은 그대로 닫혀 버렸을 뿐더러, 그것이 다른 방향으로 발전해 걸핏하면 불량성을 띠게 되었으므로 이곳 사람들로부터 미움을 받아 손 쓸 수 없는 무리로 취급되고 있습니다.

나에게 시간적 여유가 있다면, 나는 그들의 상대도 되어 주고 싶지만, 지금으로서는 학교 일만으로도 시간이 부족할 정도이므로 어떻게도 못 하고 그저 미안한 기분으로 그들을 보고 있을 따름입니다.

정말로 이곳에는 일이 무진장 있습니다. 우리가 하지 않으면 안 될 일이 이렇게 기다리고 있는데도 저 타성 속에서 몇 년이나 지냈음을 생각하면, 나는 부끄러움을 넘어 고통스럽게 됩니다.

무심결에 푸념까지도 나와 버려 길어졌습니다. 나는 당신에게 편지를 쓰게 되면 열심이 되어 모든 것을 다 쓰니까 아무래도 곤란합니다. 이후에는 정신 차려 짧게 쓰도록 하겠습니다.

×

유월 초순이 되어 영원의 주선으로 기순이(奇順伊)가 왔다. 정희도 예전에 재학할 때 본 기억이 있는 후배였다. 날씬하게 키가 크고 이목구비가 번듯한 세련된 느낌의 북선(北鮮) 출생의 여성이다. 그녀는 북선 여성이 지닌 저 소박함으로 정희를 따랐으며, 또 정희는 육신의 자매 같은 애정으로 이에 답했다.

직원실이, 학교가, 점점 활기를 띠게 되었음은 물론이다. 순이는 사학년 남학생들이 너무 커서 부끄럽다고 하여 교장이 맡고 있던 이학년과 바꾸었다. 그렇게 말하면 정희도 처음에는 오륙학년 교실에 들어갈 때마다 얼굴이 화끈거려 곤란했었다. 일반적으로 상급생은 크다. 하지만 익숙해지자 정희는 아무리 자기보다 큰 학생에게도 마치 어머니가 자기 아들을 대하는 듯한 한없는 애정을 느끼는 것이었다. 이것이 세상에서 말하는 사제 간의 애정일 것인가 하고 그녀는 혼자서 눈물겨운 기분조차 되는 것이었다.

정희는 아이들과 생활하는 동안 점점 자기가 어머니가 되어 가는 듯한 기분이 들어 마지않았다. 그리고 그것은 아이들에 대해서만 그런 것이 아니라, 그 누구를 대할 때도 그런 것처럼 생각되었다. 직원들을 대할 때에도, 순이나 서 청년을 대할 때는 물론이거니와, 박이나 수석 교사 또는 교장을 대할 때까지도 무언가 그들 하나하나가 모두 자기의 위무를 필요로 하고 바라는 듯이 생각되는 것이었다. 특히 교장의 삭막한 가정을 엿볼 때는 새삼스럽게 그러했다. 그에게는 여든 살 먹은 노모가 있었다. 무지하고 병든 조혼한 아내가 있었다. 아이들이 셋이나 있고 재산은 한 푼도 없으므로, 그의 적은 월급이 그들의 전 생명이었다……

여름방학이 가까이 다가오자 정희들은 한층 힘을 내어 일했다. 아이들의 여름방학을 위해서 직원회의가 열렸다.

"정상적인 가정교육을 하는 집의 아이들이라면 그들을 잠시 가정에 맡겨도 좋겠지만, 우리 아이들의 가정은 그렇지 못합니다. 우리가 방학 중에 그들을 방치하면 우리가 한 학기 동안 들인 정성이 헛수고가 될 거라고 생각합니다. 하지만 선생님들 개인 사정도 있으실 테니까, 희망하시는 분만 제게 협력해 주시면 저는 선생님들을 대신해 방학 중에 아이들을 돌보겠습니다.”

“저는 여기 사람이니까 아무 데도 갈 곳이 없습니다.” 서 청년이 무뚝뚝하게 말해 모두를 웃겼다.

“희망하시면 말씀하시는 겁니다.”

그는 유머 넘치게 허풍을 치며 동의했다.

“정말 솔직하게 말씀하시는군요. 남자답게.” 순이 몰아대었다.

“저도 그 편이 재미있을 것 같으니까 희망합니다.” 박 선생, 지당한 이야기다.

교장은 가장 기쁜 듯한 표정을 지으며 말했다.

“이건 제 학교니까, 물론 저는 남겠습니다.” 순이 재빨리 듣고,

“선생님, 얼마에 사셨습니까.”

“거 참, 실례했습니다……. 우리 학교였습니다. 분명히 우리들의 학교.”

그리고 수석에게 소곤거렸다.

“선생님은 언제나 책상 위에서 가장 귀찮은 일만 하시느라 피곤하실 테니까, 게다가 건강도 별로 시원치 않으신 듯하니, 푹 쉬시면 어떻습니까.”

“정말로 수석 선생님은 그렇게 하시는 게 좋겠어요.” 말이 끝나기 무섭게 순이가 큰 소리로 쏘아붙이듯 말하자, 그는 집게손가락으로 자기 코를 가리키면서,

“소생은 고향의 부모께서 저를 기다릴지도 모르니까 사양하겠습니다.” 라고, 우스꽝스러운 어조로 말해 모두를 웃게 했다.

여름방학, 아이들 지도의 이상—

　첫째, 과감히 학교생활로부터 해방시키지만, 그 실상은 일 학기의 연장,
이 학기로의 연속이라는 점에 주안을 둘 것.

　둘째, 일 학기에 지도가 불충분했던 것, 부주의가 있었던 것은 반드시
모두 보충함.

　셋째, 열등아의 실력 보충.

　넷째, 허약아의 철저한 건강 회복.

　다섯째, 아이들의 소질, 천분을 구별해 그 개별 지도를 염두에 둠.

　여섯째, 정조 교육에 관해서는 가장 신중한 태도로 볼 것.

구체적인 안은 각자 분담 작성해 회람하기로 하여, 첫째 항을 제외한 다섯 항목을 각각 맡았다. 교장이 둘째 항목, 청년이 셋째 항목, 넷째 항목을 박 선생이, 다섯째 항목, 여섯째 항목을 정희가 맡기로 하고 그들은 직원회의 후의 연회를 여느 때처럼 가까운 참외밭으로 정했다. 달콤한 향기가 감도는 밭 안에 들어가 그 중에서 가장 잘 익은 것을 골라 따 먹는, 그 맛은 도회에서는 맛볼 수 없는 각별한 것이었지만, 넓디넓은 대지에 서서 무한대의 창공을 우러러보면서 그 아담한 인간의 삶을 바라볼 때, 그것은 또한 미각 따위를 초월해 원시에 대한 향수와도 닮은 감상을 일깨워 마지않는 것이었다.

얼마 후 여름방학이 되어 순이 귀성하고 수석은 여행을 떠나자, 정희들에게는 일 학기보다도 더욱 즐거운 생활이 시작되었다.

영원에게 보내는 세 번째 편지.

여름방학이 되었습니다. 하지만 내 생활은 약간 형태가 바뀌었을 뿐, 휴식 없이 계속되고 있습니다.

학교 숲속으로 교실을 옮겼습니다. 그렇게 함으로써 아이들에게, 이것이 학교생활의 계속이 아니라 너희들의 자유로운 여름방학이라는 것을 생각하게 하기 위함입니다. 우리는 학기말에 가정방문을 했습니다. 학생의 반은 먼 마을의 자식들입니다. 그들은 십 리나 이십 리 떨어진 곳에서부터, 또는 더 멀리 삼십 리나 떨어진 마을에서부터 통학하고 있는 것입니다. 우리는 용기를 내 그런 가정도 방문했습니다.

상상은 했었지만, 그들의 가정이, 이 땅의 농촌 생활이, 그렇게까지 암담한 것이라고는 생각하지 못했습니다. 정말로 나는 그들의 가정을 생각하면, 생각하는 것만으로도 숨이 막혀 옵니다. 토방 속으로, 그 속으로 아이들을 돌아가게 할 수는 없었습니다. 그래도 아이들의 부형은 요즘 자주 항의합니다. 일손이 모자라니까 자기 아이들을 집에 돌려보내라는 것입니다. 그들 가정과의 이런 충돌은 일 학기에도 많이 있었습니다. 예를 들어 아이들이 며칠이나 결석합니다. 집에 가 보면 아이들은 애를 보고 있었습니다. 물론 일은 많고 일손은 부족하며, 일하지 않으면 먹을 수 없다는 그들의 사정쯤은 압니다. 그렇지만 아이들을 그 희생으로 삼을 수는 없습니다. 아이들의 세대는 좀더 밝고 행복한 것이 되어야 합니다. 우리는 다음 세대를 위해 큰 희생이 되어야 합니다. 우리는 종일 산과 냇가에서 삽니다. 나는 상당히 검둥이가 되었습니다. 머리카락이 조금 빨갛게 되었습니다. 아니, 원래부터 조금 빨갰으니까, 훨씬 더 빨갛게 되었을 터입니다.[6]

---

6 이는 「종생기」(이상)의 정희가 '홍발(紅髮)'로 묘사된 것을 상기시킨다.

수박과 참외가 잘 되어서 길에는 그것들이 대굴대굴 합니다. 보내드리고 싶지만 어떻게! 어떻게 이곳까지 오실 수 없습니까. 수박과 참외를 대접하겠습니다.

순은 고향에 돌아갔습니다. 그녀는 유머를 잘 발휘해 직원들을 웃깁니다. 그녀가 있으면, 직원실에는 웃음이 끊이지 않습니다. 흰 피부의 '속물'이 그녀를 아주 좋아합니다. 그건 어쨌든 간에 여기는 정말 덥습니다. 낮에는 내려쬐는 햇볕 아래 대지의 복사열로 질식할 것 같습니다. 여름에 덥고 겨울에 추운 경성보다 훨씬 대륙성을 띠고 있다는 것입니다.

어느 여름밤, 살색 거무스름하고 머리카락 빨간 시골의 한 여교원으로부터.

여름방학의 임간학교(林間學校)는 굉장한 성적을 올렸다. 실제로 아이들의 성장만큼 왕성하고 무서운 것은 없다. 순은 자기 반 아이들 얼굴이 몰라보게 되었다며 과장되게 떠들었다.

소학교 생활 중에서 누구나 똑같이 가장 그립게 회고하는 것은 운동회, 학예회의 추억이리라. 이 학기는 이런 것들을 하기 위해 더욱 흥성거리게 되었다.

영원에게 보내는 네 번째 편지.[7]

우리의 운동회는 산골 마을에 커다란 센세이션을 일으켰습니다. 우리 아

---

7 원문은 "第三信"으로 되어 있으나, 이는 오류임.

이들이 훌륭하게 성장한 모습을 보고, 사람들은 비로소 눈을 동그랗게 뜨고 놀랐던 것입니다. 아이들 부모들이 기뻐한 것은 물론입니다. 그러나 그들보다도 더 기뻐한 것은 아이들 자신과 우리들입니다. 나는 지금 이 기쁨을 종이에 써 낼 방법을 모릅니다.

농촌의 가을은 지금이 절정입니다. 모든 것이 풍성하게 열매를 맺어, 황금의 세계 바로 그것입니다. 오늘 우리는 아이들의 운동회에 대한 포상의 의미로 실습지의 감자를 캐서 먹었습니다. 아이들 전부가 먹었는데도 아직 감자는 남았습니다. 게다가 경성 같은 데서 먹는 감자와 비교가 안 될 만큼 맛이 좋습니다. 맛이라면 정말로 어젯밤 먹은 그 사과의 맛은 뭐라고 말할 수 없는 맛이었습니다. 이렇게 말해도 아시지는 못하겠지요.

우리는 어젯밤 장로님과 셋이서 달빛 비치는 과수원에 들어가 밤이슬에 젖은 사과와 배를 나무에서 따 껍질도 안 벗기고 그대로 먹었습니다. 순은 너무 맛있어서 기성(奇聲)에 가까운 환성을 지를 정도였습니다.

장로님이 재미있는 이야기를 해주었습니다. 깜깜한 밤에 과수원에 들어갈 때는 머리에 바가지를 쓰는 법이라는 겁니다. 과실이 바가지에 닿는 소리를 듣고 과일 있는 곳을 알기 위해서라는군요, 재미있지요?

장로님은 상당히 로맨티스트여서 달밤에는 종종 휘파람을 불며 집 주위를 산보하십니다.

어느 달밤이었던지, 재미있는 일이 있었습니다. 휘파람과 함께 사람 그림자가 언뜻 우리 방의 여닫이문 앞을 지나가 깜짝 놀랐습니다. 그래서 이것은 분명히 마을의 불량 청년들이 우리를 노리고 들어온 것이라고 생각해, 곤봉을 들고 (이것은 순이가 비상시에 대비한다면서 항상 베개 옆에 두고 자는 것입니다만) 문을 열었던 것입니다. 그러자 흰 사람 그림자가 과수원

속으로 숨는 겁니다. 우리는 따라갔습니다. 사람 그림자는 도망칩니다. 우리는 뒤쫓습니다. 그리고 과수원을 통과해 바깥으로 돌아 반월교(半月橋)까지 간 후에 우리는 결국 그것이 장로님이었다는 사실을 알아차렸습니다. 우리는 우스워서 밤중 내내 뒹굴면서 포복절도했던 것입니다.

달 밝은 밤에 우리는 언제나 장로님과 셋이서 산보를 합니다. 장로님은 이야기를 잘 하고 또 박식하시므로, 우리는 항상 여러 가지 재미있는 이야기를 많이 듣습니다.

구월 하순. 정희로부터.

추신. 실습지의 수확, 그리고 돼지와 계란을 판 돈으로, 곧 각 교실의 환경정리에 필요한 것이 갖춰질 것입니다.

그리고 지금 우리는 학예회 준비에 열심입니다. 물론 운동회 이상의 성과를 올릴 수 있으리라고 믿고 있습니다.

×

이윽고 구월산이 새빨갛게 타오르자, 하늘도 한층 그 푸름을 더하고, 아이들의 눈동자도 단풍의 그림자를 비추며 더욱 아름답게 빛나는 것이었다.

─제 1부 끝

＿＿『국민문학』, 1942. 12. 원제는 「淨魂」

어떤 아침

或る朝

김 남 천

젊은 남자가 아내의 초산(初産)을 도와 조산부 비슷한 일을 했다
는 이야기도 있고, 지방에 따라 남편이 출산에 입회하면 태어나는
아이에게 전조가 좋다는 늙은이들의 말도 있다. 하지만 내 고향에서
는 산기(産氣)가 돌면 남자는 아이들까지 전부 집을 나오는 것이 풍습
이 되어 있어서, 나 자신도 아이 적에 어머니나 누이들이 아이를 낳
을 때는 곧잘 아버지나 친척에게 이끌려 어딘가, 냇가나 산 같은 곳
에 놀러 나갔던 기억이 남아 있다. 특히 겨울에 숙모 집에 맡겨져 화
로에 밤 같은 것을 굽고 있는데, 일몰 무렵 드디어 귀여운 갓난아이
가 태어났다는 전갈이 오면, 부엌에서 하얗게 오르는 김 속에 소금
기 풍기는 미역 향기를 맡으며 할머니들이 바쁘게 움직이는 마당에
내려가 왠지 가슴이 두근두근했던 어린 시절의 일 등도 생각난다.
그것은 그립기 짝이 없는 그윽한 습속처럼도 생각되어, 단골 여의사
를 불러오자 나는 아직 해도 오르기 전 어렴풋이 어두운 현관에 두
아이들을 데리고 나와, 그 날도 일찍 산실(産室)에서 멀리 도망쳤던

것이다.

그렇기는 해도 나는 이미 네 아이의 아버지이며, 이번에 태어나는 놈을 합하면 다섯 아이를 가지게 된다. 나는 양손에 하나씩 두 아이를 끌고 일찌감치 문을 연 청과물상 앞을 지나 산에 있는 공원으로 걸어가며, 이 다섯 아이들을 맞으면서 허둥대는 사이에 흘러가버린, 파란이 적지 않았던 십 년의 지난날을 아른아른 눈앞에 추억해 내지 않을 수 없는 것이다.

어떤 때에는 옆방에서 아내의 신음소리를 직접 듣지 않을 수 없었던 일도 있었으며, 또 멀리 떨어져 있어 애가 태어난 지 한 달이나 지나서야 겨우 출산했다는 것을 알게 된 일도 있었다. 그보다도 나는 스스로 한 사람의 아내를 산욕열 때문에 잃은 경험조차 갖고 있다. 이 여러 가지 추억이 때로는 내 청춘의 과오를, 무모함을, 무뎃뽀(無鐵砲)를, 외곬의 정열을, 그리고 때로는 변천하는 사회의 흐름과 인간이 생장하는 모습 등을 참을 수 없을 만큼 선명하게 그려내 주는 것이었다. 나는 수십 년이라는 먼 과거를 가진 듯한, 무언가 위에서 내리누르는 듯한 그 기분에 압박되었다. 그래도 입으로는 띄엄띄엄 아이들의 티 없는 물음에 대답하여, 우리가 삼청공원 산길을 한 바퀴 돌아 해님이 툇마루의 수선화 화분을 비출 때쯤에는 귀여운 갓난아기가 한 명 새로 태어나는 거야, 라고 말하는 것이다.

언덕길로 접어들면 커다란 저택이 처마를 나란히 하고 있다. 그 정원에 심어 놓은 버드나무, 개나리, 상수리나무, 느릅나무가 어느덧 거의 모두 낙엽이 되기 시작하는 것을 보면서 계절의 빠른 변화를 느꼈다. 그리고 올해는 웬일인지 가을이 온 것도 간 것도 몰랐다고 회상하며, 직장을 나가니 역시 시간이 빨리 흐르는구나, 하고 새삼스럽게 생각하는 것이다. 그리고 이 올라가는 입구 근처에서 종종 개벽사(開闢社)의 S선생과 만났음을 추억하고, 지금도 역시 반들반들 남김없이 벗어진 머리를 반짝반짝 빛내면서 점퍼와 스틱의 가벼운 차림으로 매일 아침 이 산으로 산보 나오는 것을 일과 삼고 계실까 하고 생각하기도 했다. 직장에 가기 전에는 나도 때때로 다섯 살 되는 이 놈에게 졸려 아침 산보를 나섰었지만, 아이를 업고 언덕에 접어들 쯤 해서 S선생과 만나면, 오하요, 도련님이군요, 라고 인사해, 나는 오하요 고자이마스, 선생님은 상당히 일찍 나오셨습니다, 하고 대답했다. 그러면 그는 아뇨, 노인은 아침이 빨라서 곤란해요, 같은 말을 하며 미소를 지었다. 때로는 아이를 업은 나를 앞에 두고 한 마디 두 마디 내가 쓴 글에 대해서도 언급하고는, 그럼 천천히 가세요, 먼저 갑니다, 하고 선생은 가볍게 지팡이를 짚으며 뛰어 가듯이 거리 쪽으로 내려가는 것이었다.

S선생을 처음 뵌 것은 언제쯤일까, 벌써 칠팔 년 가까이 될까, 아니, 훨씬 더 되어 십 년 정도일지도 모른다. 어쨌든 선생이 주재하셨던 『개벽』이라는 잡지는 내가 선생님을 만났을 때 이미 폐간된 지 오래였다. 그 개벽이라는 잡지를 처음 본 것은 보통학교 때로, 신문지국이기도 하고 이발소이기도 한 곳에 머리를 깎으러 가면, 장기판 옆에 수북하게 쌓인, 석유 냄새나는 신문지 위에 이 두 개의 아주 큰 문자가 위협하듯이 의젓하게 맞아주고 있었다. 이게 무슨 문자입니까, 하고 지국장이기도 하고 이발사이기도 한 주인에게 물으면, 너, 학생이면서 이것도 안 읽었냐 하고 가볍게 응답했다. 가이비야쿠(カ

イビャク)라니, 참으로 이상한 책 이름도 다 있군, 했다. 그 후 철이 들어 그것이 조선에서 가장 훌륭한 잡지라고 듣자, 나도 자라면 꼭 이 책에 글을 써 보겠다고 마음속에 결심하기도 했다. 그러나 나의 서투른 글이 활자가 될 때쯤에는 이미 그 잡지가 사라진 후였다.

이런 일도 있었으므로 선생을 처음 뵌 일 등은 상당히 인상 깊게 머리에 남아 있을 터인데도, 지금은 더 이상 그런 일도 생각나지 않을 정도로 머리가 흐리멍덩해진 것일까, 내가 신문기자였을 때, ○도[1]의 유원지에서 회사의 운동회가 열려, 잘은 모르지만 객원인지 뭔지로 선생도 초대되셨는데, 그때 궤동차 안에서 선생이 자랑하는 해학에 접했던 것이 아무래도 나에게는 가장 인상 깊이 추억된다. 그때 선생은 눈을 다쳐서 한쪽 눈에 안대를 하고 계셨는데, 간부 중 한 사람이, 선생님은 눈이 하나라서 아름다운 차창의 풍경도 잘 안 보이시겠습니다, 하고 말을 걸자, 하하, 당신은 일목요연(一目瞭然)이라는 말도 모르시는 군요, 하고 맞받았던 것이다.

오랫동안 선생은 출판과 문필로 고생하시다가, 몇 년 전부터 어느 제약회사의 중역에 취임하셨는데, 작년 어느 날 출근시간에 재동정(齋洞町) 사거리에서 딱 마주치자, 당신은 어딘가 직장을 다니지요? 하고 물으셨다. 내가 어떤 제약소에 나가고 있습니다, 하고 대답하자 즉각, 하하하, 하고 특유의 유머를 발휘해, 기생 늙은 것은 꼭 무슨무슨 장사를 한다더니, 당신도 역시 약이었군요, 하고 아주 유쾌하게 웃으셨다.

----

1 판독불가.

그런데 S선생이 계기가 되어 이런저런 것들을 추억하고 있는 사이에 나와 두 아이들은 어느새 완만한 언덕길을 넘어 옆의 샛길로 돌았다. 그 시각이 되면 벌써 산보객도 늘어나므로 여기저기 송림 속, 골짜기 밑에서 목청을 수련하는 사람들의, 무언가 늑대 울음소리와도 닮은 노랫소리도 메아리쳐 왔다. 좋은 아침이다, 창(彰)아, 뛰어 보지 않을래? 선(嬋)이는 대단해요, 한 시간이나 업히지 않고 씩씩하게 걸을 수 있네요, ─그리고 나보다 앞서 아장아장 달리는 두 아이를 불안하게 지켜보면서 나는 내심, 이제 나올 때가 되었겠지 하고, 지금까지 잊고 있던 불안이 갑자기 무럭무럭 마음 깊은 곳에서 솟구쳐 오르는 것을 어찌할 수 없었다. 순산하면 좋겠는데, 네 아이 모두 난산은 아니었지만, 무엇보다도 차녀를 낳다가 전처가 죽었다. 하지만 그렇기는 해도, 그것 역시 난산 때문은 아니었기 때문에, ─그러나 남자의 변명 따위는 완전히 제멋대로이므로, 어찌 된 일인지 다음 순간에는 벌써 돈암정 외할아버지 집에서 사범 부속학교에 다니고 있는 장녀에게로 생각이 치달렸다. 그 아이와 만난 지도 꽤 오래되었다, 시골에서는 좋던 성적이 왜 요즘은 엉망일까, 역시 나를 닮아 산문적일지도 모른다. 그렇다면 여학교는 어디로 정하면 좋을까, 최근에 담임선생과 한 번 만나 상담해 보지 않은 데에는─입 안에서 혼잣말하고 있는 사이에, 이런, 하고 마지막에 만났을 때의 일이 문득 눈앞에 떠올랐다. 그것은 안암정의 응접실에서 있었던 일로, ─무슨 이유에서인지 불안한 자세가 푹 무너져 의자 위에 쓰러지듯이 앉았는데, 그때 짧은 스커트가 무릎 위까지 미끄러져 올라가자 당황하여 자세를 고치고 스커트를 무릎 아래로 잡아 내리면서 흘끗 내 쪽으로―즉 이 아버지 쪽으로 시선을 돌렸지만, 확 붉어지는 눈가의 수치랄까, 부끄러움이랄까, 나는 그 순간 기민하게 움직이는 딸의 심리를 이것저것 읽어내면서 국민학교 오 학년인 이 아이가 아버지를 타인 대하듯 하는 것이 무언가 섭섭하기도 했으며, 또 어느 새인가 부끄러움을 익힌 딸의 성장을 경이의 눈으로 보지 않을 수 없었다. 태어나 지금까지 십 년이나 되는 동안에 저것이 내 곁에 있었던 것은 겨우 반 년, 부모 자식 간의 숨김없는 자연스런 애정보다도 무언가 이렇게 긴장된 자세를 만드는 것이 있다고 해도 그것은 어쩔 수 없는 일일 터이다, 하고 곧바로 고쳐 생각했지만.

그러자 역시 연상 작용이라고나 할까, 또 나는 만난 지 벌써 일 년 반이나 되는 차녀가 연달아 신경 쓰이기 시작하는 것이다. 그래서 그것이 태어난 지 아흐레째에 어머니를 잃은 일, 어머니가 죽자 그 다음 날 자동차로 평양에서 시골로 옮겨져 그대로 엄마 젖도 모르는 채 할머니의 손과 수십 통의 연유로 그만큼 큰 일, 그 아이가 아팠을 때의 일 등, 잡다한 여러 일들이 생각나, 그 변덕 심한 부성애로 인해 나는 몹시 괴로웠다. 그러나 어떻게든 둘러대기 잘 하는 나는 아이들의 환영(幻影)이 아버지의 책임을 문책할 때조차 언제나 내세우는 적당한 위로의 말을 내미는 것이다. 잘도 커 주었다, 부모 없이도 아이들은 자란다, 나 같이 트릿한 아버지 밑에서 자란 것보다 오히려 훌륭하고 건강하며 마음에 그늘 없이 명랑한 딸이 되었을 거야 등등―정말 제 멋대로의 큰 소리이기는 하지만, 그러나 그것으로 어느 정도 책임감과 항상 쫓아다니는 감상을 떨쳐버렸다. 그리고 어어, 위험해, 그렇게 마구 달리면 위험해, 하고 엉뚱하게 외치면서 아이들 뒤를 좇아갔다. 실상은 나 자신이 맹목적으로 꼴사납게 마구 달리는 것이었다.

달리기를 멈추자 마침내 작은놈이 힘들다고 칭얼거리기 시작했다. 그러면 조금 안아줄게 하고, 토실토실 털실 옷 입은 따뜻한 몸을 안아 올린 후, 나는 연못 근처의 그루터기에 오른발을 지탱하고 멍하게 수면을 바라보면서 생각에 잠겨 들었다. 큰놈은 내 옆에, 그것도 아버지를 따라 잠시 수면을 지그시 바라보고 있었지만, 곧 그것에도 싫증이 나자 혼자서 크게 소리를 지르며 돌멩이를 연못에 던졌다. 그리고 파문을 보며 기뻐했다.

그 사이, 잠깐이었음에 틀림없지만, 안고 있는 아이의 목소리에 문득 정신이 들자, 무엇이 태어났을까 하고 나는 그것을 골똘히 생각했다. 진통에 고통 받고 있을 산모를 생각하자, 나의 천박함을 부끄러워하지 않을 수 없었지만, 실은 꽤 오래 전부터 나는 이 생각으로 계속 번민하고 있었던 것이다. 태어날 아이가 사내아이일까, 계집아이일까 하고.

실로 진부하고 바보스런 생각인 것 같기도 하고, 따라서 때로는 스스로 나 자신의 멍청함에 질리면서, 태어나 보면 알 것을, 생각하건 생각하지 않건 이미 다 결정되어 있는 것을, 하며 꾸짖어도 보지만, 이 생각은 이치만으로는 깨끗이 처리되지 않는, 무언가 본능과도 닮은 집요함을 지닌 듯이 나에게는 생각되지 않을 수 없었다. 그리고 사내아이일까, 계집아이일까 하고 저울질하는 이 생각은 단지 막연한 도박 심리 같은 것이 아니라, 태어나는 것이 꼭 남자아이였으면 좋겠다는 간절하고 안타까운 기원을 항상 그 뿌리에 지니고 있는 듯하다. 임신임을 알고 나서 줄곧 계속되는 곤혹스런 일이라고 생각하니, 이따금 언제부터였던가 하고, 나는 이 고루한 사상이 어디서 일어나기 시작했는지를 밝혀내 보고 싶은 기분조차 드는 것이었다.

그도 그럴 것이, 사실을 말하면 나도 열너덧 살부터 남녀평등론자이며, 지금도 공공연하게는 남녀에 차별을 두거나 하지는 않는다. 또 실제로 아이들에게는 일상생활에서건 기분 상으로건 별로 차별을 두지는 않는다고 생각한다. 그러나 세 명의 누이를 위에 두고, 밑으로도 몇 사람인가의 누이를 가진 나는 크게 우대 받고 자라왔으며, 나를 그렇게 길렀던 내 부모는 지금도 고향에 건재하시다. 그리고 누이들은 그 차별 대우에 대해 농담 반으로 불평을 말하면서도 지금도 옛날의 습관대로 어른이 된 나를 자기들과 구별해 대접해 준다. 그 누이들이 자기 아이들에게도 역시 그와 똑같이 행동하는 것을 보면, 시골에서건 도시에서건, 남자건 여자건, 이런 사상에 사로잡혀 있는 사람들은 아직도 내 주위에 복닥거릴 만큼 많이 있는 것 같다. 과장해 말하면 남존여비의 사상이 주위에 미만했다고 해도 조금도 과언은 아닌 듯하다.

그리고 보면 이런 환경에 반발해 인도(人道)의 마땅함을 깨달은 후 남녀평등론에 공명한 이래 이십 년 가까운 세월, 그 동안에 끊임없이 인습타파를 위해 힘을 쏟았으며 윗사람 아랫사람 묻지 않고 조그만 꼬투리만 있으면 싫증내지 않고 남녀평등을 말했다. 최근에는 여자 전문학생도 나오게 되었고 딸 셋이면 기둥뿌리가 흔들린다는 따위의 치사한 속담도 들리지 않게 되었으므로 상당한 효과를 올렸다고 약간 자부하며 그 긍지를 금할 수 없었던 나였다. 그런 나도 어느새 자기가 싸움의 대상으로 삼았던 많은 사람들 속에서 자기의 모습을 잃어버릴 정도가 되어 버렸다는 말인가. 그렇지 않다면 남녀에 차별이 있어서는 안 된다는 이 사상마저도, 또한 나의 젊음이 초래한 청춘의 과오에 지나지 않았던 것일까.

어쨌든 아들만 벌써 넷입니다, 하고 대답하는 사람에게는 하하, 그것 참, 그것 참, 하며 경하의 말을 하는 대신, 아니 자네는 아들이 늦어서, 하고 동정 받거나, 위의 두 아이가 딸이라고 하면―이번에는 반드시 아들일 거요, 하고 위로 받거나 하면, 초조에 가까운 쓸쓸함을 좀처럼 금할 수 없다. 예를 들어 똑같은 아버지로부터도 여자 아이 때는 통지가 간 후 한 주일이나 지나서 겨우, 산모 산아 모두 건강하게 지내는지, 겨울철 추위에 주의하기를 바란다. 그리고 ××라고 이름 붙여 어제 면사무소에 출생신고를 마쳤다, 라는 메모로 간단한 소식이 오면서도, 남자아이가 태어나면 즉각 전보로 축하 말을 보내고 이어서 길게, 문중 모두가 대단히 기뻐한다, 출생신고는 열흘의 유예가 있으니 명명은 잠시 신중하게 의논하고 싶어 취하지 않고 사주(四柱)만 다음과 같이 통지해 두었노라, 라는 둥 기세 좋게 편지를 한다. 이러니 아무리 남녀평등을 말하는 나라라고 해도 역시 아들이란 이렇게도 중요한 보물일까 하고 일단은 감탄하게 되었던 것이다. 그리고 나이 서른이 지나자 나도 어느 새 내 부모들처럼 다른 사람들이 아들 낳은 것을 축하하는 대신 딸만 다섯이나 있는 친구를 진심으로 걱정하면서, 자칫하면 나 자신이 남존여비론자가 될 것 같아 어쩔 줄 모르는 것이다. 아니, 사실 생각이 어수룩한 나 자신이기는 하다.

나와 두 아이들은 이윽고 연못가를 뒤로 하고 구불구불한 샛길을 따라 정상에 가까운 휴게소를 향했다. 살짝 얇은 비단을 늘어뜨린 듯한 아침 안개도 개이기 시작해 키 큰 소나무의 짙은 녹색 잎에는 금빛 태양 빛도 비처 들었으며, 상수리나무의 빨갛게 물든 가지와 가지 사이에 촉촉이 젖어 있는 관목 그루터기에서 작은 새가 날갯짓 하거나 우는 소리도 들렸다. 깊은 가을 산속에 축축한 마른 잎이 풍기는 향기를 가슴 깊이 들이마시니 갑자기 머리가 차가워지고 몸이 무언가 맑은 송이 냄새 속에 떠 있는 것 같은 이상한 착각에 사로잡히는 것이었다. 아이들은, 뒤따라오는 큰놈도 등에 업은 작은놈도 묵묵히 말이 없다. 자연에 압도되어 숨이 막히는 듯하다. 무언가 자기들이 많은 사람들로부터 멀리 격리되어 있는 것처럼 느껴져, 아이들에게는 이 아주 조용한 분위기가 싫을지도 모른다. 나는 빨리 산등성이로 나가려 했다. 새파란 하늘과 대비되어 한 줄기 빨간 길이 등뼈처럼 달리고 있는 것이다.

둥그런 시멘트 지붕을 얹은 휴게소에는 벌써 아침볕이 비치고 있었다. 여기서는 시내가 내려다보인다. 발돋움을 해도 경복궁이 보이지 않는 아이들을 몇 번이나 안아 올려, 자 보이지, 하고 그것이 얼추 끝나 그루터기나 시멘트 의자에 각자 앉아 잠깐 휴식했을 시간이다.

하지만 그 날은 그럴 수 없었다. 휴게소에는 먼저 온 손님들이 있었던 것이다. 언제나 그렇듯이 대여섯 명, 금방 알아볼 수 있는 K씨의 일행이다.

K씨라고 하면 모르는 사람이 없을 정도로 유명한 분이다. 무슨 때에는 반드시 감상문이나 회고문을 신문에 싣는데, 바로 어젯밤 석간

에도 사진과 그 당시의 추억 이야기라는 것이 게재되었다. 나는 장소가 장소이니만큼 한 주일에 한두 번은 꼭 길에서 K씨의 차와 마주치지만, 이 유명한 분을 처음 뵌 것 역시 이 산의 이 장소였다. 지금도 확실히 기억하고 있다. 아마 지나사변이 일어난 다음해가 아니었을까. 나는 그 당시 종종 남작(濫作)에 피곤한 머리를 쉬기 위해 아침이건 낮이건 하루에 두세 번은 꼭 이 산에 왔으니까 말이다.

그 당시도 지금도 전혀 변함이 없지만, 남이 K씨의 일행을 보면 매 사냥을 나온 다이묘(大名)[2]의 풍취와 좀 비슷하다는 생각이 든다. 즉 현대의 다이묘가 K씨인데, 메리야스 위에 세비로 상의를 걸치고, 뚱뚱하고 살찐 커다란 몸에 짧은 골프 바지를 입었다. 그는 가신(家臣) 중 한 사람이 바치는 작은 방석을 나무 그루터기 위에 깔고 스틱 위에 두 손을 올린 모습으로 상좌에 진을 친다. 그리고 이를 둘러싸고 아래에 대여섯 명이나 되는 수행원이 쭈그리고 앉아 주인의 목소리 큰 이야기를 두렵게 듣고 있다. 처음에 나는 어디선가 본 듯한 사람이라고 생각했다. 그리고 그다지 다른 사람의 이야기를 멈춰 서서 엿듣는 편은 아니지만, 이런 장소에서 하는 잡담이려니 하고 가벼운 기분으로 흘려 듣고 있었다. 그런데 요즘은 기름이 부족하다고 하니까 골프장에 나가는 것도 부끄러워 결국 아침 산보를 시작했다는 말을 하고 있었다.

나는 즉각 이 근처에 많이 사는 부르주아 영감인가 하고 약간 반발심을 느끼며, 그들로부터 등을 돌리고 짐짓 시치미 떼는 포즈를

---

2 넓은 영지를 가진 일본 무사.

취했다. 가벼우나마, 골프는 무슨 골프, 하는 기분이었던 듯하다. 나 스스로도 한심해서 참을 수 없는 치사한 신경질이었지만.

그런데 북악(北岳) 근처 우뚝 솟은 산의 경치를 멍하게 바라보면서 나 자신의 생각에 빠진 지 얼마나 시간이 흘렀을까, 방향을 바꿔 휴게소에서 내려가고자 귀를 기울여 들어보니, K씨는 분명히 도쿄에서 M경시총감과 만났을 때의 일을 이야기하고 있었다. M씨라고 하면 나에게도 그리운 이름 중의 하나로 기억에 남아 있다. 왜냐하면 소년 시대에 학교에서 종종 총독 각하의 성함은 무엇입니까, 하고 선생님이 질문하면, 예 누구누구입니다, 정무총감 각하의 성함은 무엇입니까, 하면, 예 누구누구입니다, 하고 대답하고는 했는데, 요컨대 M씨는 그 당시의 정무총감 각하였던 것이다. M씨가 경시총감을 했던 것도 꽤 오래 전의 일이지만, 이 사람이 M씨와 서로 알게 된 것은 틀림없이 정무총감 시대였을 터이므로, 그렇다면 이 영감은 상당히 그 방면에 발이 넓은 사람이다—그래서 한 번 더 K씨의 얼굴을 뒤돌아보니, 그렇구나, 아아 그래, K씨다, 재계 관계에서 이름 높은 그 K씨에 틀림없다. 직감력이 둔한 나는 그리하여 비로소 몇 번이나 혼자서 고개를 끄덕이며 산을 내려왔던 것이다.

그 후부터는 K씨를 산에서 가끔 만났다. 또 길 같은 데서는 종종 K씨의 차 때문에 길을 양보하거나 먼지를 뒤집어쓰고는 하였으므로, 나로서는 만나면 기분 좋은 영감이라고만은 할 수 없었다. 그러나 그 날 K씨 일행을 이 장소에서 만나자, 훌륭한 사람에게 흔히 있는, 어딘가 범하기 어려운 위엄이라고나 할까, 어쨌든 이전 그대로의 모습으로 이전처럼 진을 치고 있는 것이 이 사람답게 잘 어울렸다. 바로 그때 한 청년이 길어온 약수를 꿀꺽꿀꺽 마시고는, 아아 정말 기분 좋다, 하며 미소 짓는 것 등이 나에게는 아주 믿음직하고 또 유쾌하게 판단되었다. 그래서 나는 먼저 온 K씨 일행을 위해 기분 좋게 자리를 떴다. 그리고 그대로 휴게소를 내려와 넓은 도로로 나오자, 조금 더 높은 곳으로 가는 거야, 하고 큰놈을 재촉했던 것이다. 그렇게 생각해서 그런지, 그때 K씨는 지그시 내가 데리고 간 다섯 살 되는 장남의 얼굴을 주의 깊게 바라보는 것처럼 느껴져 조금 부끄러운 생각이 들지 않는 것도 아니었다.

새로 난 도로를 따라 조금 가면 길이 구부러지면서 거리를 바라보기는 더 좋아진다. 하지만 거기서는 휴게소도 보이지 않고 지금 우리가 지나온 길도 거의 보이지 않는다. 남산 기슭, 창덕궁과 종묘 숲, 멀리 동대문 바깥의 주변, 그 근처 일대에는 아직도 엷은 안개가 끼어 있어 거리 전체가 해면(海綿) 같은 것으로 소음을 완전히 흡수해 그저 고요하고 부드럽게 젖은 채 마치 수묵화처럼 아름다웠다. 그 위를 비단 같이 가벼운 베일을 쓴, 어딘지 긴장을 늦춘 듯한 태양이 아련히 둥근 윤곽인 채로 멈춰 서 있다. 그것은 움직이지 않는 채 가만히 있는 것처럼 보이면서도 사실은 조용하게 높이높이 떠오르고 있는 것이다. 아침 공기가 뺨에 약간 차다.

그때 나는 지금 지나온 휴게소 부근에서 노랫소리가 나는 것을 들었다. 대여섯 사람쯤이 부르는 박자도 맞지 않는 코러스인데, 분명히 K씨 일행이 부르는 우미유까바(海つかば)[3]였다. 나와 아이들은 세

---

3 당시의 일본 군가.

번이나 반복해 부르는, 돌아보지는 않으리,[4] 돌아보지는 않으리, 돌아보지는 않으리를 조용히 들으면서 가만히 거리의 풍경을 지켜보고 있었다.

노랫소리가 끝나자 우리는 샘터로 내려갔다. 산의 공원에 오면 반드시 여기에 들렀다가 돌아가는 것이 아이들과의 약속처럼 되어 있다. 대여섯 명의 산보객이 약수를 긷고 있었다. 그 사람들 사이를 비집고 들어가 창이가 떠 주는 약수를 알루미늄 컵으로 차례차례 한 잔씩 마시면서, 아아 기분 좋다, 하고 나도 컵의 물을 다 마시고는 아까 K씨가 그랬듯이 미소 지어 보는 것이다. 그러고 나서 천천히 골짜기에서 샛길을 올라 다시 한 번 휴게소 옆으로 나왔다. 이윽고 우리는 귀로에 오른 것이다.

이미 K씨 일행은 휴게소에 보이지 않았다. 마흔 살 가량의, 메리야스와 당꼬 바지 차림의 남자가 네 명의 아이들과 함께 거기서 라디오 체조를 하고 있었다. 육 학년 정도 되어 보이는 장남이 위세 좋게 제일 잘 했으며, 그 다음이 사오 학년 정도의 장녀, 그 다음이 모두의 앞에 서서 하나 둘 하나 둘, 구령을 부르는 아이들의 아버지, 그리고 뒤의 두 아이 중 가장 작은, 빨간 재킷을 입은 너덧 살 정도의 소녀는 진지한 얼굴을 하고 언제까지나 다른 사람들과는 반대로 손을 휘두르거나 다리를 올리고 있다. 바라보고 있자니 아주 유쾌하고 마음을 따뜻하게 하는 정경이었다. 나는 아이들과 내려가는 길을 재촉하면서 나도 곧 다섯 아이들의 아버지가 되니, 언젠가 다 모이면 모두 데리고

---

4 원문은 'かへりみはせじ'임.

산에 와서 라디오체조를 해 보자고 생각했다. 그때는 가장 손위의 딸에게 지휘를 맡기고 나와 아내는 그 아이의 선창에 따라 다리를 올리거나 팔을 휘두르거나 할 것이다, 하고 생각했다.

하지만 길에서 느긋했던 나도 집에 가까워지자 산모의 일이 자꾸 신경 쓰였다. 드디어 집 가까이 오자 거의 아이를 끌다시피 재촉하며 길모퉁이를 돌았는데, 바로 거기서 우리 집에서 나오는 여의사와 딱 맞닥뜨렸다. 깜짝 놀랐지만 의사의 표정을 보고 우선 안심했다. 축하합니다, 순산이었습니다, 하는 축하 말을 듣자 나도 기뻐져, 애 쓰셨습니다, 하고 대답했다. 그것까지는 좋았는데, 그 다음 말을 끝내 기다리지 못하고, 저, 아이는 무엇입니까, 계집아이? 하며 허둥지둥했다. 의사는 아뇨 통통하게 살찐 커다란 도련님예요, 했다. 그러자 나는 아아, 하고 나도 모르게 입을 벌리며 웃고 말았다.

아이들을 내 방에 들어가게 한 후, 고생했어, 하고 산실 바깥에서 말을 걸자, 바깥은 춥죠? 감기라도 걸리시면, 하면서 걱정하는 음성에 조금도 불안한 기색이 없었다. 요컨대 사내아이를 순산한 아내도 아주 만족해하는 것이다. 나는 조금 눈물겹게 되어, 몸을 잘 보살펴야 해, 산후조리가 중요해, 툭 내뱉고 곧장 내 방으로 돌아왔다. 아이들 칫솔질을 시키고 얼굴과 손을 씻기고 마지막으로 나도 세면을 했다. 그러자 미역국과 새하얀 밥의 조반이 나왔다. 아이들과 함께 아침 식사를 마치고 밖으로 나가자 보통 출근시간보다 어지간히 늦어 있었다.

러시아워가 지나면 길은 갑자기 조용해진다. 나는 고향의 아버지께 보낼 전보 글 따위를 꼽아보면서 거리를 걸었다.

국민학교 바로 앞에 당도하자, 이 학년쯤 되었을까, 네다섯 명의 훈도에 인솔되어 소풍 가는 아이들 행렬이 이열종대로 와글와글 시끄럽게 까불고 떠들면서 교문에서 흘러오는 것과 마주쳤다. 작은 륙색을 등에 메고 두 명씩 손을 끼고 나온다. 그것은 얼마나 명랑하고 원기 있는 행렬인가.

나는 시간이 가는 것도 개의치 않고 먼지를 일으키며 거리 쪽으로 흘러가는 이 꾸불꾸불한 소국민(小國民)의 행렬을 끝까지 지켜보았다. 그리고 문득 내 다섯 아이들도 저 안에 섞여 있는 듯한 착각을 느꼈다. 또는 저 S선생의 막내아들도, K씨의 손자도 저 행렬 속에 있지 않을까, 하고 두서없이 생각하고 있었다.

—1942. 12.

____『국민문학』, 1943. 1. 원제는 「或る朝」

군인이 될 수 있다

兵になれる

이광수

외출했다 돌아오자 '가네코 빈(金子敏)'의 명함이 있었다. 누군지 잘 떠오르지 않았다.

잠시 후 이 군으로부터 전화가 걸려왔다. 가네코 소장(小將)이 오래간만에 경성에 돌아왔으므로 하루 저녁 이야기하자는 것이다.

"아, 가네코 소장인가."

나는 가네코 빈이 가네코 소장이라는 것을 알게 되자 그리운 기분이 되었다.

벌써 십사 년이나 되었다. 만주사변보다도 전이었으니까. 그 아이가 살아 있다면 올해로 스무 살이 되었을 터이니까. 그 아이라는 것은 나의 장남을 말한다.

그렇게 십사 년이나 된 어느 여름날이었다. 내 장남 봉일(鳳一)과 차남 용삼(龍三)은 각각 여섯 살과 네 살로 한참 장난꾸러기들이었다. 아이들은 동소문 길을 지나는 군대를 보았다며 군복을 사달라고 졸랐다. 내가 장난감 군모와 군도를 사주자, 아이들은 그것이 좋아서 군모도 군도도 벗지 않은 채 내 서재에서 뒹굴며 낮잠을 자고 있었다. 내가 쓰던 것을 끝내고 돌아보자, 그런 꼴인 것이다. 나는 처음에 미소를 지었지만, 다음 순간에는 슬퍼졌다. 그들은 군인이 될 수 없는 운명이라고 생각했기 때문이다. 조선인은 병역의 의무가 없는 국민이었던 것이다. 그날 나의 일기에는 이렇게 기록되어 있다.

"두 사람의 작은 병사는 칼을 찬 채 자고 있다. 어떤 전쟁의 꿈을 꾸고 있는 것일까. 그것으로 좋다. 꿈속에서 전쟁을 해라, 그리고 승리를 얻어라. 현실에서 너희들은 군인이 될 수 없으니까."

이는 아버지로서 슬픈 일이었다. 어른이 되었을 때 아이들은 얼마나 주눅이 들 것인가. 나 역시 병신 아이를 낳은 것 같은 원통함조차 느꼈던 것이었다.

바로 그때다. 가네코 대좌(大佐)가 불쑥 뛰어 들어왔다. 당시 대좌는 조선군의 고급 참모로서 조선의 민심 동향에 깊은 흥미를 갖고 있었던 듯하다. 대좌는 내선(內鮮) 관계의 역사에는 상당히 조예가 깊었다. 오늘날의 일본인 중에 고려, 백제, 신라에서 온 귀화인의 자손이 천팔백만 명은 있다는 등, 『신찬성씨록(新撰姓氏錄)』[1]에 적힌 사실을 곧잘 퍼뜨렸던 것도 가네코 대좌다.

"김 상, 갑자기 실례합니다."

가네코 대좌는 소탈하게 올라왔다. 대좌는 키가 작고 눈이 빛나서, 아주 민감하게 보이는 사람이다.

---

1 '신센쇼지로쿠'. 1대 천황인 진무텐노(神武天皇)로부터 809년에 즉위한 52대 사가텐노(嵯峨天皇)까지의 성씨 1,182씨를 신별(神別), 황별(皇別), 번별(蕃別 : 귀화인 계통)로 나누어 그 시조, 가계, 유서를 기록한 책. 815년에 간행되었으며 전체 30권에 목록 1권으로 되어 있음.

실제로 느닷없는 방문이었고, 기습이었다. 대좌와 나는 연회 같은 곳에서 알게 된 사람일 뿐, 친우도 아무 것도 아니다. 그런 가네코 대좌가 내 집에 온다는 것은 꿈도 꾸어보지 않은 일이었다.

"어서 오세요, 자 들어오시죠."

하고 말은 하였지만, 이런 진객을 청해 들일 객실이 없다. 서재라고 있기는 하지만, 작은 조선 방 한 칸인 데다가 거기에서 작은 병사 두 놈이 낮잠을 자고 있다. 나는 당혹하지 않을 수 없었다. 내가 작은 병사들을 깨우려 하자 대좌는 손과 머리를 동시에 흔들며 작은 소리로,

"깨우지 마세요. 군인들에게는 수면이 무엇보다도 맛있는 것입니다. 우리가 여기서 작은 소리로 이야기하는 정도로는 병사들이 좀처럼 깨어나지 않겠지요. 총소리라면 어떨지 모르지만."

대좌의 기지가 나를 도왔다. 그리고 나는 이 사람이 좋아졌다. 아주 탁 터놓고 마음을 줄 수 있는 사람이라고 느꼈던 것이다.

"지나가는 길이여서요."

하고 가네코 대좌는 마루에 앉아서 상의 단추를 끄르고 담배를 피웠다.

"실은 경학원(經學院)²을 보고 돌아오는 길입니다. 경학원 마당은 참 좋더군요. 멋진 은행나무 고목이에요."

경학원은 경성에 있는 공자의 묘다. 우리 집은 그곳에서 별로 멀지 않은 곳에 있었다.

"혼자 가셨습니까?"

나는 편안한 마음이 되었다. 당시엔 아직 내지인과 조선인이 만

---

2 성균관을 말함.

나면, 서로 속마음을 탐색하려는 분위기에 휩싸였던 것이다.

"예, 훌쩍 나갔습니다. 실은 당신을 만나고 싶었습니다. 당신의 주소를 어떤 사람한테 물으니까 경학원에서 가깝다고 해서."

말을 해가면서 대좌는 내 집을 둘러보고 있었다. 그리고 그 시선은 자주 낮잠을 자는 작은 병사들에게 멈추었다.

"그렇습니까. 그것 참 황송합니다."

일부러 나 같은 무명의 한 서생을 방문해 준 가네코 대좌의 호의가 정말로 고마웠던 것이다.

"이 부근은 조용해서 참 좋군요."

라든지,

"매일 글을 쓰십니까?"

라든지, 아이들에 대해서 이야기하며, 서곡이라고도 할 만한 여러 가지 이야기[3]가 한 바퀴 돌고나자, 대좌는 정중하게 상의 단추를 고쳐 잠그고,

"저번 저녁에 당신은 징병론을 주장하셨지 않습니까, 지금 조선 민중이 가장 원하는 것은 징병령의 시행이라고 말씀하셨죠."

라고 말하며, 그 날카로운 눈으로 나를 바라보는 것이었다.

"예, 분명히 그렇게 말씀드렸습니다."

나는 확신을 가진 침착한 태도로 그렇게 대답했다.

"정말로 그렇습니까?"

의심하기보다는 확인하고자 하는 표정이다.

---

3 원문은 '四方山話'임.

"나는 그렇게 믿습니다."

"실례입니다만, 어떤 근거로 당신은 징병을 원하십니까?"

이는 실로 급소를 건드린 질문이다.

나는 손을 들어 봉일과 용삼의 자는 모습을 가리켰다.

가네코 대좌의 시선도 두 아이 위에 떨어졌다. 두 작은 병사의 군모 아래에서는 땀이 흘러나오고 있었다. 군모는 붉은 색이었다. 용삼은 붉은 나팔 끈을 꽉 쥐고 있다. 흰 바탕에 푸른 줄무늬 바지와, 똑같이 흰 바탕에 푸른 테두리를 단 수병복에 육군 군모와 군도를 찬 모습은 우스꽝스러웠지만, 그러나 이 순간 그것은 비통한 것으로 보였다.

대좌는 잠시 두 아이의 자는 모습을 보고 있다가, 크게 한 번 한숨을 쉬었다.

"알았습니다. 당신의 마음은 잘 알았습니다."

가네코 대좌는 스스로 자기 말을 긍정하고 있었다.

나는 아무 말도 하지 않았다.

"반드시 이 아이들은 군인이 될 수 있을 겁니다."

가네코 대좌는 감개무량한 듯했다.

가네코 대좌와 내가 교제한 것은 이것뿐이었다. 대좌는 그 후 곧 소장이 되어 어딘가의 여단장이 될 수 있었지만, 어찌 된 일인지 군복을 벗고 만주로 가 대륙에서 낭인 노릇을 하고 있다고 들었던 것이다. 그 가네코 대좌가 이제 경성으로 돌아와 있는 것이다.

나는 때가 때인 만큼 식사 시간을 피할 양으로 한 시간쯤 늦게

이 군 집으로 가니, 가네코 소장 부부도 주인도 상당히 취기가 돌아 있었다.

"야아"

"오오"

하며, 인사를 마쳤다. 자못 매일 만나고 있는 사람들 같은 인사였지만, 역시 가네코 부인만은 정중하게, 부인답게 인사를 했다. 나도 두세 번 머리를 다다미에 붙이며 인사를 했다.

"별로 변하지 않으셨군요."

가네코 소장은 나에게 잔을 건네면서 쾌활하게 말했다. 내 머리에 흰머리가 적은 것을 말하는 것이리라. 가네코 소장은 늙어 있었다. 주름도 많아졌고, 무엇보다도 머리카락이 듬성듬성해졌다. 그럴 터이다. 벌써 대장이 되었을 만한 연배니까. 그러나 그 명랑함은 변하지 않았을 뿐만 아니라, 오랫동안의 자유로운 낭인 생활로 모난 부분이 사라져 더욱 친하기 쉽게 된 것 같았다. 단지 무장을 하지 않았기 때문만은 아닌 듯하다.

나는 권하는 대로 유쾌하게 마셨다. 나중에 온 사람은 석 잔 마셔야 한다고 해서 주인인 이 군도 소장 부부도 연달아 내 잔을 채워 주었다.

스토브는 빨갛게 달아 있어, 섣달 밤이라고 생각되지 않는다. 술기운이 퍼짐에 따라 상의라도 벗고 싶을 정도였다. 게다가 유리창 너머로 보이는 열대식물이 한층 더 따뜻한 기분을 주었다. 주인인 이 군은 삼백 종류 이상의 열대식물을 가지고 있다. 그는 부자도 아니지만, 시인이며 우국지사로서 오랫동안 천식으로 고생하여 겨울엔 외출할 수 없는 아버지를 위로하기 위해 없는 돈을 쥐어짜서 마련한 것이다. 이 군의 아버지가 돌아가시고 이미 삼년상도 마쳤지만, 이 군은 지하실과 온실을 만들어 아버지의 손때가 묻은 이 열대식물을 간수하고 있는 것이다.

“김 상 많이 마셔야 하지 않겠습니까?”

가네코 소장은 어린아이처럼 들떠 있다.

“드디어 징병이 결정되었습니다. 내가 5월 8일, 저 각의(閣議)의 결정 뉴스를 들었던 것은 치치하르에 있을 때였습니다. 울었습니다. 정말 감격했습니다.”

소장은 자기 말을 보증해 줄 것을 요구하는 듯이 부인을 보았다.

“그랬습니다. 가네코는 뚝뚝 눈물을 흘렸어요.”

부인은 나를 향해,

“그리고 김 상과 만나고 싶어. 김 상은 기뻐하겠지. 그 두 아이도 이젠 장성했겠지. 큰 아이는 벌써 적령이 되었을지도 몰라, 이렇게 당신 이야기를 했습니다. 정말로 기뻐했습니다, 징병이 조선에 선포되어서.”

라고 말하며 마음으로부터 기뻐해 주었다.

“자, 축배, 축배.”

가네코 소장은 잔을 들었다. 우리는 잔을 들어 쭉 단숨에 들이켰다. 실로 유쾌했다. 가네코 소장이 조선의 징병을 위해 하나의 디딤돌이 되었던 사실은 나도 들어 알고 있었으나, 5월 9일의 뉴스에 눈물을 흘렸다는 이야기를 듣자 껴안고 싶을 정도로 애틋함을 느꼈다. 나는 소장에게 내 잔을 권했다. 소장은 흔쾌히 받았다.

소장은 마시다 만 잔을 탁자 위에 놓고 두 손을 무릎에 얹고 몹시 감동한 듯이 머리를 두세 번 끄덕였다.

"야아, 실제로 그 장면은 천 마디 만 마디 말로도 다 형언할 수 없는 감동을 주었습니다. 그 장난감 군도 칼자루를 움켜쥔 채 자고 있는 두 사람의 적자(赤子)―페하의 적자이지요! 그 두 아이들로부터 군인이 될 권리를 빼앗을 자 도대체 누구냐. 만일 그런 자가 있다고 하면, 그는 일본의 적이다, 라고 생각했습니다. 그 티 없는 적자들에게 하나라도, 티끌만큼이라도 자존심을 상하게 한다든지, 모욕을 느끼게 한다든지 하는 것은 정말로 천황 폐하를 대하옵기에 죄송한 일이라고 생각했습니다. 사실 나는 그날 징병에 대한 김 상의 진짜 마음을 알고자 갔던 것입니다. 지금이니까 말씀드리지만, 나는 당신의 징병론을 진짜로 받아들이지 않았습니다. 무언가 다른 속셈이 있구나, 하고 생각했었습니다. 그것은 내가 깨닫지 못한 것이었고 잘못 추측한 것이었습니다. 정말 부끄럽습니다. 하지만 당시 우리들에겐 그만큼의 솔직함이 없었습니다. 그래서 나는 세간에서 민족주의자라고조차 불리는 당신의 속마음을 알고자 나섰던 것입니다.―내가 당신은 무슨 근거로 징병론을 주장하는가 하고 물었을 때, 당신은 아무 말 없이 두 아이가 자고 있는 모습을 가리켰지요, 군모를 쓰고 군도를 차고, 한 아이는 나팔을 쥐고 있었습니다. 그것으로 나의 미망은 깨끗이 걷혔습니다. 그때는 그렇다고 말씀드리기 어려웠습니다. 그때 당신의 마음은 모든 조선 아버지의 마음이라고 생각했습니다. 그 이상 나로서는 아무 것도 말씀드릴 수 없습니다만, 한마디로 말해 당신의 그 마음이 대어심(大御心)[4]에 이른 것입니다. 총독부[5] 내에서도 조선의 징병에 관해서 시기 상조론이나 반대론 등 여러 의견이 있었지만, 결국은 결정되었습니다. 올바른 일은 통하는 것이 일본의 고마움이어서요.”

여기서 소장은 남은 술잔을 들어 들이키고, 그것을 나에게 돌렸다.

“그렇습니까. 그런 일이 있었습니까.”

이 군은 감탄하고 있었다.

“예.”

하고 가네코 부인은 내 잔에 술을 따르면서,

“가네코는 몇 번이나 그 일을 말했어요, 두 어린애가 자는 모습에 대해서요. 그리고 그 두 아이들을 슬프게 하는 것은 미안한 일이다. 세상에 나갔을 때, 자기를 멀리 하는 눈을 느끼게 해서는 미안하다고, 언제나 그렇게 말했습니다. 벌써 그 아드님들은 성장하셨겠지요. 큰 아드님은 이제 고등학교에 다닙니까?”

하고 내 눈을 바라보았다.

나는 입까지 가져갔던 잔을 탁자 위에 놓았다. 무어라고 대답할 것인가, 갑자기 당혹스러워져 고개를 숙였다. 그때 이 군이 옆에서,

“김 상의 큰 아드님은 죽었습니다.”

라고 나를 대신해 대답해 주었다.

“에에, 죽었습니까?”

“아이, 가엾어라.”

하고 가네코 부부는 번갈아가며 놀라 주었다.

---

4 천황의 마음을 말함.
5 원문은 ‘부(部)’임.

“예.”

나도 잠자코 있을 수는 없었다.

“소학교에 입학하기 직전에.”

내 눈에는 봉일의 병이나 죽음의 광경이 또렷이 떠올랐다. 벌써 십몇 년이나 지난 일이니 슬픔도 기억도 희미해질 터이건만, 상황이 상황이기 때문일까, 놀랄 만큼 선명하게 봉일이 죽은 것에 대한 슬픔과 기억이 내 마음에 되살아났다. 이 군은,

“봉일의 죽음에는 실로 마음을 아프게 하는 것이 있었습니다. 김 상 부부도 그때는 아주 힘을 잃으셨습니다. 김 상의 종교 생활은 분명히 봉일 군의 죽음에서 시작되었다고 생각합니다. 또 김 상이 십몇 년 하루같이 징병론을 주장해 온 것도 아마 봉일 군의 죽음이 그 전부는 아니라 해도, 가장 강력한 일부분의 원인이었지요. 거기에는 슬픈 이야기가 있습니다.”

하고 내 발언을 재촉하는 듯이 나를 바라보았다.

가네코 부부의 시선도 나에게 모였다.

나는 앞에 놓아둔 잔을 들어 입에 대었다. 목도 입술도 말라 찬 것이 마시고 싶을 정도였다. 아버지로서 아이만큼 소중한 것은 세상에 없다. 죽은 아이는 언제 추억해도 사랑스럽고, 살아 있어 주었으면 좋을 텐데 하는 한탄이 나오는 것이다. 같은 아이라도 특히 아버지의 마음에 드는 아이가 있다. 그런 아이를 먼저 보낸다는 것은 생명을 깎는 아픔이다. 나로서는 봉일이가 바로 그랬다. 첫애이기 때문이기도 했겠지만, 그 아이에게 나는 깊은 정과 커다란 희망을 걸고 있었다. 곁에서 보면 과도한 사랑이었겠지만, 나로서는 그 아이에게

보통 사람 이상의 우수한 점을 보았던 것이다.

"너는 좋은 아이가 되라. 꼭 세상에 도움을 줄 큰 인물이 되어 주어라."

하고, 나는 아침저녁으로 봉일을 위해 기도했다.

어느 날의 일이었다. 아직 추운 이월의 어느 날이었다. 봉일은 유치원에서 대단히 풀이 죽어 돌아왔다.

"무슨 일이냐 봉일아? 어디가 아프냐."

"으응."

봉일은 머리를 흔들어 부정하는 것이었다.

머리를 짚어보았지만 열도 없었다.

그런데도 봉일은 그날 하루 종일 말이 없었다. 동생 용삼이가 놀자고 해도 적당히 따돌릴 뿐 상대하지 않았다. 갑자기 성숙해진 듯해서 나는 걱정이 되었다.

봉일의 기분을 돌리려고 나는,

"봉일아, 이발소에 가서 머리를 짧게 깎아 달라고 해라. 소학교에 들어갈 테니까. 이제 곧 소학생이니까 말이야."

하고 말해 보았지만, 봉일은 뛸 듯 기뻐하는 모양도 없다. 나는 묘하게 마음이 걸렸으나, 손님도 있고 해서 저녁때까지 봉일과 만나지 못했다.

"아버지, 진지."

봉일이 내 서재에 왔다. 서재라는 것은 안채에서 떨어진 사랑방이다.

봉일의 머리는 중머리가 되어 있었다. 혼자서 이발소에 갔다 온 모양이다.

　저녁 먹을 때 봉일은,

　"아버지. 조선인은 군인이 될 수 없어?"

하고 묘한 것을 나에게 물었다.

　나는 깜짝 놀랐다. 군인 문제로 또 가슴 아파하고 있다는 것을 알았기 때문이다. 언젠가도 이웃의 술집 아이가 조선인은 군인이 될 수 없다고 했다며, 봉일이 분개하며 돌아와서 나에게 지금과 똑같은 것을 물었던 일이 있다. 그때 나는,

　"네가 어른이 되었을 때는 군인이 될 수 있어."

라고 말해 달래 주었다.

　"네가 자랐을 때는 조선인도 병사가 될 수 있다고 말하지 않았느냐."

　나는 언젠가 했던 대답을 반복했지만, 이번에 봉일은 내 말에 믿음을 두지 않는 듯한 표정이었다.

　잠시 묵묵히 밥을 먹고 있던 봉일은,

　"저 내일부터는 유치원에 가지 않을래요."

하고 선언했다. 그것은 분명히 선언이라는 말에 어울리는 잘라 말하는 태도였다. 눈빛에도 입에도 만만치 않은 결의가 나타나 있었다.

　"누가 뭐라고 했어? 봉짱을 괴롭혔어?"

　처도 봉일의 예사롭지 않은 기색이 마음에 걸렸던 듯하다.

　"아니에요."

　봉일은 그 이상 말하지 않았다.

　다음날 봉일은 아무리 해도 유치원에 가려 하지 않았다. 앞으로

한 주일 지나면 유치원도 졸업이라고 꾸짖어도 달래도 가려고 하지
는 않았다.

봉일은 그날부터 일절 그 좋아하는,

"하늘을 대신해서 불의를 친다"[6]

라는 군가도 부르지 않고, 기관총이라든지 군도라든지 전차라든지
하는 것도 전혀 가지고 놀지 않았다. 용삼이가 멋대로 그 장난감들
을 점령해도 봉일은 눈도 주지 않았다.

어느 날 봉일은 숨이 턱에 차 바깥에서 돌아왔다. 그리고 나에게,

"아버지. 이웃집 권씨 할아버지가 죽었어요. 모두 아이고 아이고,
곡하고 있어요."

라고 말하며 눈을 똥그랗게 뜨고 있었다. 아닌 게 아니라 곡소리가
들려 왔다.

"인간은 나이가 먹으면 죽는 거야. 권씨 할아버지는 노인이지."

나는 이렇게 설명해 주었다.

봉일은 눈을 깜박깜박해가면서, 잠시 무언가 생각에 잠기는 모습
이었으나,

"아버지, 사람이 죽으면 어떻게 돼요?"

하고는 자못 진지한 표정을 지었다.

나는 당혹스러웠다. 실은 나도 사람의 생사에 대해서는 확실한 대
답을 가지고 있지 않았던 것이다. 내가 우물쭈물하고 있자 봉일은,

"사람이 죽으면 어디로 가?"

---

6 원문은 "天に代りて不義を討つ"임.

하고 또 물었다.

“부처님은 말이야, 사람이 죽으면 나쁜 사람은 나쁜 곳으로 가고, 좋은 사람은 좋은 곳에 다시 태어난다고 말씀하셨어.”

나는 이렇게 말하고 말았다. 나 자신에게도 신념이 없는 말이지만, 적어도 아이에게 죽음의 공포를 심고 싶지 않았기 때문이었다.

봉일은 안심한 듯한 얼굴이었다.

그 후 이삼 일 지나서 봉일은 조그만 상처가 원인이 되어 패혈증을 일으켰다. 할 수 있는 일은 다 했지만, 발병 52시간 만에 세는 나이 일곱 살의 짧은 일생을 끝마쳤다.

봉일이 죽던 날 아침이었다. 유치원의 오구라(小倉)라는 선생이 봉일을 문병하러 왔다. 봉일이 며칠 동안 출석하지 않았으므로 아이들에게 물어보아 아프다는 것을 알았다고 한다. 그러나 그때 봉일은 혼수상태였다.

“얘, 봉일아, 오구라 선생님이 오셨다. 오구라 선생님이.”
하고 나는 오구라 선생님에 대한 예의상 봉일의 귀에 입을 대고 불러보았을 뿐, 물론 대답을 기대하지는 않았었다. 그런데 신기하게도 봉일은 번쩍 눈을 떴다.

“봉일 상, 나예요. 오구라 선생이에요.”
하고 오구라 선생은 봉일의 병상 곁으로 달려갔다. 봉일의 얼굴 근육이 경련하듯이 움직이는가 싶더니,

“선생님. 조선인은 군인이 될 수 없습니까?”

봉일은 떨리지만 확실히 들리는 목소리로 말했다. 그 말은 실로 비통했다.

오구라 선생은 봉일의 말을 듣자, 얼굴이 흙빛으로 변해 정신이 빠진 사람처럼 앞으로 고꾸라졌다.

오구라 선생은 가까스로 정신을 가다듬고,

"봉일 상, 미안해. 지금은, 지금은 그렇다고밖에 할 수 없어요. 봉일이가 어른이 되었을 때는 조선인도 모두 군인이 될 수 있을지 몰라. 봉일 상, 김 상."

오구라 선생은 울면서 불렀지만, 봉일은 더 이상 눈을 뜨지 않았다. 봉일은 내지인 아동들만 가는 유치원에 다니고 있었던 것이다.

그 후 두 시간쯤 사전기(死戰期)가 계속된 후, 봉일은 최후의 이별인지 눈을 뜨고,

"아버지."

하고 불러 주었다.

"물 줄까?"

"응, 응."

봉일은 내 손을 잡고, 자기 손으로 내 목과 얼굴을 하염없이 어루만졌다. 그 손은 불같이 뜨거웠으며 눈은 이상하게 빛나고 있었다.

봉일은 몇 번이고 내 얼굴을 어루만졌다. 그리고 힘없이 그 손을 자기 가슴 위에 떨어뜨리면서,

"아버지. 사람은 죽으면 다시 태어나?"

하고 말하며 이번에는 작은 두 손으로 내 손을 쥐었다.

"다시 태어나고말고. 너는 죄 없는 착한 아이니까, 꼭 좋은 곳에 좋은 집의 아이로 다시 태어날 거야."

나는 힘주어 말했던 것이었다.

"으응, 이번에도 또 아버지의 아들로 다시 태어날 거야. 그때는 군인이 될 수 있어?"

봉일은 겨우 말을 마치자 눈을 감고 말았다. 내 손을 잡은 그 작은 두 손도 후들후들 떨리면서 침대 위로 떨어져 버렸다.

지금은 그럴 수 없다.[7]

"그래, 군인이 될 수 있어."

나는 다른 사람들 앞임에도 불구하고 울음소리와 눈물이 함께 터졌다.

오구라 선생은 거의 이성을 잃은 모습으로,

"봉일 짱. 꼭 군인이 될 수 있습니다."

라는 말을 몇 번이고 몇 번이고 반복해 주었다.

내가 봉일의 이야기를 끝내자 가네코 부인은 눈물을 닦았다. 가네코 소장의 눈에도 안경 너머로 커다란 눈물방울이 빛나고 있었다.

"그랬었군요."

사오 분 몹시 침울한 침묵이 흐른 후, 가네코 소장은 '그랬었군요'를 세 번이나 되풀이했다.

"봉일 군은 천재였는데 말이에요."

이 군은 나를 위로하려는 것이리라.

"세상에서 제일 빠른 게 무엇? 하고 묻더니, 기차도 아니고 비행기도 아니고 눈(眼)이라고 한 적이 있어요. 정말로 놀랐습니다."

---

7 원문은 'いまはだ.'임. 직역하면 "'지금은'이다"이므로 뜻이 애매하다. 역자는 이를 "최후다"(『진정 마음이 만나서야말로』, 평민사, 1995, 379쪽)라고 옮긴 적이 있으나, 이는 오역에 가까운 지나친 번역인 듯하다. 따라서 이를 위와 같이 의역하여 제시한다.

등등, 봉일을 두세 번 칭찬해 주었다.

"자, 한 잔 마십시다."

나는 주인 쪽으로 잔을 들었다.

"그런 일은 벌써 지난 일이고, 내년부터 조선의 남자 아이들은 모두 군인이 될 수 있습니다. 내지인이니까 어떻다, 조선인이니까 어떻다 하는 것은 머지않아 흔적도 없이 사라지겠지요. 단지 똑같은 천황의 적자니까—그 감정이 하나가 될 날도 머지않았습니다."

"옳아요, 옳아요!"

가네코 소장은 식어버린 자기 잔을 비우고 나에게 건넸다.

"부인도 한잔 하시지요."

내가 잔을 권하자 가네코 부인은,

"마시겠습니다. 예, 괜찮겠지요."

하며 남편인 소장을 보았다.

"좋아, 좋아. 그리고 무언가 하나 노래를 불러주지 않겠나."

"군가를 부를까요?"

가네코 부인은 그 잔을 나에게 돌려주며,

"하늘을 대신해 불의를 친다."

를 부르기 시작했다. 우리도 아이들처럼 그 노래를 같이 불렀다.

"이기고 오겠다고 용감하게

맹세하고 나라를 떠난 이상은"

우리는 늦게까지 군가를 부르며 떠들었다. 마치 어린 시절로 돌아간 듯했다.

돌아가는 길에, 가네코 소장 부부와 나는 한 정(町)쯤 같은 방향을 걸었다. 눈이 내려 쌓여 있었고, 더욱이 마른 눈이었으므로 우리 신발 아래에서는 뽀드득 소리가 났다.

“사요나라.”

“사요나라.”

하는 이별 인사도 아이들의 그것처럼 명랑하게 메아리쳤다.

나는 혼자서 북악의 재넘이 바람을 헤치며 집으로 가는 길을 더듬었다. 전차도 훨씬 전에 끊겼으며, 거리에는 전선을 울리는 바람소리와 내 구두 소리뿐이었다.

내 마음은 봉일의 추억으로 가득했지만, 그것은 꼭 슬픔만은 아니었다.

“군인이 될 수 있다. 군인이 될 수 있다고.”

나는 혼자서 중얼거리고 있음을 깨달았다. 나는 목소리를 높여,

“군인이 될 수 있다!”고 외쳐 보았다.

____『신태양』, 1943. 11. 원제는 「兵になれる」

부싯돌

燧石

최 재 서

부싯돌

전쟁은 많은 것을 발명했지만, 또한 많은 것을 부활시켰다. 부싯돌도 그 중 하나다.

요즘 시골에 가면 부싯돌을 사용하는 농민이 조금씩 늘고 있다. 썬 담배를 곰방대에 채우고 천천히 주머니 속에서 손때 묻은 돌과 쇳조각, 그리고 쑥을—쑥도 적은 듯해, 낡은 솜조각을 사용하는 패도 있다—꺼내 딱딱 두세 번 치면 조그만 불꽃이 쑥에 옮겨 붙는다. 이때 쑥을 집은 왼손으로 마치 원을 그리듯이 두세 번 흔들면, 쑥은 연기를 내면서 새빨갛게 탄다. 그것으로 제법 담배의 불씨가 되는 것이다. 분명 전쟁이 낳은 한 가지 새로운 풍경이다. 하지만 이는 결코 대용품 따위의 살풍경한 명칭으로 부를 성질의 일이 아니다. 오히려 그와 반대로 일종의 은은함[1]과 따스함을 지닌 그리운 일이다.

그렇다 하더라도 난데없이 요즘 부싯돌이 유행하는 것은 그 무슨

---

1 원문은 'さび'임.

시세의 변천일까. 내가 철들 무렵의 소년 시대, 집에는 언제나 일고 여덟 명이나 되는 일꾼들이 있었지만, 부싯돌을 쓰는 사람은 아직 상투를 얹고 있는 여(呂) 영감 한 명뿐이었다. 내 기억에도 황린(黃燐) 성냥이나, 더 예전에는 닭 깃털 같은 얇은 나뭇조각 끝에 콩알만큼 이나 큰 유황을 발라 그것을 직접 불에 지펴 불꽃을 내는 불쏘시개 도 있기는 있었지만, 아무래도 안전성냥의 진출이 놀라워서 부싯돌 을 꺼낼 때마다 여 영감은 항상 젊은이들로부터 놀림을 당해야 했다.

이런 삼십 년 전의 기억도 되살아나고 해서, 어쨌든 돌을 치는 농민의 모습은 나에게 참을 수 없이 그리운 것이었다. 필요라기보다 는 일종의 수집벽 때문에 차제에 한 벌 시골에서 살 수 없는지 물어 보니까, 그것이라면 경성에 좋은 것이 얼마든지 있습니다, 종로 야시 나 돈암정 야시에 가면 미술적으로 만들어진 쇠와 돌이 함께 산처럼 쌓여 있을 겁니다, 라고 말해 준 사람이 있다. 역시 그렇구나 하고, 나는 한 번 더 감탄하지 않을 수 없었다.

그런데 부싯돌을 쓰는 농민들도 단지 배급 성냥의 대용품이라는 생각에서만이 아니라, 나와 비슷한, 아니 나보다도 훨씬 강한 애착을 가지고 이 고풍스런 도구를 만지작거린다는 사실을 발견했다. 경주 에서의 이야기다.

학도 출진의 큰 명령이 내린 지 벌써 반 달, 후배 중에 대국 판 단을 잘못해 급기야 국가의 기대를 배반하는 사람이 나오면 죄송스 러우므로, 이십이일에는 경성에서 학도 선배단이 급조되어 다음날 아침 벌써 백여 명의 단원이 열세 반으로 나뉘어 전 조선으로 계속 투입되어 갔다. 나는 경상북도를 배당받아, 네 명의 단원을 인솔해 곧장 대구로 향했다.

대구에서는 도의 간부들과 상의하고 현지의 응원을 얻어 두 반으로 나뉘었다. 그리고 제 일 반은 경주, 포항, 영덕으로 해안선을 따라 가고, 제 이 반은 안동, 의성, 영주로 경경선(京慶線) 철도를 따라 북상하기로 했다.

사흘 후, 우리 제 일 반은 소정의 장소에서 좌담회나 호별 방문을 마치고, 왔던 길을 되짚어 포항 발 경주 행 기차에 탔다. 기차라고 해도 앞서 말한 성냥갑 같은 경편철(輕便鐵)이다. 우리가 탔을 때는 이미 만원이었지만, 국민학교 아동들로부터 자리를 양보 받아 잠시 앉은 상태였다.

아무리 남선(南鮮)이라지만, 시월에 이렇게도 따뜻한 것은 역시 바다로부터 따스한 바람이 불어오기 때문일 것이다. 어쩐지 찌는데다가 기차 안에는 또 기묘한 냄새가 나서 코를 막고 싶어지는 것이었다.

기차에 탄 사람들은 대부분이 상인풍의 남자와 소수의 여자, 여자들은 물건을 사러 가는 사람들임을 곧 알았지만, 대부분의 남자들은 복장도 각각 달라 조금 정체를 파악할 수 없었다. 선반 위나 의자 아래, 그리고 입구 바닥 가운데 포대자루나 무거운 상자 따위를, 어쨌든 과분하게 큰 짐이 좁은 곳까지 쌓여 있었으므로, 냄새는 그 짐들에서 새어 나오는 듯했다. 일행 중 성급한 U군이 즉각 질문의 화살을 날렸다.

"이 냄새 참기 힘든데, 이게 다 무엇 때문이야?"

그러자 터키 풍의 젊은 남자가 눈을 슴벅슴벅하면서 대답하는 것이었다.

“갈치입니다.”

“갈치? 그러면 제군들은 야미(闇)[2]를 하고 온 거란 말이야?”

“무슨 말씸을 하는교? 대낮에 야미라니 농담하는교! 애들 묵일라고 쬐끔 사 가는데.” 이번에는 옆에 앉아 있던 사람 좋아 보이는 중년 남자가 눈을 둥그렇게 뜨고 변명했다.

“이게 다 아이들 줄 선물이야? 식욕 참 왕성하구나.”

이것으로 야미 건은 웃음으로 얼버무려지고 말았다. 포항을 떠날 때 받았던 감을 두 개 정도 먹자 나는 졸음에 쫓겨 꾸벅꾸벅 졸았다.

차 안 한 구석에서 예의 시끄러운 경상도 사투리가 떠들썩하게 자꾸 들려서 눈을 떠 보니, 어디서 탔는지 키가 큰 한 명의 늙은이가 은색 구레나룻에 덮인 얼굴에 조금 홍조를 띠고 지팡이로 바닥을 소리 나게 때리면서 자꾸 무어라고 떠들어대고 있다. 광대뼈가 두드러지고 코가 납작하며 콧수염이 입술을 덮을 듯한 전형적인 조선의 얼굴이었다. 몸집 전체는 크지만 눈만은 유별나게 작았으며, 그것이 눈같이 하얀 눈썹 밑에서 마치 대리석 안에 박힌 검은 다이아몬드처럼 이상한 사나움[3]을 발하고 있다.

“부싯돌 가치는 쇠가 아니라 돌에 있는 기라. 알겠는교. 극단적으로 말해 뿌리면, 쇠는 녹만 없으면 아무 거나 괴안타. 불을 내는 것은 돌 아이가.”

그는 낡은 소프트를 쓰고 곁에 앉은 터키 풍의 젊은 남자에게 열심히 설명하는 것이었다. 그 남자는 아까부터 아무리 해도 쑥에 불

---

2 야미도리히키(闇取引), 즉 암거래를 말함.
3 원문은 '慄悍'임.

이 붙지 않아 약간 자포자기 기분이 되어 쇠와 돌을 마치 내팽겨 치듯이 부딪치고 있는 것이었다.

"그렇게 무작정 치는 게 아인 기라. 그긴 꼭 석공이 끌로 돌 깎는 꼴이제. 진짜 부싯돌이라카는 건, 이렇게 두 손꾸락 사이에 끼고 살짝, 살짝 쪼매 스칠 만큼 두세 번 딱딱, 해 뿌리면 금방 불이 붙제. 그럼, 줘 봐, 보여 주꾸마."

그렇게 말하면서 그는 젊은 남자로부터 쇠와 돌을 빼앗듯이 하여 자기 눈앞에 가져왔다. 잠시 음미한 후에 그는 장중한 어조로 단언했다.

"허, 이 쇠는 잘 갈고 희(囍) 자 같은 것도 조각해 넣고, 꽤 예쁘게 맨들었군. 그캐도 이 돌은 잡석이나 매한가진 기라. 뭐라뭐라 캐도 돌에는 엄연히 혈통이 있는 기라……. 내는 지금 저 보따리 속에 존 거 하나 갖고 있는데, 그기 꼭 영물(靈物) 아이가. 쇠에 닿기만 하면 바로 불을 뿜는 거 아이가." 그렇게 말하며 그는 반한 눈으로 선반 위의 보따리를 바라보는 것이었다.

"아무리 돌이 좋더라도 쇠에 닿기만 닿으면 불이 붙을 수 있는교? 쪼매 얘기가 지나치지 않은교. 이 돌도 한 벌에 삼 원이나 줬으니께요." 이번에는 젊은이가 불복하는 듯이 말했다.

"뭐라꼬? 얘기가 지나쳐? 이 늙은이가 거짓말이라도 한다는 기고? 뭐하문 끄내 보여주꾸마. 대신, 내기할 끼가? 만일, 저 돌이 내 말대로 불을 안 뿜으면, 여기부터 기찻삯을 내 주꾸마. 또 만일 원한다면, 내 부싯돌을 그대로 다 주꾸마. 그 대신 내 말대로라면, 어떻게 할 끼고? 젊은 양반."

　지금까지 노인의 이야기에 빠져 있던 차 안 사람들의 시선이 이
번에는 일제히 젊은이에게 쏟아졌으므로, 그는 얼굴을 붉히며 멈칫
멈칫 목을 움츠려 버렸다.

　"그 돌의 혈통이라는 건 무엇입니까?" 어느덧 이야기에 끌려들어
나도 정중한 어조로 물어 보았다.

　이번에는 모르는, 그것도 도회인 차림의 나로부터 질문 받았으므로
노인은 내 쪽으로 방향을 바꾸면서 만족스러운 듯한 미소를 흘렸다.

　"예, 부싯돌에는 엄연히 혈통이 있다 아임니꺼. 마, 이 근방에서
말하면, 의성 밀석(密石)이라든지 단양 흑석(黑石)이라든지…… 특히 밀
석이라 카는 건 불가사의한 기요." 그는 부싯돌을 가볍게 치는 시늉
을 해 보이며 계속 말했다.

　"내가 지금 갖고 있는 기가 바로 그 밀석 아임니꺼."

　"그건 어디서 손에 넣으셨습니까?" 나는 갑자기 수집욕에 유혹되
어 추궁하지 않을 수 없었다.

　"요전에 대구서 입수했심더. 이상한 뒷골목에 부싯돌이나 실패
같은 걸 너저분하게 늘어놓은 점방이 있다 아임니꺼. 그 앞을 지나
가는데 묘하게 그을린 돌멩이가 번쩍 눈에 띄지 않는교. 글쎄 뭘고
하고 다가가 보니, 이건 어이쿠, 깜짝 놀랐소, 밀석이었다 아임니꺼.
에누리 없는 밀석. 이십 년 동안이나 찾아다녔던 밀석이 분명히 잡
석 속에 구르고 있었소." 그렇게 말하는 노인의 얼굴에는 희열의 빛
이 반짝반짝 빛나고 있었다. 그는 거기서 이야기를 멈추고 무언가를
생각해 내려는 것처럼 잠시 눈을 감았지만, 이윽고 방긋 얼굴을 풀
고 이야기를 계속했다.

"세상이라 카는 기 재미있는 기요. 전쟁이 되니께 부싯돌이 다시 나오고, 짚신이 유행하고, 우차(牛車)는 날뛰지 않는교. 고마운 세상 아인교!" 그는 무릎을 치며 쾌재를 불렀다.

"이 늙다리, 아직도 부싯돌이야, 카고 히야까시했던 패들이 말이요, 요즘은 배급 성냥이 모자라 찔찔거리고 있심니더. 또 고무신이니 치카다비(地下足袋)니 하면서 요새 농사꾼들은 짚신 삼는 법도 잊었다 이 말입니더. 그래서 농사꾼이 되겠는가 말입니더. 이천 년 동안 짚신 신고 일해 온 농사꾼 아인교. 또 우차는 어떤교. 화물차가 넘치니께 우차를 뿌솨서 온돌 땔나무로 써 뿌린 무분별한 사람이 우리 촌에도 두셋은 있심니더. 솔직히 돈도 별로 못 벌었던 것 같지만 말입니더. 그런데 우리나라가 열심히 전쟁을 한다 카는 때가 되니께, 이런 편리한 물건이 다시 어슬렁어슬렁 나타나니께, 고맙다 말입니더……."

"그런데 거기 영감이 멍청이라서 말요, 이십 전 주니께, 그 밀석을 툭 던져 줘. 아무래도 죄 지은 거 같아 뒷맛이 안 좋아." 이번에는 모두가 깜짝 놀랄 큰 목소리로 껄껄 웃었다.

나는 노인이 정열적으로 말하는 모양에 감명 받아 그 얼굴을 다시 보지 않을 수 없었다. 눈처럼 희고 풍부한 수염에 덮인 붉은 얼굴에는, 그러나 또한 윤기가 흘렀다. 그의 싱싱한 생명의 불은 세월의 파도를 밀어제치고 언제까지나 끓어오르려 하는 듯했다. 그리고 그의 복장은 평범한 농민의 복장과 별로 다르지 않았으나, 아무래도 그를 농민이라고는 볼 수 없게 하는, 기품이라기보다는 기골 같은 것이 전신에 떠오르고 있었다. 그렇다고 해서 이 부근 일대의 여러 마을에 아직도 근근이 몇 백 년이나 되는 가통을 잇고 있는 무슨 무슨 마을의 무슨 씨라는 명문 혈통이 아니라는 점은 그 말의 거센 억양만으로도 알 수 있지 않은가. 여기까지 사색하자, 나는 그의 정체를 알고 싶어서 일각도 유예할 수 없는 초조함을 느꼈던 것이다.

"영감님, 실례입니다만, 올해 연세가 어떻게 되십니까?" 하고 물었다. 그러자 노인은 갑자기 둔감한 얼굴이 되어, 고개를 갸웃하고 귀를 기울이는 것이었다. 내 묻는 말투가 조금 지나치게 점잖았나[4] 하고 생각하자, 노인은 호소하듯이 말했다.

"귀가 멀어가꼬!"

곁에 앉아 있던 터키 풍 젊은 남자가 내 질문을 경상도 사투리로 번역해 큰 소리로 고함쳤다.

"할배 나이 물어보시지 않는교."

"……." 그는 무언가 중얼거리면서 두세 번 고개를 끄덕여 보였지만, 이윽고 쓸쓸한 미소를 띠면서 오른손 엄지손가락을 꼽고 네 손가락을 펴 보였다.

"아홉입니더, 아홉. 일흔 아홉입니더."

"어휴!" 나는 다음 말을 계속하지 못했다.

"여든 노인이잖아!" 차 안의 사람들도 새삼 그 건강함에 기가 막히는 듯했다.

"여든이나 되니까 이젠 틀렸심더. 귀가 빠가(馬鹿)가 되 뿌리고, 이 원수 놈의 귀가!" 그렇게 말하면서 그는 희롱하듯이 오른손으로

---

4 원문은 '雅び'임.

가볍게 툭 자기 귓불을 때렸다.

"아주 정정하시지 않습니까. 우리 젊은이들이 부끄러울 정도입니다." 나는 위로할 생각으로 말했다.

"천만에요. 눈 하고 다리만 그래요. 이 놈은 아직 누구한테도 지지 않을 기라."

과연 그의 눈은 뒤덮이는 세월의 구름을 뚫고 별보다도 예리한 빛을 내는 것처럼 보였다. 나는 묵묵히 그 눈빛을 정신없이 보고 있었다. 노인도 그 사실을 느낀 듯이, 빙긋 웃으며 말했다.

"나는 젊었을 때 포시를 했습니더. 그 덕분이오."

"포시?" 내가 못 알아듣자 내 옆에 앉아 있던 이 고장 출신의 N 씨가,

"포수 말입니다. 사냥꾼이요." 하고 표준어로 번역해 주었다.

"이것 좀 보쇼. 이게 그 기념입니더."

잘 보니, 오른 쪽 눈 비스듬히 아래에 삼 센티 정도의 상흔이 있고, 거기만은 반점처럼 살이 붉게 부어올라 있었다.

"이건 토함산 산골짜기에서 멧돼지와 일대일로 싸웠을 때의 기념입니더. 스물세 살 때입니더."

"오, 스물세 살 때요?"

"맞심더, 어쨌든 스물세 살 때쯤부터 포시를 따라 돌아 다녔심더. 나는 평생 사수(射手)였심더. 그래가꼬 총이 없으면 정말 아무 것도 못하는 시시한 놈입니더."

"사냥감은 주로 뭡니까?"

"그기사 당연히 멧돼지 아임니껴. 우리는 노루도 잘 잡지 않았심

더. 재미없다 아임니꺼. 그 대신 멧돼지 사냥은 진검(眞劍) 승부지!”
이야기가 드디어 자기의 본령으로 들어갔다고 생각되자, 노인은 주
먹을 쥐고 다가오면서 이야기를 시작했다.

“이상합니더―산에 들어가면 우리는 벌써 다 잊어뿌리고 몸 전체
가 둥실둥실해집니더. 다리에 마치 날개가 돋친 듯해서, 십 리건 이
십 리건 개를 뒤쫓아 아무렇지도 않게 뛰어다닐 수 있게 됩니더. 사
냥의 반절은 개가 해 주는 기라, 이놈들이 앞으로 앞으로 자꾸 자꾸
달리면서 사냥감을 찾아내 줍니더. 요즘 셰퍼드 같은 것만큼은 못
하지만 조선 개도 길들이면 잘 해 줍니더. 그래서 사냥감과 만나면,
개 두 마리는―그렇게 멧돼지 사냥에는 두 마리가 없으면 안 됩니더
―막 짖어대면서 멧돼지 앞을 오른쪽으로 달리고 왼쪽으로 달리고
해서, 앞길을 방해합니더. 그러면 멧돼지 놈이 씩씩 화가 나서 휙 방
향을 바꿉니더. 멧돼지라는 놈은 재미있는 동물이라 일직선으로 나
아가는 것밖에 모릅니더. 소위 저돌맹진(猪突猛進)이라는 건데, 옆길로
빠져 도망치는 방법을 모릅니더. 우리는 바위 뒤나 그런 곳에 숨어
서 가만히 총을 겨누고 기다립니더.” 그렇게 말하며 그는 갑자기 짚
고 있던 지팡이를 치켜들고 단정하게 무릎쏴 자세를 취했다. 한쪽
눈을 감고 뜬 왼쪽 눈으로 창 밖의 한 점을 응시하는 모습에는 정말
진짜 멧돼지가 지금 저쪽에서 달려오기라도 하는 듯한 진지함이 있
었다.

“그렇게 하는 동안에 부스럭부스럭 하는 소리 속에서 시커먼 덩
치가 갑자기 나타나, 그 놈이 조준 속에 딱 들어오는 깁니더. 그렇게
되면 우리는 더 이상 참을 수 없심더.” 가슴이 두근두근하는 듯이 노

인은 쭈글쭈글한 얼굴을 파안대소하며 몸 전체를 와들와들 떠는 것
이었다.

"그런데 이 겨냥이 중요합니더. 사냥감은, 특히 멧돼지는 총알이
아무 데나 맞아도 되는 기 아인기라. 가령 등이나 옆구리 같은 데 맞
춰 봤자, 비계가 칠팔 분이나 되는 멧돼지니까 잘 죽지는 않심더. 줄
줄 폭포처럼 피를 흘리면서 도망가 버립니더. 뭐, 그 핏자국을 따라
하루건 이틀이건 가면 붙잡는 수도 있지만, 대개 보통은 가망 없는
기라. 또 급소를 벗어나면 멧돼지 놈이 필사적으로 버둥거리며 우리
쪽으로 뛰어들기도 합니더. 사냥꾼이 당하는 것은 대개 그런 경우입
니더. 요전에 시마다(島田) 나리가 상처 입은 멧돼지한테 옆구리를 받
혀 결국 죽었심더, 가슴 아픈 일 아임니껴."

경주를 방문한 적이 있는 사람이라면 누구나 알고 있는 시마다야
(島田屋) 여관 주인이 바로 너댓새 전에 사냥을 갔다가 멧돼지 어금니
에 받혀 죽었다는 이야기는 대구를 떠날 때 안내하던 N씨로부터 들
어 알고 있었다. 모든 이야기가 너무나도 역력하게 들려왔다. 노인은
눈 밑의 상처를 가리키며 이야기를 계속했다.

"내가 여기 상처를 입은 것도 그런 식이었심더. 옛날 총은 지금
처럼 연발식이 아니니까, 아차 하는 순간에 장전이 안 됩니더. 아뿔
싸, 하는 사이에 멧돼지가 온몸으로 얼굴에 부딪쳐…… 하지만 맞서
싸웠습니더. 어금니로 뺨을 스쳐 나를 받아 넘어뜨린 채 멧돼지는
멀리 도망쳐 버렸심더. 실패는 그 전에도 그 후에도 이때 한 번뿐입
니더. 덕분에 명예로운 부상을 남겼습니더."

"그럼 어디를 겨냥하면 됩니까?"

"그건 물론 관자놀이요. 관자놀이만 확실히 겨냥해 한 방 쏘면 놈은 빙글빙글 돌다가 푹 쓰러집니더. 간단합니더."

나는 눈을 창밖으로 돌렸다. 거무스름하게 어두워져 가는 산봉우리들이 마치 나라(奈良)에서 보는 듯한 완만한 곡선을 그려 경주를 빙 둘러 휘감고 있다. "경중(京中) 십칠만 팔천구백사십육 호(戶), 천삼백육십 방(坊), 오십오 리(里)"라고 구가된 넓은 경주는, 그러나 나라가 그랬듯이 하나의 분지였다. 거리의 정서 쪽에 웅크린 금오산(金鰲山)을 경주의 미카사야마(三笠山)라고 부르는 것은 최근 삼십 년을 넘지 않은 일이겠지만, 그러나 그렇게 서로 닮은 산이 동쪽과 서쪽에 있다는 사실은 불가사의한 인연이라고 말하지 않을 수 없다. 그것만이 아니다. 나라(奈良)는 조선어로 나라(國) 또는 국도(國都)를 의미하는 말로, 양자가 어원을 함께 함은 학자의 설을 기다릴 필요조차 없다. 이렇게 고대의 두 민족에게 나라의 수도라는 것이 그 명칭에서나 관념에서나 이상에서나 서로 공통된 것이라는 사실은 무언가 커다란 의미를 지니는 것이므로, 나는 두 곳을 방문할 때마다 항상 깊은 사색에 이끌리는 것이다.

오늘날 나라에 가면 유명한 시카요세(鹿寄せ)[5]가 있어 신의 뜻 그대로의 세계를 보여주는데, 경주에는 그렇게 그윽한 것은 없다. 하지만 고대에는 어떠했을까? 『삼국유사』는 신라 제 일대 왕 박혁거세의 탄생을 묘사해, 다음과 같이 말하고 있다. "알을 깨 어린 사내아이를 얻

---

5 사슴 불러 모으기.

288

으니, 그 모습이 단정하고 아름다웠다. 놀라고 이상히 여겨 동천에 목욕시키니 몸에서 광채가 나고 날짐승과 들짐승이 따라 춤추었다. 천지가 진동하고 해와 달이 청명해졌다. 이에 아이 이름을 혁거세로 지었다(剖其卵得童男. 形儀端美. 驚異之. 浴於東泉. 身生光彩. 鳥獸率舞. 天地振動. 日月清明. 因名赫居世)” 역시 똑같은 풍경이었던 듯하다.

경주에는 인간이 모였던 것처럼 짐승들도 모여 왔다. 태백산맥은 조선의 등줄기를 쭉 달려 내려와 여기서 확 열린 모습이다. 인류가 무언가에 이끌려 이동해 간 곳을 짐승들이 지나가지 않을 리가 없다. 아니면 그 반대로 말할 수도 있다. 어쨌든 이렇게 하여 인간과 짐승들은 경주를 중심으로 역사상의 여러 교섭을 가졌다. 『삼국사기』를 펴면, 종종 몇 년 몇 월 며칠 금원(禁苑)에 호랑이가 나타났다는 기사가 마치 인간의 기사인 것처럼 아무렇지도 않게 기술되어 있다. 여기에서도 호랑이에 대한 조선인의 외경과 동시에 친애의 정이 나타나 있음을 볼 것이다.

그러나 이것들보다 더 우리의 흥미를 일으키는 것은 불국사의 유래에 얽힌 곰의 전설이다.

가을도 한창, 훨씬 높은 하늘이 청자 빛으로 깊어지면 깊어질수록, 이 산 저 산의 단풍은 바야흐로 그 선명함을 더해 간다. 오늘도 앞마당 우듬지에서 작은 새들이 지저귀는 것을 듣자, 사냥을 좋아하는 귀공자 김대성(金大城)은 더 이상 참을 수 없게 되어 읽다 만 책을 덮고 벽에 세워둔 활을 내렸다. 그는 초당을 빠져 나와 살짝 뒷문으로 나갔다. 목적지는 빈사(賓士)의 들, 불국사 아래의 평원. 그제 결국 놓쳐 버렸던 한 마리 곰을 아무래도 단념할 수 없었던 것이다.

대성은 하루 종일 토함산 산기슭 일대를 뛰어 다녔다. 겨우 목적한 곰과 조우하여 단 한 방의 화살로 멋지게 쏘아 잡았을 때는 이미 해도 완전히 기울어 경주 도읍은 안개 속에 있었다. 하지만 염원을 이룬 대성은 피곤함도 잊고 유유히 산을 내려와, 그 밤은 아는 사람의 민가에서 묵기로 했다. 그러나 그날 밤, 죽은 곰의 영혼이 귀신이 되어 꿈에 나타났다.

"이놈 김대성, 너는 무슨 원한이 있어 나를 죽였느냐! 나는 반드시 네놈을 물어죽이고 말겠다." 하고 으르렁거리면서 곰은 이를 갈며 분해하면서 달려들었다. 놀란 대성은 필사적으로 손을 비볐다.

"내가 잘못했다. 제발 용서해 줘. 그 대신 네가 말하는 것이라면 무슨 일이라도 할 테니까."

"좋아. 그렇다면 절을 하나 세워서 나를 위해 명복을 빌어 다오."

"좋아! 칼을 걸고 맹세하마!" 그렇게 말하며 배게 아래 둔 단검에 손을 올리자마자 꿈에서 깨었다. 전신이 땀에 젖었으며 요도 축축하게 젖었다.

그 후 대성은 발심(發心)하여 밥보다도 좋아하는 사냥을 딱 그만두고 꿈에서 약속한 대로 죽은 곰을 위해 그 곰을 쏘아 죽인 장소에 웅수사(熊壽寺)라는 절을 지었다. 또한 그 곰을 처음 발견한 장소에는 장수사(長壽寺)라는 절을 지었다.

이윽고 김대성은 아버지 문량(文亮)의 뒤를 좇아 신라의 재상이 되었다. 그때의 경덕왕(景德王)은 의외로 불심이 독실해 스스로 여러 절을 순례하며 경(經)을 강(講)하게 하거나 시주가 되어 공양을 드리는 등 열심이었다. 따라서 나라 안에 사원이 신축되거나 개축되는 일이 잇따라, 그 융성함이 전대미문이라고 칭해졌다.

불국사는 제 이십삼 세 법흥왕(法興王) 이십이 년에 창립된 것이지만, 경덕왕 때에 이르러 면목을 일신할 정도로 대 개축을 실시했다. 그것은 오로지 곰의 망령에 마음이 움직여 부처에 귀의한 김대성의 발안에 의한 것이었다. 그것은 양친의 장수를 기원함과 함께 국가의 안태(安泰)를 축복하기 위함이었다.

그런데 김대성의 성장 내력에는 불가사의한 이야기가 전해진다. 대성은 원래 모량리(牟梁里) 마을에서 경조(慶祖)라는 과부를 어머니로 하여 가난하게 자랐다. 머리가 유별나게 크고, 게다가 정사각형 모양을 하고 있어 꼭 성(城)이 우뚝 서 있는 것 같았다. 그래서 대성이라고 이름 붙였다. 모친은 대성을 등에 동여매고 아침부터 밤까지 주인집을 위해 거친 일을 해야 했다. 언젠가 한 명의 승려가 주인인 복안(福安)의 집에 와서 보시를 청했다. 그때 승려는 노래하듯이 다음의 문구를 읊었다.

"하나를 보시하면 만 배를 얻고, 안락 장수할 것이다." 대성 소년은 그것을 듣자, 곧장 집으로 달려가 호기심에 눈을 반짝이면서 어머니께 묻는 것이었다.

"어머니, 지금 주인집에서 스님이 경 읽는 것을 들으니까 하나를 보시하면 만 배를 얻고 안락장수한다는데, 그게 정말이야?"

"진짜고말고! 스님 말씀은 틀림이 없어요."

"그럼, 우리 집에서도 스님께 뭔가 드리면 어때? 집이 이렇게 가난한 것은 분명, 전생에 아무 것도 시주하지 않은 탓이 아닐까요?"

너무나도 조숙한 아들의 말에 모친은 어떤 불안의 그림자에 스치

면서도 아주 감탄한 눈빛으로,

"아, 좋은 생각 했어요. 무엇이든지 드리세요."

어머니의 승낙을 받고 완전히 기운이 난 대성은 조금밖에 없는 마늘 한 밭 분량을 몽땅 스님에게 주어 버렸다. 그런 일이 있은 후 곧 대성은 병이라 할 만한 병도 걸리지 않았는데, 마치 어린 나무가 꺾어지듯이 갑자기 죽고 말았다.

그러나 그날 밤, 바로 그 시각에 당대의 국재(國宰)인 김문량의 집에는 하늘의 목소리 있어,

"모량리의 아이 대성이가 이 집에서 다시 태어날 것이다." 하고 말했다.

즉시 사람을 보내 모량리를 조사하게 하자, 과연 평판 높은 대성이 그날 밤 죽어 있었다. 그때부터 김 재상의 부인도 임신하고, 달을 지나 태어난 것은 용모가 괴위(魁偉)한 사내아이였다. 왜인지 왼손을 꽉 쥐고 펴지 않는다. 이레가 지나 겨우 편 것을 보니 금 부적에 대성이라는 두 글자가 새겨져 있다. 그리하여 하늘의 계시가 적중했음을 알고, 아이 이름을 대성으로 지었다. 또 그와 동시에 모량리에서 아들 대성을 앞세우고 혼자서 쓸쓸히 울고 있는 경조를 저택에 맞아들이고 후하게 부양했다. 전설은 이렇게 이야기하고 있다.

그러면 우리는 이 전설을 어떻게 해석하면 좋을까? 위인이라 불리고 영웅이라 불릴 정도의 사람이 한때의 장난으로 울타리의 꽃을 꺾다가 가시가 박혀 아주 나중까지도 몹시 곤란을 겪는다는 이야기는 지금도 옛날에도 끊이지 않는다. 특히 신라 왕조 시대에는 그런 예가 많았다. 사냥에서 돌아오는 길 등에서 비천한 여자를 가까이하

게 되고, 거기서 아이가 생겨 여러 가지 파문을 일으킨다. 그것도 영웅의 생애에 상응하는 삽화라고 말하면 말하지 못할 것도 없다.

하지만 이렇게 태어난 대성은 수양아들이라 하여 생애를 초토(草土) 사이에 묻기에는 됨됨이가 너무 좋았다. 그 괴위한 풍모든, 비범한 지력이든, 특히 순수한 마음가짐이든 간에, 모두 아버지 문량의 감식안을 자극해 마지않는 점이 있었다. 그래서 마음먹고 대성을 집에 다시 불러들여 적자로 삼는 동시에, 그 생모도 유모라는 명목으로 맞아들였다. 그리고 그 입적을 정당화할, 천성(天聲)의 전설을 짜내는 일을 잊지 않았다. 하지만 한편으로 자기 배 아파 낳은 아이를 내 자식이라고도 부르지 못하는 경조의 괴로움! 거기 더해 노골적으로 증오를 불태우는 본처의 눈초리와 넌지시 모멸의 빛을 품은 하인들의 눈빛! 경조의 생애는 결코 즐거운 것도, 화려한 것도 아니었다. 영리한 대성은 언제부터인지 어른들의 비밀을 다 알고, 그것을 혼자 가슴 깊이 담고 있었다.

그런데 재상 김대성은 국왕에게 헌책하여 불국사를 중수했다. 그때 그의 마음속에는 슬픈 한 사람의 여성을 위해 조그마하나마 진리가 가득한 절 하나를 짓고 싶다는 비원이 부글부글 끓고 있었다. 어린 자신을 등에 동여매고 일 년 내내 악전고투했던 어머니의 모습, 저택에 맞아들여지기는 했지만 차가운 감시 속에서 이를 꾹 악물어야 했던 어머니의 모습! 이 어머니의 모습을 어떻게 하면 영원화할 수 있을까!

대성은 드디어 뜻을 정하고 땅을 점쳐 석불사(石佛寺)를 창건했다.

장소는 토함산의 양지바른 정상 근처, 그곳은 흰 구름이 모이는 곳, 영천(靈泉)이 샘솟는 곳, 아침 해가 비치는 곳, 저녁달이 들이비치는 곳, 그곳에 석굴을 만들고 본존(本尊) 석가불(釋迦佛)에 제천제불(諸天諸佛)을 모셨으며, 이로써 시방정토(十方淨土)의 현출을 빌어 비원의 한 끝을 채웠다.

이는 우연한 기회에 입수한 『불국사고금창기(佛國寺古今創記)』의 기사를 발판 삼아 내 상상이 마음껏 날아올라 본 공상의 세계였다.

하여튼 장려함이 동도(東都) 제일이라 불린 불국사를 짓고, 나아가 그 불가사의한 생명의 약동을 천 년 후의 오늘에 전하는 석굴암을 창건한 김대성을 부처님께 이끈 것은 한 마리의 곰이었다. 이런 전설이 어떤 종교사에 있을 것인가?

그러나 생각해 보면, 이것은 그렇게 불가사의한 일도 아니었다. 왜냐하면 곰은 조선인에게 신앙의 대상이었으므로. 단군전설에 의하면 태백산에 강림한 환웅은 곰의 비원을 들어주어 여자 몸으로 만들고, 그와 결혼해 단군 왕검을 낳은 것으로 되어 있다.

조선인의 곰 숭배는 멀리 야마토(大和)[6] 땅에도 전해져, 큐슈(九州)에서는 끊임없이 신라와 통했던 예족(濊族)을 구마소(熊襲)라 불렀으며, 또 일반적으로 한인(韓人)을 고마인이라고 불렀다. 아마 태백산맥을 따라 남하해 온 예(濊), 맥(貊) 족은 지금의 강릉이나 울진 부근에서 바다로 나가 일본해의 흑조(黑潮)를 타고 다지마(但馬)로 건너갔으며, 다른 일파는 남해안에서 직접 큐슈로 건너갔을 것이리라. 어쨌든 곰

---

6 일본을 말함.

(熊)과 군(君)과 신(神)[7]은 고조선어에서 공히 그 발음을 같이 할 만큼 관계가 깊었다.

후에 신라의 재상이 되었을 정도의 김대성이므로 이런 일들을 모를 리가 없다. 혈기에 몸을 맡겨 곰께나 사살했지만, 이번만은 (아마 그것은 그의 정신적 전환을 보여주는 중요한 순간이었을 것이다) 죽어가는 곰의 원망스러운 눈빛이 언제까지나 따라다녀 밤에도 잠들지 못했을 것이다. 그것이 동기가 되어 그는 아직 눈 뜨지 못했던 신앙심에 개안했으며, 나아가 새로 전래된 불교와 습합하여 무인 김대성은 인생행로의 더욱 험한 길을 오르기 시작했던 것은 아닐까?

"그 시절에도 총이 있었나요?" 누군가 이런 바보 같은 질문을 했으므로, 나 역시 상상의 세계에서 끌려 내려오고 말았다. 노인은? 하고 보니, 기가 막혀 아무 말도 할 수 없다는 표정.

"그건 말이야, 너. 내지에서 조선에 처음 총을 보내 온 기가 임진란 직전이었다고 하니께, 벌써 삼백 년이나 아이 되었나. 하긴 지금 같은 훌륭한 연발총이 아이제. 그래도 엄청 잘 맞았지. 게다가 포수라 카는 사람은 그저 사냥꾼이 아인기라. 위에서 부르시면 언제든지 전쟁에 나가는 기라. 그기 또 용병과는 비교도 안 될 만큼 아주 훌륭히 봉공했던 기 아이가. 그래서 조선 포수라 카면, 그 이름이 청나라에까지 떨쳐졌다 아이가. 나는 학문이 없어서 자세히는 모르지만, 효종(孝宗) 때 청국이 아라사하고 흑룡강(黑龍江)에서 싸울 때는 조선에

---

7 신(神)의 일본어 발음은 '가미'임.

서 함경도 포수 쉰 명을 보내, 간신히 쫓아냈다고 하지 않나. 하여튼 아라사 놈들은 의외의 곳에서 총알이 날아와 자꾸자꾸 아군을 죽이니께 겁먹고 도망했다 안카나. 방약무인한 아라사 군사를 마카 해치운 기 다름 아닌 조선 포수 아이가.

그런데 다음 해가 되자 청나라에서 또 조선 포수 원병을 청한 기라. 당시 아라사는 흑룡강 이남으로 나갈라꼬 집요하게 온 것 같아. 그래 청나라는 일만의 군대를 보내 아라사 근거지 호마이성(呼瑪爾城)을 포위했는데, 스무 날이 지나도 함락시키지 못해 별 수 없이 돌아온 기 아이가. 그래 조선에서는 북쪽 지방 아홉 읍 포수 이백 명에 군속 육십 명을 붙여 내 보냈는 기라. 그기 영고탑(寧古塔)에서 청나라 대군과 합세해, 척척 송가라강(宋加羅江)을 내려갔제. 그런데 청나라 군대는 수는 일만이나 됐지만 총이 없는 기라. 애초에 싸움이 되지 않는 기라. 부딪칠 때마다 조선 포수가 나가 쏴 쫓아 버려. 마지막에는 불화살로 적선의 화약을 폭발시켜 십여 척을 뒤집어엎었는데, 도망친 배는 단 한 척. 이 전투에서 적은 스테하노프라 카는 대장을 잃어 지리멸렬, 결국 청군 승리가 되었는 기라. 그래 조선의 포수 군이 돌아올 때는, “이번 전첩은 완전히 조선군 덕분이었다.”고 하여 고맙다는 말을 들었고, 출정한 사람들 중에는 청나라 조정으로부터 작위를 받은 사람도 있다는 기 아이가. 나는 아이 때 이 이야기를 내 스승인 강 선생에게서 몇 번이나 들었는지 모르는 기라.”

이야기를 들으면 들을수록 정취 있는 노인이었다. 그렇기는 해도 아까 젊은이의 버릇없는 질문은, 그 질문의 주인이 나 자신이기라도 한 듯한 자책의 마음을 동반하며 나의 신경을 자극하는 것이었다.

그래서 나는 사죄하는 듯한 기분으로 노인을 향해 말했다.

"좋은 이야기군요! 요즘 젊은 사람들이 그런 이야기를 점점 잊어 가는 것은 섭섭한 일입니다."

"이야기뿐이 아니오. 영혼도 점점 잊어가고 있는 것처럼 보입니다. 나는 지금 딸네 집에 다녀오는 길입니다. 딸내미는 한포(汗浦) 삽니다. 남편이 꽤 큰 규모로 어업을 하고 있는데, 나는 사치라꼬 생각하지만, 아들을 경성의 전문학교에 보내고 그럽니다. 근데 요전에 애국반장 님이 오셔서, 이번에 조선의 전문학교 학생들에게도 내지인 학생과 똑같이 육군에 특별지원을 할 길이 열렸다, 이번에 나가는 학생들은 곧 황군의 간부 될 자격을 받도록 결정되었으니, 절호의 기회다, 조선인 학생은 모두 나가지 않는다면 바보 같은 일이다,[8] 하고 말씀하지 않는교. 퍼뜩 생각나서, 우리 손자 놈은 어떻게 했냐고 물으니께, 자, 그걸 잘 모르겠군요, 아무래도 고향에 돌아온 듯한데, 나에게 아무 상의도 없었느냐는 이야기였어. 나는 하도 한심하기도 하고 부아가 나기도 해서 되게 화가 나 딸에게 편지를 보냈습니다. 그러니께 딸년도 패기 없는 사람이라 아무래도 본인의 속생각이 결정되지 않은 듯하다는 둥 어떻다는 둥 주절거리는 깁니더. 뭐라고 지껄이는 거야, 하여 어젯밤에 집을 떠나 칠십 리 길을 달렸심더. 이래 뵈도 하루 백이십 리는 걸었던 다립니더. 칠십 리 따위는 먼 거리가 아닙니더."

나는 저런, 저런, 하고 생각하면서 겨우 여기까지 노인의 이야기

---

8 원문은 '嘘だ'임.

를 들었지만, 더 이상 잠자코 있을 수가 없었다.

"그래서 어찌 되었습니까?"

"뭐가 어찌 됐니껴? 갑자기 들이닥쳐 이불을 홱 젖히고, 어쩔 꺼야, 도장 찍을 꺼야 말 꺼야, 하고 공박했심더. 그러니께 그놈이, 흐흐흐, 기특하게 머리를 숙이면서, 할아버지, 죄송합니더, 찍겠심더, 하데예."

"잘 됐네요!" 나도 안심하며 환성을 질렀다.

"한밤중에 갔으니께, 단잠 자는 걸 습격당해 모두 당황은 했지. 쪼매 불쌍했심더."

"이 세상의 부형이 모두 당신처럼 훌륭한 분이었으면 좋겠습니다." 하는 말이 목구멍까지 나왔지만, 나는 입을 다물고 말았다. 이 노인의 어조에는 판에 박힌 찬사 따위는 접근을 불허하는 그 어떤 격정이 휘몰아치고 있었다.

"어떨까요? 선생님은 뭐든지 다 아실 것 같은데, 삼천 몇 명이라고 하는 학생들이 전부 활기차게 나가 줄까요?" 노인은 침통한 표정으로 묻는 것이었다.

"나가겠지요! 기일까지는. 아직 취지를 철저히 알지 못해 우물쭈물 하고 있는 패들도 있는 듯하지만." 나는 하나는 내 신념으로부터, 하나는 이 노인을 낙담시키고 싶지 않아서 이렇게 딱 잘라 대답했다.

"지는 무학자라 아무 것도 모르지만, 이 좋은 때 젊은이들이 우물쭈물하고 있는 기는 아무래도 재미없심더. 정직한 말이지만, 조선 젊은이들에게 이렇게 좋은 시세(時世)가 있었습니껴? 지가 젊었을 때는, 집이 먹고 살기 어려울 정도도 아니었지만, 학문 같은 거 하지 못했심더. 그렇게 편리한 물건도 없었심더. 별 수 없이 사냥꾼을 따라 산에 들어간 기라. 그래서 총 쏘는 법 배워서, 경주 배(裵) 포수라카면 알아주는 솜씨가 된 기라. 그래서 그기 뭐꼬? 만날 짐승만 상대하는 거, 타고난 피가 납득하지 않는 기라. 왜냐카문, 밖으로 공을 세우려꼬 해도 공을 세울 데가 없는 기라. 낙심했심더, 우리는. 이래 뵈도 선조를 밝히면, 어엿한 무가 혈통입니더. 그 자손이 모처럼 총을 잡았는데, 기껏 사냥꾼 아인교. 무엇보다도 선조님들께 죄송스런 이야기요!” 노인은 여기서 이야기를 끊고 조용히 눈을 감는 것이었다. 노인은 잠시 후 서서히 눈을 떴다.

“지가 서른여섯 살 때든가, 일본의 수비대가 처음으로 여기에도 왔심더. 다부진 군복에 번쩍번쩍 빛나는 총을 메고 척척 걸어가는 것을 보자 정말 부럽고 부러워서 한 번이라도 좋으니까 저 옷을 입고 총을 쏴 보고 싶다고, 정말 진지하게 생각은 했지만, 하하하하.”

“정말입니다!” 나는 크게 고개를 끄떡여 보였다.

“그런데 이제는 우리한테도 그기 가능하게 되지 않았는교. 게다가 이번에 나갈 학생들은 모두 높은 군인이 된다는 이야기 아입니껴. 이런 고마운 말이 있는교. 우리 손자도 이렇게 전쟁에 나가 코쟁이들 높은 콧대를 꺾어 놓는다고 생각하면, 지는 비로소 선조님들 낯을 대할 수 있을 듯한 기분이 든다 아입니껴.”

어느새 추워졌다. 그늘이 진 게 아니라 날이 저물기 시작한 듯했다. 기차가 경주에 가까워졌는지 슬슬 내릴 채비를 하는 사람도 있었다.

“그런데 선생님, 어디까지 가십니껴? 괜찮으시면 경주에서 하룻밤 묵으시지요. 경주에는 아직 좋은 돼지고기를 먹여주는 집이 있습니더. 지가 안내해 드릴 테니, 경주 막걸리라도⋯⋯."

"예, 고맙습니다. 하지만 저희 일행은 아무래도 오늘밤 대구까지 돌아가지 않으면 안 됩니다."

그러는 동안에 나와 노인이 헤어져야 할 때가 왔다. 노인을 향해 거수경례를 하고―국민복을 입고 있었기 때문에―, 그리고 진정을 담아 이별의 말을 했다.

"영감님, 아무쪼록 건강히 지내십시오. 그리고 꼭 곰 한 마리를 잡아 주세요."

그러자 노인은 놀란 듯한 표정을 지었다. 그리고 내 치켜든 오른 손을 두 손으로 공손히 받들면서,

"아하하하, 멧돼지 말입니까, 예, 잡을 낍니더. 꼭 잡을 낍니더! 아하하하, 아하하하." 그의 웃음은 언제까지나 계속되었다. 그 눈에 는 반짝반짝 빛나는 것이 있었다.

____『국민문학』, 1944. 1. 원제는 「燧石」

장정

壯丁

김 용 제

벌써 완전히 여름이 된 듯한, 땀내 나는 만원 전차에 부대끼며 집으로 돌아오자 시계는 여섯 시를 지나 있었지만 저녁 햇발은 아직도 도심부의 연이은 지붕들 위에 남아 있었다.

맑게 갠 하늘색도 대낮처럼 건조하고 푸르러 낙하산 모양으로 두둥실 떠 있는 한 조각의 둥근 구름도 아직 황혼의 기색에 물들지 않은 채 하얗게 빛나고 있었다. 이런 하늘 모양으로 보아 텃밭에 기르는 야채나 그 구석에서 학대받고 있는 화초가 뿌리까지 마른 채 기다리는 비는 어지간해서 오지도 않을 듯했다. 작년 여름에는 짚을 사지 못해 지붕을 덮지 못한 바람에 비가 새어 상당히 괴로웠다. 실은 겨우 오늘의 일이지만, 이제는 하늘에서 언제 홍수가 오더라도 괜찮을 만큼 지붕은 무장했다. 그러나 그 효력을 언제쯤이나 시험해 볼 수 있을지. 이렇게 대륙적인 경성의 여름은 어수선하게 오는 것이다.

오늘 아침 출근할 때, 초가지붕 이는 인부는 담배를 피우며 왔다.

그리고 제대로 검사도 하지 않은 채 오늘 하루는 푹 꺼지지 않을 것이라는 등…… 하고 직인(職人)답게 잘난 체했지만, 그는 벌써 돌아가 버렸다. 고심 끝에 겨우 입수한 중고품 짚으로 지붕을 이었으나 약간 새 짚 냄새가 나는 듯한 것이 황색으로 두둑해져 있었다. 조금 더 생각이 미치지 못한 것은 마당이나 텃밭 여기저기에 가득히 떨어진 지푸라기를 청소해 주지 않고 그대로 돌아가 버린 점이다. 부족하기 일쑤인 배급미를 무리하게 떼어내 점심을 대접한 탓일까, 그는 매우 기분 좋게 능률을 올려주었다고 집사람은 말했다. 어쨌든 고맙다고 생각했다.

이 부근은 아직 거리 여기저기에 옛날에 만든 야채 밭이 그대로 남아 있고, 그것을 본업으로 살아가는 사람도 꽤 있어서 나의 애국반(愛國班)에도 그런 사람들이 많았다. 이 하왕십리 근처로 이사 온 지 어느새 오 년째가 되어 그 사이에 이 전셋집 지붕을 이은 것이 세 번. 내가 십 년 이상이나 고투했던 도쿄에서 비참한 모습으로 돌아온 것도 벌써 팔 년째가 되었다. 그리고 격변하는 시국의 폭풍이나 비상시 생활의 파도와 함께 이 지붕 밑의 삶에도 여러 변화가 있었으며 또 새롭게 성장하는 것의 믿음직한 모습도 있었다. 그 중에서도 가장 커다란 일은 동거하고 있는 내 사촌동생이 드디어 군인이 될 수 있다는 사실이다.

불쌍하게도 가난한 과부인 백모의 외아들인—사촌동생 구니모토(國本) 군은 내가 도쿄에서 돌아온 그해 여름 아직 소학교를 갓 졸업한 아이로 십오 원의 월급을 받으며 여자사범의 급사 일을 하고 있었다. 그리고 그때는 또한 가장 슬플 때였다. 일주일만 빨리 돌아와

주었으면 이승의 백부 얼굴을 볼 수 있었을 텐데, 하고 백모는 한스러운 얼굴로 새 위패 앞에서 또 울음을 터뜨리는 것이었다. 게다가 무엇보다도 어린 상주인 구니모토 군이 애처로워서 견딜 수 없었다. 긴 대나무 상장(喪杖)을 들고 슬피 읍하는 아침저녁의 제사 때, 그 작고 약한 어깨에서 가련하게도 흔들리는 숨 막히는 상복은 차라리 그 무게조차 감당 안 될 듯한 기분이 들어 차마 볼 수가 없었다. 백부는 백부의 아버지─구니모토 군의 할아버지─의 업을 이어 충북 곳곳의 시골에서 한방의를 하며 꽤 득의의 시절도 있었다고 한다. 내가 이 백부를 단 한 번 만난 것은 꼭 이십일 년 전의 옛날이었다. 청주중학 이학년 때로, 그해 여름방학을 이용해 신탄진의 그 약국집을 방문했던 것이다. 그 후 인천으로 이사하거나 하다가, 이윽고 내 아버지가 집을 정리해 경성에 오자, 이미 양가 모두 기울어져 버린 후였지만, 서로 위로라도 하듯이 가깝게 살게 되었을 것이다. 멀리 떨어져 불효만 하던 나는 그간의 사정을 전혀 몰랐다. 도별(道別) 감찰 관계로 불가능했지만, 백부는 늙은 아버지에 앞서 죽기 직전까지 어떻게 해서든 경성에서 개업하고 싶다고 그 아버지와 함께 바라고 있었다고 하나, 겨우 사십을 갓 넘긴 젊은 나이에 죽은 것이다. 백모의 비탄은 직접 생활로 이어져 극심한 빈곤은 그날부터 무자비하게 닥쳐왔다. 그러나 그때는 아직 여자 힘으로 할 수 있는 행상(行商)의 자유도 있었으므로 백모는 죽는 것보다는 낫다고 하면서 씩씩하게 용기를 내게 되었다. 그것은 용기라기보다는 일종의 절대적인 똥배짱이었다. 자기 얼굴에 몇 겹의 종이를 발라도 남모르는 눈물이 나와 어쩔 수 없었다고 백모는 그때의 심경을 지금도 말하고 있다. 한 개에 일 전,

그 후에 이 전이 된 떡이나 계절 과일을 사서 그 바구니를 머리에 이고 돌아다니며 팔아 그것으로 가계를 도왔다기보다는, 실로 일가를 지탱해 왔던 것이다. 최근 들어 그렇게 할 자유도 물품도 없으므로, 지금까지의 행상 길도 완전히 끊어졌다. 삼 년 전에는 구니모토 군의 할아버지마저 죽었으므로 외로움도 더욱 커졌다.

그리고 이제는 겨우 성장한 구니모토 군이 어떤 출판사로부터 오륙십 원의 보수를 받아 와 그것을 가지고 여자가 셋이나 되는 네 명의 가족이 근근이 살고 있는 상태다. 하긴 사촌 누이인 종순(鐘順)이가 공장에 다니고 있기는 했지만, 사실 자기 한 사람 쓰기에도 빠듯할 만큼 보잘것없는 수입이므로 직접 가계의 회계에는 집어넣지 못하는 듯하다.

그러한 가정을, 씩씩하기도 하다고 말하고 싶을 정도로 잘 지탱하고 있는, 집안의 어린 기둥이라 할 구니모토 군이 이번 제 일회 징병의 적령이 되어 올 사월 가장 빨리 검사를 받았다. 그리고 약하다고 생각해 걱정했던 것보다는 좋은 성적으로 제일을종(第一乙種)에 합격. 뒤 돌아보지 않으리,[1] 하며 드디어 군문에 들어가기를 기대하는 신분이 되었다.

갑종(甲種)을 놓친 것을 섭섭해 하면서도 '제일을'을 받아 자신을 얻었다고 기뻐하며 벌써 진짜 군인이 된 듯한 기분으로 긴장하고 있는 이 구니모토 군은, 백모가 항상 말하는 것처럼 어떤 점에서 내 성격과 많이 닮았다. 이웃 아줌마의 농담 이야기를 흉내 내면, 뱃속에

---

1 당시의 군가 구절임.

노인이 앉아 있다고나 할까, 나이보다 훨씬 침착했다. 어린 시절부터 불행한 경험만 해서 기가 꺾인 것은 아닐까 하고 걱정도 했지만 신기하게도 그런 것은 없었다. 단, 말 없는 것이 나와 똑같았지만, 그것은 겉 인상에 지나지 않았다. 회사의 상사나 동료로부터도 귀여움을 받았으며, 청년 훈련소의 성적도 아주 좋았다. 안에는 젊은 피가 밝게 타고 있었지만, 그것을 여러 가지 목소리로 드러내지 않는 듯한, 어느 쪽이냐 하면 내향적인 성격인 것이다.

그리하여 우리 종성(鐘星)이는 어릴 때부터 사촌형을 쏙 빼 닮아서…… 하고 백모가 입버릇처럼 말하지만, 나를 증거 삼아 그렇게 말할 때는 언제나 백모의 기분이 좋을 때였다. 자기 아들을 넌지시 자랑하는 듯한, 그러나 다른 한편으로는 더욱 남자답게 활발하기를 바란다고 조용히 타이르는 듯한 어조다. 그리고 그렇게 말한 뒤에는 여자다운 푸념이 이어져. 나의 생가인 우리 집의 옛일을 곧잘 추억했다. 그 이야기의 시작도 내 어린 시절의 아무 것도 아닌 행동 이것저것을 하나하나 열거하는 것이었다. 그리고 너무 귀여웠다는 표정으로 웃는 얼굴이 되었다. 백모에게는 그런 일을 말해 보는 것 자체가 즐거움인 듯했다. 우리 집안 동성(同姓)만 백 호 이상 대대로 모여 사는 커다란 마을에서 가장 좋았던 우리 집 곳간에는 황금색의 복족제비가 살고 있었다든지, 내가 일곱 살 때 돌아가신 어머니는 정숙하고 아주 미인으로 평판이 높았다든지, 질리지도 않고 똑같은 추억을 몇 번이건 들려주는 것이다.

이 어머니의 얼굴을 여러 가지로, 그것도 무언가 최고의 부인이었던 것처럼 들려줄 때에 나는 묘하게 복잡한 느낌을 맛보는 것이다.

백모로서도 그럴 생각은 털끝만치도 없었겠지만, 무언가 지금 어머니에 대해 빈정거리는 뜻은 없을까 하고 반사적으로 경계하게 되는 점이 없지도 않았다. 약간 응석부린 듯한 싫은 기분이다. 그리고 그런 일을 신경 쓰지 않을 수 없는 나의 민감함이 지금 어머니에 대한 그 어떤 잠재의식의 쓸쓸한 그림자는 아닐까 하고 반성되어, 이래서는 안 된다 하고 깜짝 놀라는 일이 있다. 그럼에도 불구하고 내가 생모의 젖을 찾는 어렴풋한 향수—그 슬픈 그리움은 순수한 것이므로 그런 일을 말해 주는 백모가 고마운 것이다.

그런데 그것은 어쨌건 간에 군인이 될 사촌동생의 진지함. 사실은 걱정하고 있던 백모의 담담한 심경은 진실로 우러러보였으므로, 나는 차라리 놀랐다는 것이 거짓 없는 본마음이다. 이렇게 말하면 주제넘은 말이지만, 구니모토 군은 나를 흉내 내어 문학의 습작도 시도하고 있는 청년으로, 그런 의미에서도 나는 즐겁게 생각하고 있다. 하지만 소위 문학청년으로는 만들고 싶지 않으므로, 힘든 과제를 무조건 명하곤 했다. 그 점은 구니모토 군도 마음으로부터 기쁘게 절대 복종이다. 그의 무잡 순정한 마음의 토양에는 나의 감화랄지 영향이 비처럼 스며들어 군인에 대한 동경, 충군애국의 감격, 그것이 나보다도 오히려 자연스러운 모습으로 뿌리를 뻗고 있다. 그러나 백모에 대해서 나는 서툰 설교를 할 걱정도 없었다. 부모자식 사이의 애정이 피 속에서 서로 이야기하는 진실함으로부터, 아들을 믿고 기도하는 기분으로부터, 그들은 부지불식간에 똑같은 길로 나아갈 것이리라.

구니모토 군은 지금까지도 어머니를 잘 모시는 효자였다. 그러나 요즘은 눈에 보이게 열심히 효도를 한다. 빠진 지 벌써 몇 년이나 되는 백모의 앞니가 신경 쓰여 의치할 것을 걱정하거나 거짓말 비슷하게 회사 친구에게 받았다고 하며 과일 같은 것을 두세 개 선물로 들고 와서 권하곤 한다. 그렇게 생각해서 그런지 그것이 또 나에게는 눈물겨운 정경으로 가슴을 때리는 것이다. 그리고 백모 쪽에서는 구니모토 군의 손톱 끝에까지 몇 배나 세심하게 마음을 쓴다. 무언가 다른 일로 조금 우울해 있기라도 하면, 또한 몸 상태로 인해 젓가락질이 조금이라도 이상해지면 백모는 대단히 신경을 써 터무니없고 쓸데없는 걱정을 한다. 어쩌면 군대에 가는 것을 무서워하는 것은 아닐까. 자기가 입영한 후의, 늙으신 할머니와 어머니와 열여섯 살 먹은 누이의 일 등―그 여자뿐인 가난한 생활을 걱정하는 것은 아닐까. 그렇게 생각되는 것도 당연할 터인 백모는 오히려 아들에게 원기를 불어넣으며 부드럽게 격려하고 있다. 사촌누이인 종순은 아직 열여섯 살의 소녀이지만, 붕대 등을 만드는 군의품(軍醫品) 공장에 다니고 있다. 종순은 자기들 손으로 만든 것은 곧 군인의 귀중한 피를 멈추게 할 위문품이라고 자신 있게 말했다. 그 군인이라는 말 속에는 벌써 오빠도 포함되어 있을 것이다. 그러나 오빠에게는 곧 붕대보다는 센닌바리(千人針)[2]를 만들어 드리겠다고 말하고 있다.

　이러한 백모 일가의 아침저녁의 일을 벽 하나 사이에 두고 손에 잡힐 듯이 다 알고 있는 나는 최근 들어 그 모든 생활이나 말 하나하나의 울림마저도 구니모토 군이 군인이 된다는 것 한 점에 집중되

---

2 출정하는 병사의 무사함을 빌며 천 명의 여성이 빨간 실로 한 땀씩 천 개의 매듭을 놓은 천.

어 있는 듯이 생각되어 가만히 있을 수 없다는 기분이 된다. 이 한 점으로 향한 진지함, 갸륵함. 그런 것들이 커다란 기도 같은 비원이 되고 있는, 언어를 절(絶)한 세계. 그 안에 흘러들어 자연스레 빚어져 나오는, 싸우는 집의 미더움. 그런 분위기 속에 있는 나는 검사 날을 위한 엣츄훈도시(越中褌)[3] 만드는 법을 가르쳐 드리는 등, 백모의 상담 상대도 된다. 변두리의 이 작은 초가 셋집 입구에 이윽고 "축 입영 구니모토 가네호시(國本鐘星) 군"이라는 깃발이 펄럭일 그날을 상상하면, 나는 가슴이 두근거림을 느끼는 것이다. 징병 입영이라는 것은 오랜 조선의 역사에서 실로 처음인, 빛나는 대사건이다. 결코 남의 일이 아니다. 아무쪼록 최초의 한 사람, 능히 최후의 한 사람이라도 되라, 그렇게 기도하고픈 것이다. 이 집에서 군인이 나온다. 내 사촌 동생이 나간다. 나에게도 단순한 자랑 같은 것이 느껴지는 것이다. 이 기분에 대해서도 나는 책임을 느끼지 않을 수 없다. 왜냐하면 아직 막연하나마, 그 후의 백모 일가의 생활은 어떻게든 확실히 보살펴 드려야 하기 때문이다.

그러나 지금까지 수 년 간, 돈이 되지 않는 내 일이나 가난한 생활에 쫓기느라 여념이 없는 나의 무력함 때문에, 나는 이 불행한 백모나 어린 시절부터 호주로서 떠맡은 짐에 허덕이고 있는 사촌동생에게 아무런 힘도 되지 못하지 않았던가. 미안하다든지, 부끄러울 뿐이라든지 하는 그런 말조차 할 수 있는 처지가 아니다. 이 셋집에 동거하고 있는 것이 그나마 서로의 위안일 뿐, 때로는 오히려 내가 폐

---

3 남자의 국부를 가리는 길이 1미터 정도의 천에 끈을 단 것.

를 끼치는 듯하다. 드디어 이 사촌동생이 입영, 이어서 출정하리라. 나는 그것을 생각하면 뼛속에서부터 힘이 나는 것이다. 이는 모든 의미에서 나의 마음을 싸우는 병사의 마음으로 만들고 씩씩한 유족(遺族)의 기분으로 만들어 주리라.

삼십 평 남짓한 마당에 어느 곳에나 날려 있는 지푸라기 조각을 깨끗하게 치워 모아 놓으니 몇 번쯤 온돌을 덥힐 땔감이 될 듯하다. 두 면이 함석담이고 두 면이 널판 담인 장방형으로 둘러싸인 마당 안에는 입구로 이어지는 뜰이 있고 그 구석에 방공호가 있으며 남쪽 담에 달라붙은 명색뿐인 장작 창고, 네다섯 평의 마시기 부적당한 우물이 있다. 그리고 세로로 한 자 남짓, 길이 대여섯 자의 과분한 듯한 화강암 석재가 세 줄기의 선을 길게 그리며 두 개의 직각을 이루었고, 그와 구분되어 한 단 높이 되어 있는 이십 평 정도의 면적에 초보자가 만든 자급 야채밭이 있다. 그리고 그 맨 첫째 끄트머리에 두 평뿐인 화단이 마련되어 있다.

그 근처의 지푸라기를 반밖에 치우지 않았을 때, 키가 큰 구니모토 군이 말없이 돌아와 다녀왔다고 말했다. 책과 빈 도시락이 들어 있는 예의 녹색 보자기를 조금 소리 나게 툇마루에 놓고 국민복 상의를 벗자마자 내 곁으로 와 빗자루를 잡으려 하며 제가 하지요, 라고 말했다. 나는 허리를 펴면서 문득 이미 발표한 「사촌동생에게」라는 자작시를 생각했다. 이 작품은 징병검사를 받고 드디어 군인이 되어 떠날 구니모토 군을 생각하는 기분을 노래한 것이다. 그리고 언제였던가, 구니모토 군이 부끄러운 듯이 우물거리면서 들려주었던, 이 시에 얽힌 에피소드도 떠올랐다. 어느 날 친구와 함께 성보극장(城

寶劇場)⁴에 영화를 보러 갔으나 막간의 휴식 시간을 이용해 내 시의 낭독이 장내에 방송되었다는 것이다. 구니모토 군은 그 주인공이 자기라는 것을 같이 간 친구나 옆 좌석의 사람들이 모두 알고 있을 듯한 기분이 들어 부끄러운 생각에 좌불안석하면서 얼굴이 화끈거려 어쩔 수 없었다고 하는 그다운 이야기였다. 나는 그 수줍어하는 민감함을 이해할 수 있을 듯한 기분이 들어 흐뭇했다. 그리고 세상의 작가라는 사람들은 이 직접적이고 강한 감동을 만인의 독자에게 줄 작품을 만들어야 한다고 통감했다.

나는 잠시 일어나 그런 일을 생각하면서 구니모토 군이 일하는 것을 보았지만 곧 화단 쪽에 쪼그려 앉았다. 그리고 맨손을 갈퀴처럼 사용해 아직 자라나고 있는 화초의 부드러운 줄기를 건드리지 않도록 하며 그 사이의 지푸라기를 청소해 냈다. 다년생 풀의 들, 매년 봄 닥치는 대로 샀던 모종의 들, 내 손으로 씨를 뿌렸던 들, 열대여섯 종밖에 심지 않았으나 그 중 삼분의 일 정도는 아직 꽃 이름도 모르는 채, 애써 알려고도 하지 않는 게으른 사랑의 방법을 나는 취하고 있는 것이다. 그러나 집안사람들에게 들으면, 시절이 중요한 야채에는 별로 관심도 없고 화초만 주무른다는 꾸지람을 들을 정도로는 좋아하는 듯하다. 배양토(培養土)도 변변히 하지 않은 이 메마른 흙이지만, 그 안에서도 붓꽃의 그루터기는 해마다 번식하여 작년에도 분가(分家)를 시켰을 정도이다. 그리고 보니 이 종류의 붓꽃과 그

---

4 옛 국도극장 자리에 있던 극장. 성보악극단 등을 운영했던 일본인 경영의 극장이었음. 1941년 3월 22일 「복지만리」를 개봉했으며, 1942년 1월 10일에는 이기영의 소설을 영화화한 「신개지」를 상영하기도 했음. 또 1944년 6월 22일에는 니시가케 감독의 「병정들」을 개봉함.

억한 인연이 있는 단오절이 그저께 지났는데도 금색의 커다란 나비가 춤추는 듯한 꽃은 아직 필 생각을 않는다. 하지만 이 싱싱한 잎의 짙은 초록빛은 어떤가. 그러면서도 또한 이 담담한 색조의 슬픔은 어떤가. 그리고 이 잘 갈려진 매끄러움, 날카로운 칼 모양으로 된 감각의 번뜩임은 무엇인가. 요즘 나는 풀잎에서도 무언가 고요한 언어를 듣고 싶어서, 좋다, 그것이 목소리 있는 말이 아니라 해도 신들의 마음을 상쾌하게 읽어내고 싶다고 하는 심경인 것이다.

저녁 먹으라는 소리에 쫓겨 우리는 같은 세면기의 물에 손을 씻으면서, 해가 길어졌네, 라고 말하거나, 예, 하고 대답하며 두세 마디 서로 소곤거렸다. 그리고 내일부터는 북선(北鮮) 각지의 징병검사 상황을 참관하기 위해 여행을 떠나니까 집을 비우는 반 달 쯤 동안 잘 부탁한다고 사촌동생에게 말했다.

다음 날인 오월 팔일의 대조봉대일(大詔奉戴日) 아침, 나는 안내역으로 일부러 동행해 주는 총력연맹(總力聯盟) 징병 후원 사무부의 유(柳)씨와 함께 경원선 열차를 탔다. 함경남북의 양도가 우리의 목적지이다. 우리 몇 사람의 작가를 전 조선에 분담해 파견하여, 이 기념할 만한 제 일 회 징병검사 실황을 참관시켜 준다는 것이다. 그리고 이 대동아전쟁을 자기들의 피로써 싸워 내어 반드시 이겨 보이겠다고 일어선 청년 조선의 모습을 보고 그 장정들을 중심으로 하고 배경으로 한 진실한 미담가화(美談佳話)를 문학적으로 쓰게 해 적당한 한 권의 출판물로도 만들자는 기획인 것 같다.

이 의의 있는 일의 기안자인 듯하며, 지금부터의 담당자이기도 한 듯한 유씨와는 이번 건의 협의를 위해 두세 번 만났을 뿐이다. 그러나 유씨의 사람 됨됨이와 함께 같은 충청도 출신이라는 인연도 곧 친해지게 하는 점이 있었는지 벌써 옛날부터의 지기처럼 느껴져 반드시 즐거운 여행이 될 것이라고 생각되었다. 유씨는 나보다는 두세 살 연배이지만, 언뜻 보기에 젊은 언어학의 전문가로, 지금 연맹에서 맡은 일은 조금 분야가 다른 것 같은 생각이 들지 않는 것도 아니었다. 그러나 어떤 철도공사 현장에서 한 즉석의 격려 연설이나 그날 밤 좌담회의 사회 보는 것을 보니, 실례이지만 단순한 학구(學究) 출신은 아니라고 새롭게 감복했던 것이다. 전에는 오랫동안 경성제대 예과에서 교편을 잡고 있었으므로 지방 군수들 중에는 벌써 조금씩 제자가 등장하게 되었다.

우리는 거의 주야겸행(晝夜兼行)의 바쁜 여행을 하기는 했지만, 두 주일 동안 조금도 피로나 지루함을 느끼지 않았다. 그날그날 검사장의 감격한 장정들 이야기로부터, 이윽고 그들이 주인공이 되었을 때 조선이 누릴 행복한 장래의 모습에 대해, 아름다운 미래의 이야기를 주고받았다. 그 과정에 바쳐져 비료가 될 목숨을 건 우리의 임무에 대해서도 진지하게 어조를 높여 서로 이야기했다. 다음 화제는 매일 바뀌는 풍토의 생활 문화적인 것으로 옮아가거나 오늘날 사상 문화 운동의 실상이나 그 무력함을 한탄했다. 지금부터의 문화 운동은 무언가 옛 도구를 일시적으로 이용하는 것이 결코 아니라, 어디까지나 건설하고 창조하는 것으로서 엄정하고도 진지하게 이 장정들의 운명과 함께 싸우는, 사랑의 전사(戰士)라고나 할 새로운 문화인 자체가 되지 않으면 안 된다. 두 사람의 의견은 그렇게 귀결되었다. 그 다음으로 학문적인 세계는 역시 순수하다는 기분이 들었다. 예를 들어

유씨에게서 들은 내선(內鮮) 간이나 선만(鮮滿) 간의 언어학적 연관성에 대해서는 여러 가지 배우는 바가 많았다.

이야기를 하지 않을 때의 유씨는 차 안에서는 말할 것도 없고 숙소의 이불 속에서도 실로 감탄할 만큼 기차 시간표를 애독하는 묘한 취미를 가지고 있었다. 그것은 물론 직접적인 필요 때문에 찾아보는 것이 아니라, 머릿속에서 여행을 계속한다고나 할까, 문자 그대로 질리지 않는 애독이다. 기차 시간표 한 권만 있으면 아무리 긴 여행도 충분히 즐길 수 있다고 말하므로, 나는 감탄하며 들었던 것이다. 그러나 시간이건 거리건 요금이건, 무미건조한 숫자밖에 없지 않느냐고 하자, 그 숫자의 마술을 여러 가지로 조합해 흥미진진한 통계적 묘미를 발견하는 것이라고 말한다. 나는 이해할 수 없으나마, 역시 그런가 하고 감탄했던 것이다.

이런 식으로, 예상대로 여행은 즐거웠으며 무엇보다도 공부가 되는 여행이었다. 그런데 장정의 미담을 쓰는 과제 말인데, 약간 제 멋대로의 말투이기는 하지만, 사실 나는 내가 보거나 느낀 것을 내 마음속에 살며시 넣어 두고 그것이 자연스레 성장하게 하는 작업 방식을 취하고 싶었다. 저 신성한 장소에서 절대에 직면한 엄숙한 인생의 순간을 체험하고 있는 청년의 진지한 모습. 그 순진하고 격렬한 의기의 집단적 분위기에 마음껏 내 심신을 압도시켜 어렴풋하게 도취함으로써, 나를 젊고 강하게 만들면서 배우고 싶었던 것이다.

애초부터 미담이라는 것의 성질이나 형태에는 여러 가지가 있으므로, 장편의 걸작이 될 듯한 것도 있다. 흔해빠진 신문기사를 참고한다면 몇 개의 형태로 확실히 분류 가능한 재료가 있으며, 보고서를 참고한다면 그것은 대개 몇 행의 문어체 문장으로 정해져 있다. 물론 이것들은 귀중한 것이다. 하지만 내 눈으로 직접 보거나 느낀 것이 아니면, 이것만 가지고는 문학적으로 쓴다고 해도 어떻게 다루면 좋을지 나는 그 방법을 몰라 헤맨다. 그리하여 나는 내가 본 것에 대해 썼다. 설령 그것이 자극이 강하지 않은 작은 일이라 해도, 그런 방법을 취할 수밖에 없었다. 그런 만큼 나의 눈은 충분히 빛나주지 않으면 안 되었다. 욕심을 말하면, 이곳저곳 바쁘게 돌아다니며 넓고 얕게 보기보다는 한 사람의 주인공이라도 좋으니까 그를 물고 늘어져 천천히 세밀하게 그 사람의 모든 생활환경, 동기, 과정 등을 확실히 파악하고 싶었다. 하지만 여러 가지 사정상 그렇게 하지 못했던 것은 유감이다.

단, 이런 일은 확실히 말할 수 있다. ○○만(萬)이라는 발랄한 장정들이 황국 일본의 군문에 들어가고자 하여, 그것도 이 대결전(大決戰)의 중임을 분담해 떨쳐 일어섰다는 것, 이 커다란 역사적 현실의 전체적인 장관 자체가 굉장한 세계적 미담이지 않은가. 게다가 그 ○○만 중의 한 사람 한 사람이 모두 그 어떤 의미가 있는 절실한 미담을 각각 지니고 있는 것이다. 단, 문제는 표현되지 않은 몇 백 배의 미담이 몇 개 바깥으로 나타난 것의 배후에 수줍게 숨어 있음을 알아야 한다는 점이다. 예컨대 내 사촌동생의 일은 소위 미담의 값어치는 없지만, 우리의 마음을 절절이 울려 주는 것이다.

경성에 돌아온 나는 보고 온 수천 명 장정들의 눈초리, 안색, 검사 때의 몸동작, 징병관 앞에서 자기가 합격한 갑종이나 제일을종을 스스로 복창하는 목소리 등이 구니모토 군의 얼굴과 목소리 속에서 생생하게 되살아나 오는 것을 느꼈다. 그리고 이 장정들이 이윽고 훌륭한 군인이 되기 위해서는 어찌하면 좋을까, 최악의 경우에도 그들 및 그 가족은 어떻게 살아야 할 것인가 등의 일을 나는 실제로 알고 싶었다. 그것은 또한 나의 맹렬한 창작적 의욕이기도 했다.

그런 까닭으로 나는 그들의 선배는 어떻게 훌륭히 싸웠고, 그 가정은 실제로 어떤 삶의 태도를 취했는가 하는 것을 알고 싶고 보고 싶고 공부하고 싶었으며, 그들에게 마음으로부터의 위문도 해 드리고 싶어졌다. 그런 일은 예전부터의 염원이기도 했지만, 이번 여행에서 돌아와서는 정말로 무언가 그들에 대한 전별의 인사를 삼을 것이 나에게 있다면, 현재의 생각 이것이다 하고 뜻을 정했던 것이었다.

곧 조선군 보도부나 조선문인보국회(朝鮮文人報國會)의 상담을 받아 십삼도에 걸친 조선인 출신 군인 군속 전몰 및 출정 가정을 위문 행각할 것을 계획했다. 그 취지와 성의는 곧 찬동을 얻었으므로 나는 유월 일일부터 팔월 말까지 삼 개월 간의 여행 채비나 마음의 준비에 들어갔다. 그리고 내일은 벌써 출발해야 하도록 모든 일정까지 결정된 어느 날, 나는 시골에서 비통한 한 장의 편지를 받았던 것이다.

긴 편지 속에, 웬일인지, 가장 중요한 조카의 전사에 대해서는 극히 간단하게밖에는 씌어 있지 않았다. 어쩌면 자세한 일은 원대(原隊)에서 도착하지 않았을 것이라고 생각했다. 오랫동안 소식을 몰랐던 조카 동숙(東淑) 군은 만 리 밖 전장의 군속 활동 속에서 그의 죽을 곳을 얻었던 것이다. 편지를 쥔 나의 손이 떨렸다. 잠시 말없이 깊게 눈을 감고 조카 영령의 명복을 빌었다. 그러나 이상하게도 그때 동숙 군 생전의 추억은 별로 되살아나지 않았다. 나는 오히려 나 자신의 삶의 태도에 대해 심각하게 생각되었다. 집안의 사촌동생이 징병 검사를 받았을 때 느꼈던 것과는 또 다른, 더욱 비통한 것이 잠시 내 영혼의 활동을 오싹 멈추게 하는 듯이 울려 왔다. 운다면 소리를 내어서라도 울고 싶었지만, 형태를 지닌 눈물은 떨어지지 않았다. 전쟁은 바로 이 곳에 있었다.

나는 침묵한 채로 이를 악물었다. 눈은 칼끝 같은 붓꽃 잎에 꽂혀 움직이지 않았다. 이미 내일부터의 일정이 정해져 있는 각 도의 군인 가정 위문을 예정대로 해야 할 것인가, 그렇지 않으면 전사한 조카의 생가에 먼저 달려가야 할 것인가, 나는 혼자서 망설이고 있었다.

___『국민문학』, 1944. 8. 원제는 「壯丁」

편역자 이 경 훈

1962년생
연세대 국문과 졸업(문학박사)
도쿄외국어대학 연구원
현재 연세대 국문과 부교수
저서 『이광수의 친일문학 연구』, 『어떤 백년, 즐거운 신생』,
　　　『이상, 철천의 수사학』, 『오빠의 탄생』
역서 『유머로서의 유물론』, 『해체론과 변증법』(공역) 등

한국 근대 일본어 소설선 1940 - 1944

초판 인쇄 2007년 2월 2일
초판 발행 2007년 2월 12일

편역자 이경훈
펴낸이 이대현
편 집 권분옥

펴낸곳 도서출판 역락
주소 서울 성동구 성수2가 3동 301-80
전화 3409-2058, 2060
팩스 3409-2059
등록 1999년 4월 19일 제303-2002-000014호
홈페이지 http://www.youkrack.com
e-mail youkrack@hanmail.net

값 12,000원
ISBN 978-89-5556-530-0 93810

파본은 교환해 드립니다.